U0147295

目录

张开梦想的翅膀
—— 钟汉良 ❶

写给俯拾即是的爱 (自序) ❸

第1章　人生风太大，
　　　情深怕缘浅，
　　　我的未来忽隐忽现……　　★ ★ ★ ✶ ✶ 1

第2章　茫茫人海汹涌，
　　　我们曾错过多少的美梦，
　　　青春转眼飞逝，
　　　有谁曾陪我笑，陪我哭……　★ ★ ★ ✶ 36

第3章　就算是天空不快乐，
　　　风和云再不能相守，
　　　我用阳光擦干你伤心的地方……　★ ★ ★ ✶ 65

第4章　为何不尝试，
　　　来靠靠我肩膀，
　　　选择我的爱，
　　　成为你温柔的护航……　★ ★ ★ ✶ 110

第5章　你不该给我自由，
　　　选择爱上你，
　　　至少我不会像现在，
　　　顾不了自己……　★ ★ ★ ✶ 131

第6章　你说天空泛着泪光，
　　　我想天真的你也有些忧伤，
　　　你像白云厌倦生活，
　　　害怕寂寞孤单不愿再漂泊……　★★★★ 162

第7章　放开双手，你要往哪儿走？
　　　你的脚印，在雪中淹没，
　　　你已消失在路的尽头……　★★★★ 198

第8章　每一天都有人爱情开始，
　　　但每一天也有人爱情结束，
　　　我爱上你，
　　　　就一定会爱到底……　★★★★ 229

第9章　我不要你不快乐，
　　　就算我完全不懂，
　　　怎么会被爱得那么苦痛……　★★★★ 243

第10章　想把你紧紧抓牢，
　　　却害怕你痛得想要逃，
　　　想松开双手，
　　　　又往深渊里跳……　★★★★ 261

第11章　那些没有你的日子里，
　　　有多难你知不知道？
　　　那些没有我的日子里，
　　　　你究竟过得好不好？　★★★★ 284

张开梦想的翅膀

梦想是人生的色彩,没有梦想的人生便是灰白。

梦想,在每个人的生命中都扮演着一个举足轻重的角色。人是因梦想而鲜活的动物,无论那个梦想究竟是怎样的形状。

从小时候开始,一直以来,我的梦想就很直接且坦白,要做一个成功的明星,我要在舞台上跳最棒的舞,唱最好的歌,满足观众,也满足自己的表演欲。这个梦想早早地融入我的血液,成为我唯一的追求。

也许在很多人看来,这样的梦想非常不切实际,也有不少朋友和师长时不时地给我一些"劝诫"。但是我并不认为这样的梦想会在等级上存在差别,在本质上出现好坏。对于梦想,不应有偏见,其实梦想都有些虚幻色彩,只是如何去实现梦想,才是我们应该真正去踏实思考的问题和切实努力的方向。

在多年之后,我成为了一个歌手,一个演员,在自己的音乐里表达自我,在别人的故事里演绎人生。让我的生命变得如此精彩的,恰恰是我那个曾经被人嗤之以不切实际的梦想。

梦想,因执着而展翅,因满足而升华。

对于同样有梦想的人,我总希望能给予他们支持与鼓励。因为能拥有一个梦想是幸运,而能坚持一个梦想是磨练,继而实现一个梦想则是满足以至升华。

每次看到 Snow 在我的网站留言,都是大大的字、长篇的生活点滴以及特别耀眼的红色字体,曾经有那么一次脑海中闪过一个念头:"她挺合适写小说的嘛!"这会不会是她的梦想呢?

夕曦星

　　所以，当她要实现自己一个小小的梦想的时候，或者说是站在实现她大大梦想的途中的一个里程碑面前时，我根本不可能拒绝她的要求，为她写这样一篇序，也当是为每一个拥有梦想并致力于实现自己梦想的朋友加油！

　　我想她对于我的了解可能远越过我对她的认识，虽然如此，要写这一本以"我"为题材的小说，可能还是需要极大的想象力，但她有创作的勇气已经首先打动了我，到底我在 Snow 心目中的模样是如何的？就让我们一起在这本装满浓浓少女情怀的小说里寻找答案吧！

　　张开梦想的翅膀，其实我们并不孤单。

夕曦星

2005 年 6 月于银川

写给俯拾即是的爱(自序)

我们都想得到和平,我们都想得到爱,
但爱与和平飞在空中,我们望尘莫及……
我们都不想要战争,我们都不想要恨,
但恨与战争落得满地,我们俯拾即是……

——摘自大 S《蝴蝶飞了》

当初看《蝴蝶飞了》的时候,就被大 S 的这段文字所吸引,简练,却能引起共鸣。从人类有历史记载开始,这个世界的仇恨就从未停止过,和平变成了发动战争的借口,所有的爱只是为了仇恨铺路,希望和人性在日益消散,而更可怕的是,我们心里比谁都清楚这一点却仍然选择无动于衷的麻木……

很高兴《夕曦星》成为我的第一部小说,让我有机会能借这小小的地方告诉大家,虽然战争与仇恨落得满地,但是只要我们拥有一颗愿意找爱的心,就会发现爱与和平其实同样俯拾即是……

我只是一个平凡的女生,和所有同龄人一样,对生活有着推不倒和扑不灭的热情,所以我创作了《夕曦星》——这并不是一本普通的小说,就像每个母亲看自己的孩子都觉得是最与众不同的一样……从构思到完成我的小说,我花了将近 4 年的时间,不过,这其中有一年多是完全处于停滞状态的。

虽然在这一年多的时间里,我一直没有动笔,但是我却从未想

到过要放弃,停滞的原因只是为了积累,而积累却是为了更好地再出发……

当我重新拿起笔的那一天,我猛然惊觉,在我脑子里、心里住了那么久的他们,忽然之间全都活了起来,仿佛在一夕之间,他们便成为了我最亲密的朋友,甚至成为了我本人……

在这里,我真的要感谢很多人,感谢钟汉良,他是我长久以来的精神力量,在我即将完成《夕曦星》的时候,钟汉良正在银川赶拍《侠骨丹心》。当我找到他的时候,他二话没说,立刻答应为我写了一篇序。他的仗义让我十分感动,也给了我莫大的鼓励……如今,钟汉良的新书《遥远彼方——〈逆水寒〉同人小说集》也将和《夕曦星》同期发行,他甚至将所有的版税全部捐赠给慈善机构……我为他感到骄傲,也为自己能和偶像在人生的某个时刻站在同一条起跑线上而自豪!

当然,在这里不能不感谢的是我那两位亦师亦友的编辑——兴安老师和李西闽老师,他们对于我无私的帮助也支持着我走到今天,亲眼看着我的《夕曦星》能够顺利出版上市。如果我不说,也许他们永远也不会知道,当我偶尔对自己有所怀疑的时候,他们曾经微笑着对我说:"你一定行!"这短短的4个字是那么珍贵,那么有力量,让我每次一想到就觉得很温暖……

另外还要感谢的就是邱妈妈以及我的那帮好朋友们,他们用他们自己的方式给了我不同的帮助与鼓励,《夕曦星》的出版也应该有他们的一份功劳!

至于《夕曦星》中的星野,他是一个比较有争议性的人物,当初设计他的角色性格时,我有意将他安排和《狼的诱惑》中的英奇有些许相似的地方,因为《狼的诱惑》是我本人非常喜欢的一本书,在《夕曦星》中我也曾经多次提到过这一点……所以希望大家不要苛刻地给我以负面的评价! ^_^

4年的时间很快就过去了……我很庆幸最初的梦想一直被我牢牢抓在手中未曾放弃,所以才有了今天变为现实的可能,如同我在本文开头所说的,爱与希望其实一直都在这里,只要我们愿意低

夕曦星

下头寻找,它们就会鲜活地来到我们面前……
　　亲爱的朋友们,我们一起加油吧~~~! ^_^

公主 Snow

2005 年 8 月于上海

　　PS.《夕曦星》的男主角之一"晨曦"在现实中的原型,大家可以登陆这个 www.wallacefansclub.com 寻找! ^_^

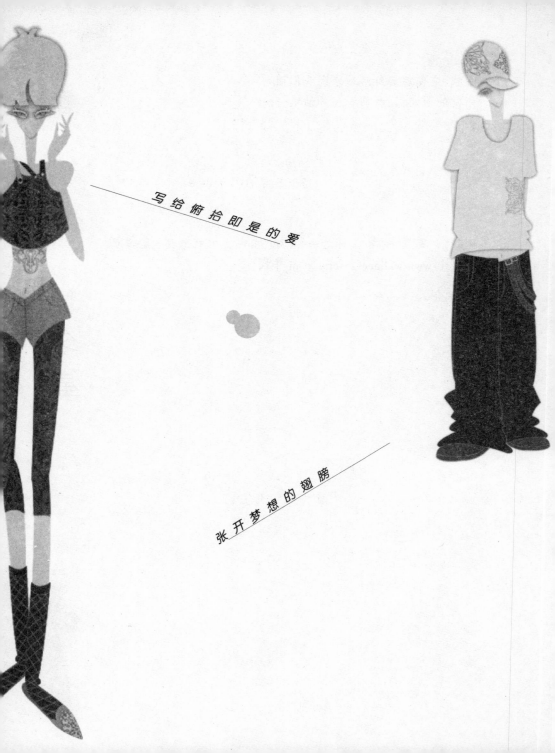

写给俯拾即是的爱

张开梦想的翅膀

第一章

人生风太大，
情深怕缘浅，
我的未来忽隐忽现……

第一章 / 夕曦星

Yesterday is history.

Tomorrow is a mystery.

Today is a gift.

当我们在未来的某一天终于感到累了，

回过头来看看幸福最初时的模样，

蓦然惊觉，

在来时的漫漫长路上，命运曾经埋下多少美丽的伏笔，

可惜不经过时间，我们不会擦亮模糊的双眼……

序

　　我的名字叫做林夕儿。^_^

　　今年刚好高中毕业，在热闹的暑假里，和台湾千千万万个同龄人一起，等待着大学里的放榜通知……

　　其实，我并不是土生土长的台湾人，13岁那年，我的奶奶去世了……在我以为自己将要被政府送往孤儿院的时候，一位身材高大，长着络腮胡子的男人把我接走了，他把我带到了台湾，让我住进了他的家里，他……就是我的叔叔，这个世界上唯一的亲人……不过，如果算上他女儿的话，那应该还有两个……^O^

　　叔叔还有一个女儿，名字叫做美嘉，年龄和我一般大，也是今年考大学……可是，不知道为什么，她和婶婶好像都不太喜欢我，尽管我已经在他们家住了7年，可还是没有得到过她们对于我血统的承认……简单地说，她们俩并不承认我是她们的亲人，而是认为她们家白白养着一个别人家的女儿，更何况，叔叔婶婶家的经济情况也不是很好，早年叔叔做了点小生意，失败之后，就欠了人家一些钱，所以每天看到我在家白吃白住，她们就更不喜欢我了！

　　不过，我是一个乐观开朗的女孩，就像是一棵坚忍不拔的小草，永远不会在风雨中低头嗟叹，在每一个绝境中，都能看到躲在转角的希望向我露出迷人的微笑……我相信生活赐予我的磨难，其实正是暗藏着幸福的开始……^O^

　　我那不可思议的奇妙人生，其实应该从这一天开始说起，所有故事的开头，都是有那么一点老土的……~_~

1

　　我是夕儿。

这里,是附近最大的书店,在很多个没有功课,也没有家务的下午,我都会来这里,在书店里看书的好处就是,无论最后你是否会掏钱买下来,也不会有人来赶你走……这里可是高雅场所,知识分子才会来的地方……^_^

我坐在地上,正在翻阅着一本漫画,嘻嘻,谁规定知识分子就不能看漫画呢! ^O^

"喂,挪一挪! -_-"一个不客气的声音突然在我头顶响了起来。

我抬起头,目瞪口呆地看着站在自己面前的这个男生,然后再把漫画合起来,盯着封面看了半天 #_#……恍惚间,我竟然有一种时空错乱的感觉……天哪,漫画中的男主角怎么会走了出来? O_O

"大金刚,没听见我说话吗? 还不快挪? =_="那个该死的漫画男主角不耐烦地对我吼道。

什、什么? 大金刚? 我只不过才占了小小的一块地方而已,碍着他走路了吗? 我这样就算大金刚? ……那他这个需要宽敞的过道才能通过的人是什么? ……一个心理完全扭曲的变形金刚!!! O(>_<)O

我心里虽然很生气,可是我却牢牢记着小时候爸爸对我的教育……啊,我在故事开头自我介绍的时候是不是忘记说了,我是一个很有礼貌,很有涵养,而且很懂家教的女孩子哦……^O^

我深深地吸了一口气,站了起来,把书放回到书架上,然后换了一个地方,继续看我的书,这次我从书架上拿起了一本《幽默大王》,总要找个方法排解一下心里的闷气吧……

《幽默大王》-_-,名字土一点也就算了……我翻了几页,就没见过这么老掉牙的笑话,随便讲给谁听,都能冷到你冷汗直流而死……于是,我快快地把书重新放回了书架……

接着,我又往前走了几排,不知不觉,我的目光又被那个傲

慢的漫画男主角吸引了过去……

他站在历史类书架前，正在翻看一本厚厚的历史书，我的嘴巴圈成了O形，不禁对他有些刮目相看了，这个变形金刚的肚子里好像不完全是机油，还装了点墨水的嘛……

我随手拿起一本杂志，遮住了大半个脸，偷偷地打量起他来……

他长得很高，起码有182吧，也许不止，头发有点长，剪得碎碎的，刘海随意地搭在他的额头上，从侧面看上去，鼻子又高又直，最让我受不了的是他那尖尖的下巴，那是我在无数的睡梦中求神拜佛也没让我在醒来的时候有惊喜的完美脸型！

一个变形金刚竟然长得比女孩子还美……这像话吗？=_=^我嘟起了嘴，把杂志放了回去，转身在书架上拿了一本《魔幻·达利》，这才是我今天真正想要买的书。

我转身正准备往门口结账的地方走去，忽然，眼角的余光瞄到那个帅男生正在把手里那本历史书塞进自己的衣服里面，塞完之后，他抬起头，四处看了看没有被人发现，然后低下头，快步往门口走去……

天哪，他在偷书O_O……这个念头噌的一下窜入了我的脑子里……我想也没想，飞一般地也往结账的地方冲了过去……

等我赶到的时候，他正要迈出门口，我一急，伸出手挽住了他的臂弯，在他还没有反应过来的时候，我已经把他拖到了Cashier……

"小姐，我要买这两本书……"说着我把手中的《魔幻·达利》递了过去，然后从他的怀里抽出了另一本《世界简史》放在了桌子上。

收钱的小姐诧异地看着我们，我连忙一边傻笑着，一边吞吞吐吐向她解释说："我弟弟比较……特别，他不喜欢……在手里拿着东西……呵呵……~_~`"

"小姐,一共是540块,谢谢!"收钱的小姐说。

"什么?540块?"我瞪大了眼睛,"怎么会要540块呢?O_O"

"《魔幻·达利》是150块,《世界简史》390块,谢谢!"那位小姐热心地解释道。

我低下头,默默地从包包里掏出了钱包,认真仔细地数了一数,一共只有400块零7毛钱……

我红着脸说:"对不起哦,我的钱好像不够,那《魔幻·达利》暂时不要了,先买这一本《世界简史》吧!"

就在这个时候,我听到站在我身边这个可恶的男生竟然从鼻子里重重地发出了一声表示轻蔑的"嗤",然后理都不理我就往门外走去了……>_<

"请收好,这是您的书!^_^"收钱的小姐对我微微一笑,递过了包装好书的袋子。

"谢谢!"我拿起袋子就拔腿追了出去。

一般漫画里的男主角都是人长腿长,我小跑了2分钟,才总算追上他……

"喂……"我气喘吁吁地跑到他的面前,伸出手拦住了他,"你的书!……以后不要这个样子,没钱的话可以等有钱的时候再买嘛!"说着,我把《世界简史》递到了他的面前。

他冷冷地看了我一眼,抬高了下巴,仍旧用一种很轻蔑的口气对我说道:"我家的老鼠不喜欢这种口味!-_-"

"嗯?@_@"我的脑子一下子打结,没反应过来。

"你留着自己看吧!"说完,他伸出手直接推开了我往前走去,嘴里还一边念念有词,"我最讨厌有金刚挡我的路了!"

今天是什么黄道霉日啊?O(>_<)O 我怎么会遇到这么一个奇怪的人!我一个人傻乎乎地站在路边,走也不是,留也不是……

忽然,几个人从后面一阵狂风般地刮过我身边,撞得我在原地转了三圈,我捋了捋凌乱的刘海,不明白这个世界今天到

底怎么了？

　　我郁闷地继续往前走，经过街头转角的时候，我看到几个不良少年聚在一起不知道在干什么，我本来是想快步经过他们的……

　　可是没想到，我竟然在他们之中，看到了刚刚那个叫我大金刚的可恶男孩，他站在正当中，被另外几个不良少年簇拥着，板着一张阴冷的扑克脸，那种表情怎么说呢？就好像……除了他之外，全世界的人都是他讨厌的大金刚……对了，就这种感觉！

　　其实我也不是故意的，可我就是不由自主地又缩回了转角，只露出一个脑袋，悄悄地看他们到底在干些什么……

　　"大哥，这是我的战利品！"说着，一个身材很魁梧的男生从口袋里掏出了一包烟，然后交到了那个被称之为大哥的可恶男生手中。

　　"大哥，你看，我从便利店里偷了这个……"另外一个头发卷卷的男生手臂一伸，从袖子里滑下来两盒什么东西。

　　"我靠，你安全套也能偷到,这可是放在那些欧巴桑眼皮底下的东西啊……"一位个子矮小的男生发出了赞叹声，然后掀开自己的衣服，里面竟然藏着一本色情杂志。

　　"大哥，你的呢？你不是说要挑战高难度，去偷一本超厚的书出来吗？"不知有谁问了一句。

　　中间那个帅得要命的坏小子突然抬起了头，凌厉的眼光越过他们几个人，然后落到了我的脑袋上……原来他早就看到了我……这下就算我脖子上装了弹簧都来不及缩回去了……

　　"大金刚……你过来……"他冲着我傲慢地命令道。

　　我站在原地半天没动，我为什么要过去？大金刚是他能随便使唤得了的吗？他以为他自己是施瓦辛格吗？……

　　可是我还没来得及多想什么，那几个不良少年已经走了过来,把我推推搡搡地往那个坏小子面前拽了过去……

那个坏小子一把夺过了我手中的书袋子，从里面拿出了《世界简史》，摆到了那几个人面前……

"哇，《世界简史》，大哥真有文化，厉害啊！^O^"小个子男生露出了崇拜的表情。

"我们大哥当然是有文化的人啦，不然怎么做我们大哥！"卷头发男生奉承道。

"笨蛋，他说的是大哥能偷这么厚的一本书很厉害！谁稀罕做文化人啊！"身材魁梧的男生反驳道。

"少废话！做事！"那个坏小子冷着脸突然命令道。

"遵命！"那个身材魁梧的男生三步并作两步走到路边，一把打开了垃圾桶的盖子……

那个坏小子拿着所有偷来的战利品：香烟、安全套、色情杂志，还有我的《世界简史》，走到垃圾桶前面……

"不要啊……>O<"我大叫了一声，急忙想扑过去抢救，可是还没等我迈开脚步，已经来不及了……我眼睁睁地看着他把我辛辛苦苦花了390块大洋买的《世界简史》投入了垃圾桶。

我呆住了……那个坏小子回过头来，勾起了一边的嘴角，对我露出了一个意味深长的傲慢笑容……紧接着，几个人拍拍屁股扬长而去了……>_<

天哪，这个世道混乱成什么样子了？我飞快地奔向垃圾桶，打开盖子，把我的《世界简史》抢救了出来……

可是晚了，上面已经粘上了不少黏糊糊的东西，我连忙从包里拿出了纸巾，拼命地擦了起来……一面回过头去，对着他们离去的方向咬牙切齿地诅咒起来……o(>_<)o

"姐姐……"一个稚嫩的童声在我身边响了起来。

我回头一看，是个可爱的小弟弟，我连忙尽可能地换上了一副亲切和善的笑容："什么事啊，小弟弟？^_^"

"超级变变变！~_~"说完，小弟弟咯咯笑着从身后拿出了一只已经喝光的饮料瓶递给了我。

我的脸瞬间垮了下来，可爱的小弟弟一定是把我当成了专门收集破烂的人了……这下我再怎么尽可能也装不出亲切和善的笑脸了……–_–^

2

今天是美嘉的生日。

美嘉的妈妈准备好了一桌子美味佳肴为美嘉庆祝生日。

"老婆，我们要不要等夕儿回来一起吃啊？"叔叔坐在客厅的沙发里，合上了报纸。

"爸，你知道我不喜欢她，你要等她的话，我就不吃了！"美嘉不高兴地嘟着嘴说。

"这孩子，生日怎么能说这种话，什么不吃了，等一会儿还要吹生日蜡烛呢！"她妈妈轻轻地拍了一下美嘉的头，笑着说，"放心好了，夕儿今天不会回来吃晚饭的，她早上告诉我说，傍晚的时候有一个打工的面试，你就安心地吃吧，多吃点！"

叔叔叹了口气，走到餐桌前坐了下来，默默地喝了一口酒……

"死酒鬼，今天是美嘉的生日才特别允许你喝一杯，别唉声叹气的，好像是我逼你的一样，爱喝不喝！>_<"

"知道了，知道了！=_="叔叔不耐烦地挥了挥手，阻止她老婆继续唠叨下去。

＊　　　＊　　　＊

我是夕儿。

我今天好像真的很倒霉，先是在书店里碰上讨厌的变形金刚，然后刚刚去面试的地方，又似乎不是什么正经的场所，我进去看了看之后，没有面试就离开了……

我在家门口站了一下，深深地吸了口气，对自己说："我是不败的夕儿！"然后掏出钥匙打开了家门。

"我回来了……^_^"我换好鞋走进来,在客厅里没有看到叔叔婶婶,就直接回自己的房间去了。

这里就是我的房间了,虽然很小但很温馨,在我住进来之前,是叔叔婶婶家一个专门储藏杂物的地方,没有窗子,里面除了能放一张单人床,一张书桌和一把椅子之外,就只剩下一块小小的走道了……

可即便是这样,我依然觉得很满足,因为这个小小的空间,才是这个家里真正属于我自己的地方。^_^

"夕儿……"婶婶在外面叫我,"去把厨房里的碗洗一下!"

"哦,好的,我这就来!"我放下包包,关上门走了出去。

我走到厨房,往水池里看了一眼,哇,今天的碗好多哦……我二话不说,撸起袖子开始干起活来……

忽然,我发觉身后好像有人,我一回头,发现叔叔不知什么时候站到了我的身后……

"叔叔,原来是你啊……"我暗暗地松了一口气。

"嗯……我只是想问问你,吃过晚饭了没有?"叔叔的神色看起来有些奇怪。

"还没有呢,叔叔! ^_^"我笑着说。

"那冰箱里……"

"厨房的柜子里有速食面!"婶婶尖锐的声音突然穿过客厅传了过来,不客气地打断了叔叔的话。

"啊,又买了速食面吗?太好了……^_^"我体贴地笑着说,不想让叔叔觉得太尴尬。

叔叔叹了口气,问我:"知道自己考上什么大学了吗?"

"哦……"我点了点头,有些犹豫着说,"今天刚查过,考上了清德学院……"

"什么?你也考上大学了?"婶婶听到了风声,突然出现在厨房里。

"嗯!"我轻轻地点了点头。

第 ① 章 / 夕曦星

"你也考上了清德学院？"美嘉不知道从哪里蹿了出来，她狠狠地瞪了我一眼，拉住了婶婶的手，发着脾气说："妈，怎么办？她又是和我念同一个学校，我不管啦，我要转校！>_<"

"胡闹，大学能说转就转的吗？"叔叔铁青着脸说。

"夕儿，你不会真的要继续念大学吧?！"婶婶的脸上乌云密布。

其实我明白婶婶的意思，她希望我能早点出社会打工赚钱，好帮家里还掉一部分债务……可是，我真的很想念书……

"是的，婶婶！"我默默地点了点头，我看到婶婶的脸刷的一下白了。

"好，我明白了！^_^"叔叔对我露出了赞赏的目光，重重地点了点头。

"死鬼，你明白个头！"婶婶一巴掌拍在叔叔的头上，扯着嗓子骂开了，"我们家到现在还欠着一屁股债没还呢，哪还有钱供两个孩子上学，难道你要我年纪一大把出去卖身啊！">_<

"办法只要想的话总是有的，你不要老是打我头好不好？"叔叔抚摸着自己的头，小声嘀咕着，"你去卖身准要赔钱……"

"你说什么，死鬼！O(>_<)O"婶婶提高了音量。

"没事没事，大家早点回房休息吧！"叔叔摇了摇头，赶紧走出了厨房。

"林夕儿，你再敢跟我念同一个学校试试看，你就死定了！>_<"美嘉对我扬了扬拳头，也转身回房了。

一会儿工夫，厨房里只剩下了我和婶婶两个人，她双手在胸前交叉着走到我面前，放低了声音，但是态度依旧冷冰冰地对我说道："女孩子念到高中毕业就可以了，读再多的书不会赚钱有什么用啊？这 7 年来，我们家也在你身上也花了不少钱，现在已经不想再花更多的钱了，你明白吗？"

我转过头去，默默地洗起剩下的碗来，我拼命忍着，不让自己的眼泪掉下来，至少绝对不能在婶婶面前掉下来……

　　就在这个时候，门外突然传来一阵敲门声，很及时地解救了我的难堪，婶婶看了我一眼，转身走出去开门……

　　"姑姑好！^_^"旭晨哥温和的声音从门口飘了进来，我的精神立刻振作了起来。

　　"这么晚过来，吃过晚饭了吗？"婶婶的声音听起来特别的慈祥。

　　"吃过了，我是来找夕儿的！……我现在可以带她出去吗？保证十点之前送她回来！^_^"旭晨哥很有礼貌地征求婶婶的意见。

　　别拒绝，千万别拒绝……我在心里默默祈祷着。

　　"这样啊……"婶婶考虑了一下，说，"那好吧……等她洗好碗才可以走！"

　　旭晨哥是美嘉的表哥，我是跟着美嘉一起叫他旭晨哥的……旭晨哥高中毕业之后就没有继续念大学，当完兵回来以后一直在帮朋友管理酒吧。可是旭晨哥的外表却看起来比实际年龄更大一些，也许是因为从小生长的家庭环境吧，他很早熟……

　　旭晨哥的家庭也有点复杂，他是私生子，从小到大都是和妈妈生活在一起的。一直到去年，在他的工作安定下来了之后，她妈妈才安心地改嫁到了香港，所以现在家里就剩他一个人住着……

　　旭晨哥一直很疼爱我，从来不会因为我和他没有血缘关系而疏远我……7年了，我和旭晨哥的感情甚至比他和美嘉还要好。每当我伤心难过的时候，我的身边也只有旭晨哥一个人而已，我甚至觉得，自己其实是有些依赖他的……

　　旭晨哥带着我来到一家高级西餐厅……

　　"来这里干嘛啊？"我拉着旭晨哥的衣袖，我知道这里的东西都很贵。

　　"你还没吃晚饭吧！"旭晨哥一眼就看出了我正饿着肚子。我不好意思地点点头……

"你随便点吧,旭晨哥曾经答应过你,等你考上大学就会请你吃好吃的! ^_^"

"你怎么会知道我有没有考上呢? 你又不是黄大仙!"

"可是我比黄大仙更相信我的好妹妹! ^O^"旭晨哥笑着说。

我默默地低下头,即使考上了又怎么样,没有钱缴学费,还不是和没考上一样……

"怎么了?"旭晨哥看到突然沉默下来的我,问道。

我摇了摇头,对他露出了一个甜甜笑脸,说:"没什么,那点餐吧,我都快饿死了! ^_^"

"老公……"一个清亮的声音忽然在我身边响了起来,我还没来得及回头,一个女孩已经坐在了我的对面,她亲热地挽着旭晨哥的手臂,露出一脸灿烂的笑容。

老公?她叫我的旭晨哥叫老公?O_O 我瞪大了眼睛看着他们!

"下班了吗? ^_^"旭晨哥并没有觉得有任何不妥的地方,笑着问她。

"对啊,刚刚看到你和陌生的女孩一起走进来,我吃醋了,所以提早了几分钟下班!"那个女孩一点也不怕生,好像当我不存在似的向旭晨哥撒起娇来。

"我来给你们介绍一下,这是我的宝贝妹妹林夕儿……这是我的女朋友月兔! ^_^"旭晨哥笑着说。

"原来你就是夕儿啊……"那个叫做月兔的女孩热情地向我打招呼,"旭晨一直在我面前提起你这个妹妹,我都有些嫉妒了! ^_^"

"哦,是吗……你好……"我的表情突然变得有些不自然了起来。

幸好这时,我点的晚餐来了……

"对不起,我还没吃晚餐呢!"我给自己的反常表现找台阶下。

"没关系,你快吃啊,别饿坏了……我们都是自己人,不用去管他妈的礼仪……"

"月兔!"旭晨哥皱起了眉头。>_<

月兔知道自己说错话了,赶紧吐了吐舌头……

我低下头,第一次面对着美食,知道什么叫做食之无味……我一边喝着那苦涩的奶油蘑菇汤,一边偷偷打量起月兔来……

她一定是一个性格很豪爽的女孩子吧,从她刚刚那么不拘小节就可以看出来了……她的额头上圈着一个黄色的发圈,头发短短的,让发蜡打得很蓬松,很青春,很有活力的样子,真漂亮!

旭晨哥一定很爱她吧,都已经称呼为老公老婆了,看来他们已经交往有一段日子了,我竟然一点都不知情。

"一会儿我们直接回家吗?还是你要去酒吧上班?"月兔突然转过头问旭晨哥。

"什么?回家 O_O?"我再次瞪大了眼睛。

"对了,夕儿还不知道吧,我已经搬到月兔家去住了!"旭晨哥笑着对我说。

"你们……已经同居了吗?O_O"

旭晨哥笑了笑说:"对啊,我想叫她搬去我家,她嫌那里交通不方便,所以只好我搬去她家喽!……更何况,她家离我上班的地方也比较近!^_^"

"啊,夕儿,上次你旭晨哥托我给你找工作,现在还需要吗?"月兔突然问我。

"嗯……"我轻轻地点了点头。

"那来我们餐厅打工吧,现在正好缺人!"月兔提议。

"好啊……在哪里?"我已经表现不出任何的兴奋了。

月兔笑了笑,说:"就是这里啊,我也是在这里打工的,不过我和经理很熟,你什么时候有空告诉我,直接过来上班就可以了!"

我默默地点了点头……

第 ① 章 / 夕曦星

"啊,都已经超过九点半了!"旭晨哥看了一下手表说,"夕儿你吃好了没?我答应姑姑 10 点钟之前要送你回家的!"

我低下头说:"没关系……婶婶不会在意我的!"

"不行,不管怎么说,这是我答应姑姑的,我可不能食言!"旭晨哥固执地说。

我放下刀叉,叹了口气说道:"那好吧,可是,我一会儿还要去买点东西,不能和你们一起走了!"

"这么晚了,你要去买什么?"旭晨哥问我。

"我真的要买很重要的东西,你就不要再多问我了,拜托了!"

"好啦,也许夕儿要去买很私人的东西,你这个大男人跟在身边多不方便!"月兔也在一旁帮我说话。

"我保证 10 点之前一定到家,OK?"我带着乞求的眼神看着旭晨哥。

"你没事吧,夕儿?"旭晨哥担心地问我。

"我真的没事,安啦!"我对旭晨哥露出了一个笑容。

旭晨哥仔细地想了一下,终于让步了,可是他还是不停地叮嘱我:"买完东西就立刻回家,到家之后给我打个电话,明白吗?"

我重重地点了点头,答应了他。

跟旭晨哥和月兔告别之后,我沿着马路慢慢向前走着,夏日的晚风热热闹闹地迎面吹来,经过皮肤的时候,却一点凉爽的感觉都没有……

旭晨哥找到了他的幸福,我应该为他高兴的不是吗?可我现在又是在担心什么呢?担心这个世界上唯一疼爱我的人又会一步一步离我远去吗?月兔是他唯一的女朋友,而我却不是他唯一的妹妹……唉 ~~~ 我竟然会在这里莫名其妙地吃起未来大嫂的醋! =_=^ 我使劲地敲敲自己的头,想把这幼稚的想法扼杀掉,掐死在头脑中……

　　不知不觉，我走到了一家音像店门前，我的目光被橱窗里的一张海报吸引了过去……那是嘻哈天王黑棒发行的新专辑《嘻哈第一棒》。

　　我连忙甩甩头，快步走了进去……

　　我从 CD 架上拿起这张 CD……封面的小标题上写着：一张让你爱不释手的专辑——嘻哈天王黑棒与音乐教父晨曦强强联手，给流行乐坛当头一棒，让你醒在嘻哈疯行的季节里！

　　这是晨曦的最新作品，我似乎已经不知不觉忘记了刚才的不开心，嘴角微微露出笑意来……我和美嘉都很喜欢晨曦，这大概是我们两人唯一的共同点吧，所以我也特别特别珍惜……

　　"小姐，不好意思，我们店就快要打烊了！^_^"一个长相甜美的女孩子走过来，小声地对我说。

　　"哦，好的！"我从 CD 架上拿了两张唱片，走到 Cashier 去结账。

　　"谢谢，一共 700 块！"收钱的小姐微笑着说。

　　我从口袋里拿出钱包，打开一看，怎么里面只有 10 块钱？……啊！我想起来了，下午遇到那个坏小子，把我的钱都浪费光了。

　　"小姐，请问可以刷卡吗？……我想我暂时只需要一张 CD 了，谢谢！"说着，我把卡递给收钱的小姐，我记得我的卡里面应该还有 400 块钱。

　　"可以……这是您的 CD，请拿好！^_^"小姐很客气地把袋子递到我手中。

　　……

　　回到家，10 点钟早就已经过了，屋里面黑漆漆一片，叔叔婶婶和美嘉一定都睡着了……

　　我没有打开客厅的灯，踮起脚尖，小心翼翼地走进了美嘉的房间，她果然已经睡熟了，她就连睡觉的姿势都是那么张扬，把毛毯都踢到了地上……

　　我把毛毯捡起来，重新盖在美嘉的肚子上，然后把手里那

第 1 章／夕曦星

张黑棒的 CD 放在她枕头旁边……

"生日快乐,美嘉! ^_^"我轻声地祝福着她,嘴角漾起了一抹笑容。

3

你们见过天神吗?

就是那种身上长着翅膀,头上顶着光环的奇异生物,无论对谁都装出一副圣洁慈祥的样子……对了,很多人更愿意称他们为天使……

如果我说我就是这么一个天神,你们相信吗?……

来到人间以前,我一直是掌管着天地间万丈光芒的光之天使……在每一个昼夜交替的凌晨,我都会站在遥远的天边,从自己的口中吐出光魂,将万丈天光一点一点洒向茫茫的大地……而每一个夕阳西下的黄昏,在远处金黄色的海面上,我又会高举光魂,收回天地间的万道霞光,吞入口中……

我一直以为,我是一个圣洁的天使,有着高贵的灵魂,每天认真地守着自己的天职,为最高的主神歌唱……

若不是某一天,主神突然毫无理由地下令战斗天使追杀我,而我的母亲因为保护我而魂飞魄散,我也不会那么憎恨天堂,憎恨这高高在上、伪装圣洁的一切……

直到现在,我仍然不知道到底是什么原因,才导致了那一场风云突变……现在,我已经不想知道原因了,在我的胸膛里时刻跳动着的,和随着血液全身游走的……是永远也无法浇熄的恨意,对天堂,对一切……

我被大天使素罗拉救起,他封印了我大部分的力量,把我隐藏在人间,我看着自己的身体从人类的小孩开始,一点一点慢慢长大……时间的流逝,除了让我更加冷漠之外,什么都没有改变过……

如果现在我再说，我是天神，这个世界上唯一一个对抗着天堂的天神，你们相信吗？……其实，我根本不需要你们的相信，因为我也不会相信任何人……

我是晨曦。

S.U.N 的音乐制作人。

几乎所有的人都认为我是一个很神秘的人，因为无法捉摸，所以就更想要窥探……

他们都说我是百年难遇的天才，无论是对音乐还是其他，只要我想做，就一定会做到举世瞩目……那是因为我是天神，即使我憎恨着那个虚伪的天堂，但还是抹灭不了我是天神的事实……

他们常常会拍到我和不同的女人约会。没错，那也是我的爱好之一，我喜欢看到她们为我痴迷疯狂的表情，我会觉得自己报复了天堂……我是圣洁的天神，却在人间做着罪恶的事情……

通常，我很喜欢像现在这样，在入夜的时候，站在大楼的顶部，俯视着我脚下灯火辉煌的世界……无数或高或低，或强或弱的祷告声会在这个时候涌入我的耳中。我闭上眼睛，可以清楚地看到那些可笑的爱情是如何由头至尾主宰着一个人的命运……我真为他们感到可怜……

所以，我的灵魂里没有爱情……

4

我是夕儿。

几天之后，我就开始在那家西餐厅里上班了，和月兔一起……

月兔真的是一个很好的女孩子，性格就像男生，她说旭晨哥的妹妹就是她的妹妹，所以对我也特别照顾……这很快就平

息了我心里曾经莫名其妙产生过的那一丝难过的情绪……

啊，对了，月兔是一个经历颇为丰富的女孩，在台湾出生后不久，就和父母一起移民去了日本……国小的时候，因为父母离异的关系，她和母亲回到了台湾，母亲后来改嫁了，因为不喜欢继父，所以月兔一到18岁，就立刻搬出来独立了……

就是这么一个特别的女孩，心里最最喜欢的地方，不是台湾，也不是日本，而是北京……据她所说，自己上辈子一定是北京人，所以，模仿北京人说话，是她的十大爱好之一，超可爱……^O^

今天我们两个人下班比较早，她拉着我陪她一起去逛街，我们俩站在捷运里聊天，忽然，我的注意力被坐在我们面前的两个女生吸引了过去，她们俩每人手里拿着一张黑棒的新专辑《嘻哈第一棒》。

"黑棒干吗要和晨曦合作啊？真是的！"A女抱怨道，"他真是糟蹋了黑棒！要不是黑棒是我的偶像，我都不想买这张专辑了！"

我突然停止了和月兔的聊天，低下头看着她们……

"就是啊，那个晨曦真是男人中的败类啊，换女朋友跟换内裤似的，他真是一点羞耻心也没有啊……昨天我又在电视里看到他和女明星传绯闻了！明明是个幕后的，天天的花边新闻里都有他，搞得自己比明星还红！=_="B女撇撇嘴说。

"自以为长得帅就了不起了！这种女人叫做狐狸精，这种男人呢？应该叫做野狼精吧！"B女说。

"错！应该叫太太乐鸡精！"B女纠正道。

"哈哈哈哈……"两个人放肆地大笑起来。

"喂！你们说够了吧！>_<"我实在忍无可忍了，突然对她们吼了起来。

那两个女孩吓了一跳，抬起头来看着我。

"我们又没在说你！"A女不满地撇撇嘴。

"你们怎么可以在背后这么说人家呢？太恶毒了吧！如果是你们根本不认识的人这样子说你们，你们能受得了吗？"我大声地说。

"我们说晨曦关你什么事啊，俗话说，多管闲事多吃屁！……阿英，我们到了，走！"说着，她们两人互相勾搭着肩膀走下了捷运。

我抚着胸口，被气得不行，一回头，发现月兔正以十分好笑的表情看着我，我这才发现，自己刚刚好像太失礼了……我轻轻地咬住了自己的嘴唇，懊悔不已……>_<

"干吗要维护晨曦呢？"月兔突然问我。

"嗯？"我抬起眼睛看着她。

"你跟晨曦认识吗？"

"不……不认识……他那么有名，怎么可能会认识嘛！"我吞吞吐吐地说道，"不过我是他的忠实粉丝，我不想自己的偶像被别人莫名其妙地侮辱……他做的音乐真的很棒不是吗？"

"人也长得很帅，不是吗？~_~"月兔笑着反问我。

我的脸刷的红了……*^_^*

"好啦，不逗你了！……"月兔想了想说，"我一直以为夕儿是一个很温顺的女孩子，没想到你也有这么劲爆的一面哦！^O^"

"不好意思，月兔！"我连忙向她道歉。

"干什么不好意思？我就喜欢这样的性格，跟我合拍……夕儿啊，其实你的旭晨哥有跟我特别交代过，不准我把你带坏，所以我的很多性格，到现在还在拼命忍着，不敢让你看见！"

"千万不要，月兔，这样你会很累的！"

"对啦，你说得没错！"说着，她一只手重重地拍在我的肩膀上。

我龇起牙齿，My God！真的很痛！

"等你开学那一天，姐姐我送你一件大礼！庆祝你成为大学新鲜人，到时候可千万不要乐歪了嘴巴哦！"我都还没怎么表

第 ① 章

夕曦星

示,月兔首先已经乐歪了嘴巴。

大学……我都不知道自己还能不能跨进那道门槛呢!

……

晚上回到家。

婶婶和美嘉都不在,叔叔躲在厨房里喝酒!

"叔叔,您怎么又偷偷地喝酒啊!"我嘟起了嘴巴。

叔叔不好意思地笑笑,然后放下了酒瓶,走到我的面前,很和蔼地对我说:"夕儿啊,你真的很想念大学吗?"

我低下头,看着自己的脚尖,不知道该怎么回答叔叔好,我也知道叔叔家里的条件不是很好,我想念书,可是我又不想增添他们的负担!

叔叔看到我这个样子,笑了笑,说:"我已经去学校帮你把学费给缴清了,你可以安心上学了!这是叔叔偷偷藏的私房钱,你婶婶不知道的!"

"叔叔!"我抬起了头,惊呆了! O_O

"你奶奶在生前把你托付给我,说实话,你在我们家也吃了不少苦,这个学,叔叔是说什么也要让你上的,好好加油,知道了吗? ~_~"叔叔拍了拍我的肩膀。

"谢谢叔叔!"我一头扑进了叔叔的怀里,感动地哭了起来。

叔叔的身子动了一动,最后,他只是轻轻地摸了摸我的头发,什么也没说。

5

清德学院是一个很大很漂亮的大学,一走进学校的大门,就可以看到道路两旁种满了参天的梧桐树,因为开学的时候还算是夏天,整个梧桐树热热闹闹地舒展着繁茂的枝叶,仿佛争先恐后地想要遮蔽天空一样,漂亮极了……

在学校的当中还有一个湖,这个湖有一个很好听的名字叫做"学思湖",湖边低垂着青青杨柳树,湖的中央横躺着一座打了三道弯的小桥,微风吹过来,湖面轻轻地皱了起来,一圈一圈向远处荡漾开来,就像是天地间的神祇,把迷人的笑容留在了这里……^_^

我和美嘉因为不是报考的同一个系,所以并不在一个班级,这多少让我心里感觉有些莫名的轻松。

今天是开学的第一天,我一直都沉浸在成为大学新鲜人的喜悦之中,几乎一整天,脸上都挂着浓浓的笑意。^_^

下了课,我在学校附近逛了一下,找了一间看起来比较干净整洁的小吃店走了进去,我想先随便吃点东西,然后要去西餐厅打工……对了,开学之后,我并没有把西餐厅的工作辞掉,只是申请了计时工,我要快快存钱,等我有能力的时候,我就要搬出来一个人住!

现在是放学时间,学生们都三三两两地聚到这里来吃点心,人很多,几乎没有什么空位子,我左看右看,好不容易瞅准了一个空位子,毫不犹豫地坐了下去……

"老板,一碗红豆小丸子……"这个小吃店里人声鼎沸,我必须要提高音量才能让老板听到我的声音。

红豆小丸子,是我最喜欢吃的东西之一,我也不知道这里的味道如何,反正先点了再说。^_^

坐在我对面的人正在津津有味地吃着……牛腩饭!三四点钟的时候不是应该喝喝茶,聊聊天,吃吃小点心的时候嘛,很少有人会想到要吃饭……真是个怪人!

我乘着老板还没有把我点的东西送过来的时候,不由地打量起对面的人来……这不看还好,一看啊,我差点下巴脱臼,晕倒在桌子上……

这个人……不就是上上个月,在书店里碰到的那个偷书的坏小子吗? @_@……此刻的他,穿着一身清德学院附属高中的浅灰色制服,依然漂亮得像从漫画中走出来的一样……他怎

会在这里？

　　"不要拿你那张 Pizza 脸看着我！=_="那个坏小子眼睛都没抬一下，冷冷地蹦出了这么一句话。

　　Pizza 脸？O_O……是指大饼脸的意思吗？……我连忙看了看周围，好像没有符合他条件的人……我低下头想了一想，因为天气炎热的关系，我今天特地把头发在脑后扎了一个马尾，可能看起来脸是比较大一点……但是，他是在说我吗？>_<

　　"我的脸有这么大吗？……我只是肉多了一点好不好？你在一只 Pizza 上面能吃到这么多肉吗？"我生气地反驳道。

　　那个坏小子抬起头，轻蔑地打量起我的脸，冷冷地追加了一句："15 寸的！"然后，又自顾自低下头吃起饭来了。

　　我快被他气得跳了起来。这时，老板把我的红豆小丸子拿了过来，我深深地呼吸了一下，终于压住了心头的火，我说过，我是一个很有教养的女孩子！

　　我猛地低下头吃起来。第一次，我在吃小丸子的时候却尝到了龟苓膏的味道！

　　太可恶了，第一次见面叫我大金刚，第二见面说我是 Pizza 脸……我不知道有多可爱呢好不好？……只不过才一个高中生，就对我这个前辈这么无礼，太没家教了，太可恨了！O(>_<)O

　　"你今年读高几？"我学着他，头也不抬地问道。

　　"我已经读高二了！"一个甜甜的女声在我面前响了起来。

　　我猛地抬起头一看，桌上一盘牛腩饭空荡荡的，那个坏小子早就已经没影了，现在坐在他位子上的，是一位长相甜美的女孩子。

　　我一下子站了起来，他溜得可真快啊！

　　"喂……付了钱才能走，一共是 85 块！谢谢！"老板突然出现在我身后，大声吆喝了起来。

　　我只是条件反射地站起来而已，我又没说要走，我还没吃完呢！等等……

"老板,怎么会要 85 块? 我的小丸子只要 25 块钱啊! @_@"我疑惑地问。

"小丸子 25,牛腩饭 60,一共是 85 块错不了!"老板算给我听。

"我没点牛腩饭,那不是我点的!"我大声地辩解道。

"我知道,是你朋友点的,他还没付钱就走了,所以只能算在你账上了!"老板无情地说道。

"他……他不是我的朋友!"我有些急了。

"我都看见你们两个人聊天了……怎么,想吃霸王餐啊!"老板的脸顿时凶了起来。

哦,我的天哪……我和坏小子之间那气死人的对话也叫在聊天?! ……没有办法,我只好乖乖从钱包里掏出 85 块钱给了老板……老板这才满意地拍拍屁股去忙别的生意了!

这混蛋,被我逮到他就死定了! O(>_<)O 这下,我连小丸子也没心思吃了! 拿起书包就追了出去……

老天开眼,那坏小子并没有走远,他站在离小吃店不远的转角,好像在等着什么人……

我快步走到他面前……

"把钱还我! >_<"我把手伸到他的面前。

"什么?"他不耐烦地看了我一眼,转身打算离开。

"你怎么能吃饭不给钱就走呢? 害得老板以为我跟你是一伙的,硬要我替你付钱……快把 60 块钱还给我!"我挡在他的面前。

他停了下来,慢悠悠地对我甩出一句:"我没钱!"

"果然是千年老油条啊……没有钱? 你骗鬼啊! ……才读高中就这么坏! 你父母一定被你伤透了心吧! >_<"我气极了,声音也不自觉地大了起来。

"我没有父母!"他淡淡地说了一句。

我突然愣住了,他漂亮的眼睛里忽然闪过了一丝忧郁,藏

得很深，可是却很刺眼……就是这 5 个字，竟然可以轻易地抹去他之前对我所有的冒犯，笔直地触及到了我心底的某个角落，我似乎在他身上看到了我自己的影子……

我想了一下，从书包里拿出了钱包，给自己留了 20 块钱坐车，然后把剩下的 300 块钱塞到了那个坏小子的手里。

"我不要！"他皱皱眉头，不悦地甩开了我的手。

"再没钱也不能去偷东西，明白吗？拿着！"我不由分说把钱硬塞进他的口袋里，然后头也不回地跑开了……因为我打工要迟到了！

果然，我差一点点迟到，我是在我们的领班 Grace 的严厉注视下走进西餐厅的，我连忙换好衣服，开始忙了起来。

"夕儿，下了班之后有事吗？"月兔找了个空挡，走过来问我。

"没什么事，就是回家啊！"我回答她。

"嗯，那下了班之后，我带你去一个地方！^_^"月兔神秘兮兮地说道。

我刚想问是什么地方，忽然看见 Grace 向我们这边走过来，我们俩连忙分开了。

6

没有想到，月兔带我去的地方，竟然是一个名叫 Snow 的酒吧。其实，我还是第一次来这种地方呢，我怕月兔说我老土，所以我都没好意思说出口。

这个酒吧面积很大，设计得非常漂亮。怎么说呢，感觉很奢华，可是又不是那种一般的华丽，在这里面似乎还隐藏着一种说不出的神秘和诱人的气息，吸引着踏入这道门的人，不停地去发现，然后不停地探索……

酒吧靠南面的地方还有一个不算小的舞台，上面放了一架

爵士鼓,一会儿应该会有乐队的现场表演吧,好酷哦!^_^

"月兔,夕儿!^_^"旭晨哥的声音突然不知从什么地方冒了出来。

我连忙回头寻找。

"我在这儿呢!~_~"旭晨哥拍了拍我的肩膀。

"旭晨哥,你怎么会在这里?"我惊喜地问。

"我在这里工作啊,当然要在这里喽!"旭晨哥笑着说。

"啊……原来你就在这个酒吧工作呀!"我惊讶地张大了嘴巴。其实我知道旭晨哥是某个酒吧的经理,可是我从来没有问过他具体是哪个酒吧,今天来到这里碰到旭晨哥,我心里当然非常兴奋!

"你看,我说得没错吧!有了夕儿,你眼里还有我这个老婆吗?-_-"月兔假装不高兴地埋怨旭晨哥。

"哇,我的好老婆又生气了!老是吃妹妹的醋怎么行呢?真伤脑筋啊!"旭晨哥一只手搂住了月兔的肩膀,也假装皱起了眉头。

"回去再和你算账!"月兔一下子笑了起来,又问,"他们人都到了吗?"

"还差一个,在老地方,你们先过去吧,我一会儿就过来!"旭晨哥说。

"好,夕儿,我们走吧!"说着,月兔拉起了我的手。

"我们去哪儿?还有谁要来?"我好奇地问。

"一会儿你就知道了!"她回过头来笑着说,看来还想对我卖个关子。

月兔把我带到了里面的角落里,那里用白色的轻纱幔帐围起了一个小空间,三面摆放着舒适的沙发,外面的音乐可以直接传到这里,但是因为经过特殊的设计,声音并不会很嘈杂……而且,从这里的视角看出去,可以很清楚地看到那个舞台上的任何表演……

第 1 章 / 夕曦星

"月兔,你们来啦! ^_^"一个甜美的声音从里面那张沙发上传了过来,这里的灯光有点暗,我仔细一看,才发现那里有一个女孩,她长得非常可爱,有点像日本女孩,不,应该更像洋娃娃才对! ……此时,她站了起来,向我们走过来。

"嗯,麻衣,星野呢?"月兔问道。

"他说出去买包烟,很快就回来!"那个被称为麻衣的女孩子回答说。

然后,她把目光聚焦在我身上,很有礼貌地向我伸出了手,"你好,我叫麻衣,今年读高二。^_^"

我轻轻地握了握她的手,笑着说:"我叫林夕儿,比你大两岁,今年刚进大学。^_^"

"那我以后叫你林姐姐可以吗?"麻衣睁大了眼睛问我。

"当然可以啦! 我还从来没有过这么可爱的妹妹呢! ^_^"我笑着答应她。

这时,Waiter拿来了几瓶啤酒,和一瓶我也不知道是什么牌子的洋酒,还有两杯橙汁。

月兔拉着我们坐了下来……

可是我才刚坐下一秒钟,月兔不满的声音突然爆炸似的响了起来:"星野,你才多大,我拜托你少抽点烟行不行! >_<"

我连忙又像个弹簧似的站了起来,向正在走过来的男人微微颔首,说:"你好,我是林夕儿,请多多指教! "

那个男人半天没反应,我慢慢地抬起头,看到他的嘴角很随意地叼着一根烟,在那点点的红光照射下,映出来的那张脸,竟然是……那个身世可怜的坏小子!!!

"怎么会是你? O_O"我倒抽了一口凉气,明知道是不礼貌,可还是不自觉地举起了手指指着他的脸。

"大脸猫?你来干嘛?"他歪着头看我,显然非常不满意我会出现在这里。

大脸猫? ……我瞪大了眼睛,每次一见我就给我取个新外号,想像力这么丰富怎么不去做艺术家啊!

就在这个时候,旭晨哥来了……月兔拉着气呼呼的我坐了下来,那个坏小子在麻衣的身边坐了下来。

"想喝什么自己拿吧!"旭晨哥招呼着大家。

"林姐姐喝橙汁没关系吧,因为我很爱喝,所以也帮你点了!^_^"麻衣冲我甜甜地笑着。

"哦,没关系……我也很爱喝橙汁的!^_^"我连忙说。

"喂,你叫她什么?你们很熟吗?"那个坏小子口气很差地对麻衣吼道。

"就算我们现在不熟,但是很快就会熟了呀!"麻衣很无辜地瞪大眼睛说,"月兔说,林姐姐将要成为我们幻城的新成员了!"

"什么?O_O"我和那个坏小子同时叫了起来,然后把目光齐齐地投向了月兔。

"对啊,夕儿,我还没来得及告诉你呢,我们现在正式邀请你加入我们幻城,你同意吗?"月兔看着我问。

"我反对!>O<"那个坏小子大声吼道,坐在他身边的麻衣顽皮地掏了掏耳朵。

"超过半数反对才有效,反对的人举手!"月兔刚说完,那个坏小子刷的举起了手,过了半天,还是只有他一个人在举着手。

"你们都在干吗?麻衣,你也不帮我吗?嗯?"坏小子气急败坏地吼道。

"星野,你不要这样嘛,我蛮喜欢林姐姐的呀,为什么不让她加入幻城呢?"麻衣轻轻地说着,试图拉下坏小子的手臂。

月兔则幸灾乐祸地看着一个人孤军奋战的坏小子。

半晌,坏小子突然放下了手,站起来走到我的面前,从口袋里掏出钱包来,然后抽出一张1000元面值的钞票扔到我手中,恶狠狠地说道:"这是我还给你的,书和牛腩饭的钱,拿了钱给我立刻离开,这里不欢迎你!"

　　我本来正被这事搞得一头雾水呢，现在这个坏小子竟然敢用钱来侮辱我，幸亏这里的灯光比较暗，不然在座的一定可以看到我的脸色已经变得铁青铁青。>_<

　　"不够吗？"那个坏小子从又从钱包里抽出两张千元大钞丢到我的面前，"这是利息，我们从此互不相欠！"

　　"星野！"一直在旁边默不作声的旭晨哥终于忍不住发话了，"你这是在干什么?！"

　　"不干什么，就是看她不顺眼！"那个坏小子非常顺口地说道。

　　"月兔，旭晨哥，麻衣……"我深吸了一口气，沉着地开了口，"虽然我不知道你们口中的幻城是个什么样的组织，不过我现在可以立刻答复你们……我同意加入幻城！"

　　月兔一听，激动地拉起我的手，满脸笑容地说道："太好了夕儿，那从现在开始，你就是我们幻城的一员了！"

　　"我说过我反对！O(>_<)O"那个坏小子还在咬牙切齿地挥舞着拳头。

　　月兔回过头去冷冷地看了他一眼，说："反对的话，那你只能自行退出幻城了……我可以很负责任地告诉你，我绝对不会阻拦你！-_-"

　　那个坏小子一听，立刻放下了拳头，嘀咕了一声："我不走！"然后垂头丧气地坐了下来，拿起一瓶酒，自己跟自己生起闷气来。

　　这时，旭晨哥忽然站了起来，他朝着入口的那个方向，问候了一声："你来啦！"

　　这里的灯光本来就暗，只有一只蜡烛照着有限的方圆几厘米，更何况我又是一个近视眼，此时此刻，我只看到一个高大挺拔的影子走了过来，但是一点都看不清楚他的脸。

　　"嗯，公司有事来晚了！"他略带冰冷的声音在这小小的空间里响了起来，算是向大家打过招呼了。

他直接走到那个坏小子的身边坐了下来……

"怎么了,星野?"他看着板着一张臭脸的坏小子,放柔了声音问。

"哥……"坏小子突然抬起头来,亲热地叫了一声,带着浓浓的撒娇腔调,我不禁皮肤上面紧了一紧。

"你看月兔他们做的好事,硬要把一个莫名其妙的人拉来幻城!哥……你也会反对的是吧!"坏小子还是那副撒娇的嗓音,我的鸡皮疙瘩再也顶不住地从毛孔里面钻了出来。

"滚你丫的,秋田星野,什么叫做莫名其妙的人?夕儿可是我和旭晨千挑万选的!>_<"月兔的声音很火大地响了起来。

那个男人抬起头来,环顾了一下四周,最后把目光落在了我的身上……就在他抬起头看我的时候,我才能就着烛光看清楚他的脸……Oh, my God!我的脑中一阵眩晕,怀疑自己是不是眼花了,他竟然是……O_O

"晨曦,夕儿是我的妹妹,我向你提起过的!^_^"旭晨哥突然开了口。

他竟然……竟然真的是晨曦,这不是我眼花,刚刚旭晨哥也叫了他的名字……我的偶像,竟然就坐在和我咫尺的地方,我已经明显地感觉到自己的四肢僵硬了起来……尤其是他现在这么直盯着我,电视上说得果然没错,他真的有一双摄人魂魄的眼睛。

"你……你好……我……林夕儿!O_O"我想站起来的,可是我的脚却怎么也使不上劲,我觉得自己已经慢慢走向了石化的边缘。

"哦,我是晨曦!"晨曦面无表情地说了一句,然后就转过头去,从桌子上拿起一瓶酒喝了起来。

"哦,对了,夕儿,你旭晨哥要我帮你找一下房子,你想要搬出来住对吗?"月兔突然转移了话题,帮忙打起了圆场来。

"林姐姐想要一个人住吗?"麻衣对我露出了崇拜的表

情。

"你跟她很熟吗?别姐姐姐姐的!你姐姐有月兔一个人就够了!"

麻衣莫名其妙地被坏小子说了几句,委屈地嘟起了嘴巴。

月兔拉着我的手,把我的注意力转了过来,对我说:"房子我已经找得差不多了,找个时间我们一起去看看好吗?"

我点了点头,然后借故站起来,走进了洗手间。

我坐在马桶上,心里实在是愤愤难平,双手都使劲握成了拳头!……那个叫做星野的坏小子,你给我等着,把我惹到火山爆发,你就死定了!!! O(>_<)O

我从女生厕所里走了出来,外面是很长一条男女共用的洗手台,使用没有打磨过的大理石和透明的玻璃做成的,很有粗糙的质感。

我在最边上那里洗着手,这么漂亮的洗手台,我平常并不多见,我一定要认真仔细地把手洗洗干净,更何况我并不是很想回到刚刚那个地方……大脸猫?莫名其妙?我说那个什么幻城,才是个莫名其妙的玩意儿呢! 还真以为我稀罕吗?太可笑了!

我擦完肥皂,正打算冲水……忽然从镜子里看到晨曦在我身边的洗手台前洗手……

我呆住了三秒钟,然后壮着胆子很紧张地开口:"晨曦先生,我很喜欢你……你写的歌……我每一张 CD 都有收藏哦!"

晨曦连头也没抬一下……

我尴尬地收回自己的目光,低下头,又胡乱地洗起自己的手来……

可就在这时,令人意想不到的情况发生了……晨曦突然拉起了我的右手,把我猛地推在了左边的墙壁上,然后以迅雷不及掩耳的速度,低下头,霸道地吻住了我的嘴唇,我眨巴眨巴眼睛,完全不明白这是怎么回事……只是嘴唇上那柔软但并不温柔的触感,却快要让我失去知觉了……

过了一会儿,晨曦终于放开了我……我抚摸着脸上的红潮,调整着自己凌乱的呼吸……

"哦!我今天来得真不是时候!"一个十分不愉快的女声在我们身边响了起来。

我回头一看,是一个穿着十分火辣性感的女人。

"看来,只好等下一次喽!"说完,她踩着尖细的高跟鞋转身走开了。

我抬起愤怒的眼睛瞪着晨曦,他看看那女人的背影,然后回过头来看着我,嘴角勾起一抹邪邪的笑容……

"你不是说很喜欢我吗?"他带着可恶的笑容,那里面似乎还隐藏着嘲笑。

我觉得自己好像被耍了一样,愤怒极了,说实话我真想学电视里一样,伸手上去抢他一个耳光,可最后,我还是忍住了……>_< 我只是狠狠地瞪了他一眼,一句话也没说,转身走了出去……

*   *   *

(夕儿刚走,晨曦又开起了水龙头……

"不出来洗手吗?"他突然看似不经意地对着镜子说起话来。

不一会儿,只见星野慢慢地从男生厕所里走了出来……他已经躲在门后面看了好一会儿了……

"哥……你怎么能这样?"星野摆着一张臭脸,眉头几乎要扯在中间打个死结。

"什么?"晨曦明知故问。

"那个大脸猫啊,你怎么可以吻她?"星野的眼睛里闪过一抹受伤害的眼神。

"都是幻城的人,不应该互相帮助吗?……借来用一下而

已……"晨曦扬起了一抹意味深长的笑容,然后从水龙头上接了点水,擦拭起自己的嘴唇来。

星野看到他这样的动作,眉头立刻舒展了开来,脸也瞬间亮了起来,他走到晨曦的面前,撒娇似的问道:"哥……你不会和她有任何关系的是吗?!"

"我为什么要和她有关系?"晨曦微微一笑,"你想太多了!"

说着,两人一前一后走回了位子……当他们回到那个角落的时候,就只剩下月兔一个人在那里了。

她埋怨两个大男人上洗手间竟然花了这么久的时间,说夕儿和麻衣明天还要上课,所以让旭晨先送她们回家了!

最后,月兔拿起三张千元大钞还给了星野,还一直追问他到底和夕儿之间发生了什么事。

星野叫她不要多管闲事,然后也自行离开了……)

7

我是夕儿。

我是在回家的路上,收到了月兔传给我的简讯,上面是幻城所有成员的手机号码,别看月兔平时大大咧咧的,她可真的很细心啊……^_^

我坐在旭晨哥的车子上,听旭晨哥慢慢向我说起他们的幻城……

这是一个象征着坚固友情的团体,是月兔亲手创立的,成员有晨曦,星野,麻衣,月兔,还有旭晨哥,当然现在还加上了一个我,一共是 6 个人。

这 6 个人里面年龄最小的当属麻衣,今年才 18 岁,最大的是晨曦,今年 28 岁,看起来似乎是年龄跨度很大,而且是完全不同领域的 6 个人,可是因为月兔的关系,大家都走到了一起,并且成为了密不可分的紧密团体。

他们的这个幻城，有个不成文的约定，就是每个星期至少聚会一次，基本上是在 Snow，或者是一个名叫纳西的日本料理店。

月兔说，只有经常见面，才会永远相亲相爱……

不过，也并不是每次人都会到齐的，缺席最多的人就是晨曦，他的工作很忙，经常要去出差，有时候两三次聚会中，他才只来一次，甚至更久……

听着听着，我已经不由自主地爱上了幻城这个大家庭 ^_^……只除了那个叫做星野的坏小子，我恨透他了！ >_<

旭晨哥笑着安慰我说，星野其实是一个好孩子，只是对自己认定的东西或者事情会非常认真执着，他一开始就觉得幻城是我们 5 个人的，所以当月兔想要让我加入的时候，他会非常反对，其实，他只是在保护他自己心目中的那座幻城，今后对我熟悉了之后，他就不会这样了……

他也能算是好孩子？……我在心里冷笑，如果你们知道他喜欢偷东西和吃霸王餐的话就不会那么说了吧！……啊！我突然茅塞顿开，我说他为什么那么反对我加入幻城，原来是怕我揭他的老底啊！……害我真的以为他之所以会讨厌我，是因为我脸大的关系呢！

旭晨哥把我送到家的时候，已经是半夜了，叔叔和婶婶早已经睡熟了，我向旭晨哥道别之后，用钥匙打开大门，轻轻地走了进去……

我走到客厅里，听到叔叔房间里传来有规律的打呼声……

果然是睡熟了……我蹑手蹑脚地走向了我的房间……

突然，我觉得有些不对劲……我早上出门的时候，明明是把房间门关上的呀，怎么现在会……裂着一道 5 公分左右的缝呢？

我推开门走进去，虽然房间里是黑压压的一片，可我分明听到了一些细碎的声音，虽然很轻，但在这一片万籁寂静中，却被

暴露无疑……

"谁？"我害怕极了，伸手想去打开房间的灯。

"啪"的一声，我的手竟然被另一只手用力打掉了。

"啊！"我再也忍不住了，害怕地尖叫起来……

几秒钟之后，叔叔和美嘉都打着哈欠出现在这里，叔叔帮我打开了房间的灯……

"婶婶？O_O"我看着那个在我房间鬼鬼祟祟的黑影，惊讶地瞪大了眼睛。

"老婆，你深更半夜在这里干吗？O_O"叔叔和美嘉也同样很吃惊。

婶婶一看形势不对，立刻装模作样地打了一个大大的哈欠，眯起眼睛自言自语地说："是啊，我怎么会在这里？……大概这几天太累梦游了吧！……我可要回房睡觉了，困死我了！"

说着，婶婶摇摇晃晃地走出了我的房间……

紧接着，叔叔叮嘱了我一句"早点睡吧"，也和美嘉一起回了各自的房间。

不对，婶婶怎么可能是在梦游？她刚刚打掉我想要开灯的手，是那么用力并且准确……

虽然我不知道婶婶半夜进我房间来有什么目的，可是我……等等，我似乎想起了什么……

我从床底下拖出一只箱子，打开箱子，里面有一只粉红色的糖果盒，盒子里装着我所有打工赚来的钱。

可是今天，我一打开箱子就发现不对劲，Melody 的方向颠倒了，说明糖果盒被人动过了……我连忙打开盒子，然后一屁股坐在了床上……

里面的钱，几乎全都被拿空了，只剩下一些零碎的小钱……婶婶怎么可以这样？这是我准备给自己缴房租的钱啊！现在都没了，我什么时候才能搬出去独立呢？……

想着想着，我不禁哭了起来……辛辛苦苦了一个暑假，打工挣来的钱，我省吃俭用才存下了这么多……现在一下子都没有了，我该怎么办呢？……我突然很想念我的爸爸和奶奶，很想很想……

第 **1** 章／夕曦星

第二章

茫茫人海汹涌，
我们曾错过多少的美梦，
青春转眼飞逝，
有谁曾陪我笑，陪我哭⋯⋯

Faith will move mountains!
如果我是植物，
我就是一株小草，
用细细的根向深深的泥土延伸，
狂风之后依然挺立，
野火烧尽也会重生⋯⋯

1

我是夕儿。

台湾的夏天通常都会有点长，大多数的时候，虽然季节已经进入了秋季，可是炎炎的夏日却不肯有丝毫的让步，让原本应该清凉舒爽的秋风，顷刻间就变得毫无意义了……

我今天一整天都没有好好地听课，脑子里还在想着前天晚上晨曦那毫无预警的吻。这个世界上怎么会真的有人把亲吻当成洗手那么随便呢？我想不通，十分想不通……

放学的时候，我终于忍不住掏出自己的手机，给晨曦传了一条简讯，我写道："我是林夕儿，我知道就这样打扰你有些冒昧，可是你不应该为前天晚上在 Snow 的事情向我道歉吗？！"

传完了以后，我突然觉得卸下了一身的包袱，心情顿时轻松了起来。其实他回不回简讯都无所谓，最主要的事，我已经发泄完了……^_^

我背起了书包走出教室，唉~~~ 好热哦！夏天的太阳，真的是一个很厉害的角色，像个大大的烤炉一样挂在头顶……可是就是在今天，它居然反常地从西边升起来了……

当我走到校门口的时候，你们猜我竟然看见了谁？呵呵……当然不会是晨曦啦！^_^

居然是星野那个坏小子，他站在校门外，穿着一身酷得要命的高中制服，斜斜地靠在他那辆拉风的摩托车上面，走过的女生，不，男女生，没有一个不向他行起注目礼的……

他到这里来干嘛？等女朋友吗？这里可是大学，难道说小草想吃老牛？哼……果然是坏小子！>_<

我正在犹豫着，到底要不要装作不认识他，还是应该大方地走上去和他打个招呼，然后向他领取我的第 4 个外号……

"大……"星野一看到我走了出来，就想大声地叫我的外

号,这个混蛋。

我一听到这个"大"字,马上停下了脚步,然后狠狠地瞪着他,如果他真的敢在大庭广众之下给我大声喧哗出来,他就死定了!

可是,奇迹出现了……星野竟然慢慢地向我走过来,清晰而准确地叫了我一声:"林夕儿……"

接着,他舔了舔自己的嘴唇,对我露出了一个迷死人不偿命的笑容……^_^

那一刹那,我觉得头顶的太阳正在往东边下沉,而星野的笑容,在这闷热的季节里,竟让这平地刮起一道清爽的微风来……

他的嘴唇弯起完美的弧度,细长的眼睛微微眯着,他真的很像是一个从漫画中走出来的王子……我几乎有些看呆了,几秒钟之后,我的脑子里突然很煞风景地冒出了一个念头……星野今天肯定吃错药了! =_=

"你该不会是等我吧?有什么事吗?"我全身警戒了起来,不知道他脑子里又在打什么坏主意。

"我们和解吧!^_^"星野依旧保持着他温柔的笑容,突然对我说道,"你现在也是幻城里的一员了,我觉得我们应该要相亲相爱!"

我愣了一下,然后点点头,说:"你能这么想就对了!"

我心里暗暗地松了口气,看来星野并不如我想象中的那么坏嘛。

"一起吃晚饭吧!我请客,算是向你赔罪……"星野还没有等我接上话,他突然自己说了下去,"……啊,对了,你要去打工对吗?那太可惜了,等下次有机会吧! ~_~"

我有些纳闷,不过还是微笑着点了点头,说:"其实不用另外请我了,只要见面的时候不要老是让我那么难堪就行了!你说得没错,我们都是幻城的成员,怎么可以内部搞不团结呢? ……好了，我打工要迟到了，先走了，拜拜……”

　　说着，我向星野挥了挥手，转身急匆匆地跑开了……

＊　　　＊　　　＊

　　（星野盯着夕儿离去的背影，慢慢地收起了笑脸……

　　他咬牙切齿地自言自语道：“想做幻城的人，你也配！”

　　这时，不知道从哪里呼啦一下子蹿出了好几个人，迅速地围到了星野的身边……

　　“大哥，刚刚那个人就是林夕儿吗？”一个同样穿着高中制服的男生问道。

　　“就是她！”星野冷着一张脸，对另外几个穿着便服、单从年纪上来看应该是大学生的人说，“你们也都认清楚了吗？她是你们一年级的新生。”

　　“真的只要整到她哭，你就愿意支付 5 万块？”一个留着长头发的男生问道。

　　“没错，不管你们用什么方法，动用多少人！但是……”星野停顿了一下，继续说道，“我的 5 万块只会给动作最快的那个人，你们可要抓紧了！”

　　“星野，你知道我对钱可没什么兴趣！”一个女生嘟起了小嘴，微微把头一偏。

　　星野沉默了一下，不耐烦地说道：“知道了，事成之后，我会跟你约会的！ -_-”

　　那个女生终于露出了满意的笑容，走过来想要挽着星野的胳膊……

　　星野猛地把手一甩，冲着她不客气地吼道：“我说了是事成之后，你听不懂吗？”

　　这时，一个身材彪悍的男生在旁边露出阴险的笑容：“已经好久没有玩过这么刺激的游戏了！”）

* * *

我是夕儿。

我坐在去西餐厅的公车上，心情没来由地大好，也许是因为星野主动来要求停战和解的关系吧……我突然觉得身边的一切似乎都是非常的美好，就连晨曦前天晚上对我做的事，我也已经彻底原谅了，我想，可能娱乐界的人都喜欢这样子打招呼的吧……

想着想着，我又摸出了手机，给晨曦传了一条简讯："道歉的话就不用说了吧，我已经原谅你了！好好工作,加油! ^_^"

2

我是夕儿。

第二天，我来到学校，不知道为什么我总是觉得哪里怪怪的，是同学的问题呢？还是我自己的问题，我也说不上来，反正就是觉得不对劲……

真正让我瞧出一些端倪的时候，是在下午的体育课之前，我去储物柜里拿运动裤和球鞋，当我从储物柜里拿出球鞋的时候，我差点怀疑自己开错了柜子……0_0

我的两只球鞋上，分别被画上了两只猪，有耳朵有尾巴，猪屁股下的一堆便便好像还在冒着热气，绘画风格倒还有几分像几米……到底是谁搞这种无聊的恶作剧呀！

我气坏了，可是又不能不去上体育课，最后，我灵机一动，终于想到了一个好办法！

结果那堂体育课上，所有的人都是穿着白球鞋，而我一双漆黑的球鞋混在里面，就像是一锅白粥里的老鼠屎，老师和同学们都用诧异的眼神看着我，像是在询问我为什么会有这么奇怪的品位……

那是我愿意的吗？要知道我用黑色签字笔涂了老半天呢！>_<

接下来，就是第二天的随堂测验。

我正在咬着铅笔苦思冥想呢，突然，我的同桌用手肘推了推我，示意我看老师的背后……

我定睛一看，老师的背后贴着一张纸，上面画着一只大乌龟，下面还有一行小字，因为我是近视眼，所以看不太清楚……

天哪，这还得了啊……不知道是哪个顽皮的学生不好好考试，在课堂上和老师开起这种玩笑来，太过分了吧！

毫不知情的老师向我这里走来，经过我的时候，我正想伸出手去帮老师揭下背后的纸张……

突然，教室里冒出了一个尖细的声音，像是男生故意尖着嗓子，又像是女生特地变粗了声音，总之他这么一叫，我就惨了……

"老师，看你背后！"那个杀千刀的声音突然喊了一声。

老师一回头，分秒不差地看到我的手尴尬地停在了半空中……老师狠狠地瞪了我一眼，伸出手去，从背后拉下了一张纸，他低头看了一眼，我看到他的头顶心里忽然飘出了青烟……

"林夕儿敬上?！"老师念着纸张上的字，然后对我大声吼道，"林夕儿，你好大的胆子，不仅把我画成乌龟，还敢堂堂正正留下自己的大名，说敬上……你要造反了是不是?！ O(>_<)O"

我被老师说的话搞得一头雾水，只能一个劲地为自己辩解道："老师，这不是我画的！"

"还敢说不是你画的？我看到你的手在我背后……还想抵赖！"老师生气地说。

"我是想帮老师把这个拿下来着……再说老师，我不会画乌龟的，我比较擅长画猪或者狗之类的，乌龟我画不好……"

"林夕儿！"老师打断了我的话，几近咆哮了起来，"你什么

都不用说了,给我出去! O(>_<)O"

我低下头,闷闷地嘟囔着:"老师,我还没写完考卷呢!"

"出去,0分!"老师对我吼到脸色都发青了。

没有办法,我只好从座位上走出来,委屈地向门外走去……隔着门板,我还听到里面的老师在大声骂着:"现在的学生,简直顽劣到不像话了,真不知道父母是怎么教的……"

"什么跟什么嘛,明明不是我干的,扯上我爸妈做什么?!不过最可恶的就是那个冤枉我的人了……>_<"

我嘟起嘴边抱怨着,边走到学思湖当中的小桥上,看着湖里的鱼儿欢快地摆着尾巴……我的心里塞着满满的一团闷气,终于重重地叹了出来……

这几天到底怎么了?好像在我身边突然出现了不太友善的同学,也不知道自己是怎么惹到他们了。如果直接来告诉我,或者我还可以有机会解释一下,现在他们就这样躲在背后暗箭伤人,我可躲都躲不掉啊……

想着想着,我有些沮丧地从口袋里拿出了手机,不自觉地写下了一条简讯传给了晨曦:"当感到灰心丧气的时候,其实就是生活所给予的最特别的磨练。这样想的话,大概就不会觉得难过了吧!"

3

接下来的事实证明,我的想法并没有错,的确是有人想要故意整我……

那是在乌龟事件的第二天,我上完厕所,突然发现里面的那道小门打不开了,我使劲地推啊推的就是纹丝不动,好像是被人用什么东西抵住了一样……我的脸一垮,不会这么老土吧~~~~~

这时,从隔壁传来了两个马桶先后抽水的声音,我心中一喜,觉得自己有救了,于是,我大声喊了起来……

"同学，能帮我看一下吗？我这里的门好像打不开，谢谢了！"

我等了一会儿，没什么反应，我只听见她们在洗手台前洗手的声音……

"同学，帮我一个忙可以吗？谢谢你们……"

话还没说完，我就听到大门被拉开又关上的声音，之后，一切都安静下来，她们走了……

怎么这样啊！难道我得罪的人是女生？我本来一直以为是哪个无聊的男生啊！……怎么办呢？马上都快上课了……我坐在马桶上，使劲想起办法来……

突然，我灵机一动，美嘉不是和我同一个学校吗？我可以打电话让她来帮一下忙，说着，我从口袋里拿出了手机。

可是谁知道美嘉中了什么邪，我打了好几次她都按掉了。我拼命打，她也拼命按，就是不肯接我的电话 >_<……难道我就真的那么惹人讨厌吗？我明明什么都没做，竟然莫名其妙地陷入了四面楚歌、众叛亲离的境地去了……T_T

这时，我的手机忽然响了起来，我以为是美嘉，连忙迫不及待地接起电话……

"美嘉……"

"嗯？……林姐姐，你好，你在做什么？"没想到电话里传来的竟然是麻衣的声音。

"麻衣，你好，我现在在学校！"我随便敷衍着，现在可没时间跟她聊天。

"你的声音怎么听起来不太好？"麻衣敏感地察觉出了我的不对劲。

"没什么，我遇到了一点麻烦，很快就好！"

"什么麻烦？要不要我来帮忙？"

"你？别开玩笑了，我怎么可能让你这么远特地跑过来呢?！我真的没什么，很快就好了！"

"林姐姐，我们幻城里的人互相帮助是应该的……而且我过来不远的，就几分钟而已！"

"几分钟？"我愣了一下，"你现在不在学校里吗？"

"在啊，我的学校就是你们隔壁的清德附中啊，快告诉我你在哪里……"

结果，被困厕所这个窘境还是由麻衣来帮我解决掉了，当我从厕所里走出来的时候，我真的觉得麻衣是世界上最可爱的女孩子，想把她抱起来亲一口的念头都有……^O^

可是我没有想到的是，令我更想跳楼的事情还在后头呢！

我从厕所走出来，回到教室，坐回了自己的座位。突然，我发现自己的书包不见了，这下我傻眼了……我在四处拼命地找也没有找到，我想了一下，跑到了教室后面的垃圾桶看了一下，还是没有，去哪里了呢？

整个班级的同学都聚成小圈子，正在眉飞色舞地聊天，我知道其实他们都在暗中偷看我着急的样子，心里早已经笑翻了天……

"哇，好大一颗棉花糖……"一个男生突然学周星驰喊了一句，大家齐刷刷地把头转向窗外……我顺着他们的目光，看到自己的书包竟然被孤零零地挂在外面的香樟树上面……

我一下子冲了出去……突然又折返了回来，我站在教室门口，对全班同学大声喊道："一切到此为止，你们不要太过分了！>_<"

班级里一下子安静了下来，紧接着突然爆发出雷鸣般的哄堂大笑……我气得狠狠地瞪了他们一眼，转身跑出去了……

结果，我一个人爬到了快两层楼高的香樟树上，拿下了我的书包。我坐在树枝上，越想越生气，越生气就越控制不住自己，我双手握成拳头，对着天空大声喊道："你们这些混蛋，都给我去死吧！O(>_<)O"

我一低头，发现我们班的窗台上挤满了黑压压的脑袋。此刻，他们正带着得意的笑容看我的好戏，我一哆嗦，手掌往后一撑，不偏不倚，正好撑在了一条毛毛虫上面，我疼地大叫了起来，只听"咚"的一声巨响，我从树上掉了下来……

　　……

　　我到底是跟什么人犯冲呢？我绞尽脑汁使劲地想也想不出来。究竟是哪个混蛋气量这么小，就算我做错了什么，可以大声地讲出来嘛，只会躲在背后搞些小动作，真的很差劲，很幼稚，很无耻！！！ >_<

　　我的额头上贴着 OK 绷，手肘上还有些血痕，那是从树上摔下来的时候，被树枝刮到的。最惨的就是我的脚了，好像被扭到了，走起路来很痛……看样子，我今天只好向西餐厅请假了……

　　我一瘸一拐地走到学校门口。忽然，听到身边两个女生很兴奋的声音，一下就飘进了我耳中……

　　"秋田星野今天又来大学部了，就在门口……"

　　"走快点，快呀……"

　　我猛地停下了脚步，一抬头，果然，星野正和几天前一样，穿着整洁服贴的高中制服站在铁门外，就像这夏末初秋里飘过来一道沁人心脾的微风……只不过今天他的身后没有摩托车，他略低着头，斜斜地靠在校门口那一株门神般的大树上……

　　怎么办？我不自觉地摸了自己的脸，我现在这个狼狈的样子被他看见那该有多傻……搞不好他一生起气来，冲上来说要去替我报仇什么的，那我不就是挑起高中部和大学部战争的头号罪犯……不要啦，趁他还没看见我的时候赶紧溜才行……

　　说着，我低下头，一只手捂住了脸，然后背转身开始往回跑，想去找找看学校有没有后门之类的，可是，当我前脚还没迈出去的时候……突然，我听到有人大声叫我……

　　"铁拐李！"是啊，这个人明明叫的是铁拐李，我凭什么认为他是在叫我呢？可是我的直觉告诉我，就是星野那可恶的坏小

第②章／夕曦星

子在叫我站住……说好了相亲相爱,怎么就改不了这随便给人起外号的臭毛病呢!>_<

我停下脚步,慢慢地转过身子,站在原地,眯起眼睛瞪着他,大有一副想叫我过去,连门儿都没有的架势!

最后,只见他微微一笑,然后举步向我走过来……

"怎么了,铁拐李?^_^"星野对我露出了一脸不怀好意的笑容。

"不好意思,我不知道你在说谁,本人姓林!"我没好气地顶他的嘴,眼角的余光瞟到四周已经有不少女生停下来对着我们这边指指点点,没办法,谁让星野太引人注目了!

"对哦,我差点忘了你姓林……铁拐林!"说完,星野忍不住自己一个人哈哈大笑了起来。

瞧瞧他那副德行,真不知道他那个脑壳子里面装的是什么东西,不是上回已经说好停战了吗?才几天工夫,怎么又跑过来挑衅啦?难道现在的高三就那么容易混吗?

"对了,老是听他们叫你星野星野的,你到底姓什么?"我突然转了个话题。

"你问这个干什么?关你什么事?"星野警觉地收起了笑脸。

"难道我也要叫你星野吗?我想我们又不太熟,而且对彼此也没什么好感,叫那么亲热不好吧!^_^"我故意这么说。

他看了我一眼,然后很不悦地从嘴里蹦出几个字:"秋田,秋田星野!"

我没想到他是复姓,不过还是非常满意地回报了他一个甜甜的笑容,说道:"秋田仙姑,你该不会又是在这里等我放学吧!^_^"

"你叫我什么?O_O"星野突然瞪大了眼睛,不可思议地看着我。

"秋田仙姑啊,难道要叫你何仙姑吗?你们又不是同一个爸妈生的!"我装模作样地解释给他听,心里早已经笑翻了天,终

于给我报了一箭之仇,那个爽啊……^O^

"你……>_<"星野咬牙切齿地瞪着我,却一句话也说不出来。

"你找我没别的事吧?有事也最好说没事。因为我现在没时间跟你瞎扯,等以后什么时候有机会,我们八仙再约好一起去海上逛逛吧……拜拜!"说着,我绕过他的身子,准备离去……

忽然,星野一把抓住了我的手腕……我没有防备,被他一下子拉了回来……

"你干什么?"我拼命想甩开他的手。

我听到周围有女生发出一些很不愉快的惊呼声……

"看什么?还不快给我滚!>_<"星野冲着她们大声吼了起来。

一秒钟的工夫,人群又开始流动了起来……

"秋田星野,你疯了。一个高中生竟敢跑到大学里来撒野!我要去向校长举报你!>_<"我被他气坏了,也开始口不择言起来。

没想到这次,他并没有理会我。直接把我的手心拉到他面前,看了一眼,阴阳怪气地对我说了一句:"那么多小疙瘩,看来你连一条毛毛虫也不肯放过啊……=_="

"嗯?"我愣了一下,"你怎么知道我这是被毛毛虫刺到的!"

他放开我的手,弯起了一边的嘴角,接着问我:"树上的空气好吗?"

我微微皱起了眉头,说:"你怎么连这个也知道?"

他终于明目张胆地咧开嘴笑了起来:"我知道的还不止那么多呢。你的球鞋、你的书包、还有厕所、纸条、你所有的事我都知道!"

"我还真看不出来你这么关心我的生活,你怎么就那么闲呢?-_-^"

"身为幻城的伙伴,互相关心是应该的嘛!"星野突然换上

了一副冰冷的面孔,他靠近我的脸,几乎是一字一句地对我说,"我警告你,你最好给我离晨曦远一点,他那天吻你,只是因为形势所逼。你也知道,我哥有数不清的女朋友,我劝你就不要痴心妄想了!"

我顺着他的话想了一想,忽然想明白了一些什么事情……

"你在这里等我放学,就为了这点芝麻绿豆的小事来警告我?你是不是有病啊?"我不敢相信地盯着眼前这个外表完美得一塌糊涂,但是内心却幼稚得滑稽可笑的臭男生!

"如果你不听我的话,你就会死得很惨!"星野抬高了下巴,一副轻蔑的样子,似乎在等着我向他求饶。可是,偏偏我就不是那么一号人!

"秋田先生,你堂堂一个高三学生不好好念书,整天只知道打打架、偷偷东西、恐吓恐吓别人就可以了吗?……难道你就只有这点本事?"我真的是气坏了,就为了那天晚上的一个误会,他至于吗?

星野同样也怒气冲冲地瞪着我,我看再这样下去,我们两个人马上就快扭到一起打架了……

就在这时,一个十分动听的声音传了过来:"星野,林姐姐,你们在这里干嘛啊? ^O^"

"关你什么事?"星野很快把矛头指向了麻衣,"都说了不想跟你去约会,你给我早点回家! >_<"

我狠狠地瞪了他一眼,偏过头去对麻衣挤出了一个笑容,说:"没什么,我正好要回家,在这里遇到了星野……

"林姐姐,你的脸怎么了? "麻衣看到我额头上的 OK 绷,担心地叫了起来。

"我没事,撞了一下而已,麻衣,你和星野一起去玩吧,我要回家了! 拜拜! "说着,我尽量忍着脚踝处的疼痛,快步离开了。

"林姐姐,再见! ^O^"麻衣冲着我的背影喊道。

"都对你说了一万遍了,叫得这么亲热干嘛? "星野大声吼道。

然后我的背后就传来星野杀千刀的喊声："死瘸子，敢忘了我的话你就死定了！>_<"

我忍，我狂忍，我才不要去为了这么一个疯子生气呢……可是忍到最后的极限是什么？百忍成金刚……难道还真的应了他给我起的外号不成！O(>_<)O

4

两天之后就是星期六了，这是幻城这一周的聚会时间 ~v。

当我赶到 Snow 的时候，月兔，麻衣和那个坏小子星野都已经到了，旭晨哥因为是经理，所以一直都是在的……

我一走到那个角落，就觉得今天这里亮了许多，原来是打开了一盏昏黄的壁灯……首先印入眼帘的，就是星野正在不耐烦地甩开麻衣的手，我真搞不明白，挺年轻一个小伙子，怎么火气就那么大呢！=_=

我向大家打过招呼之后，故意坐到了月兔身边，我才不要和星野坐在同一张沙发上呢！

可是没想到，星野好像还是不打算放过我。他突然放下了手中的酒杯，头往后仰，靠在了沙发背上，大声地冲我嚷嚷："喂……你知道你今天像什么吗？"

眼看我的外号时间就要到了……我故意转过脸去，只当没听见他的话，找话题和月兔聊起天来……

"飞天少女猪！哇哈哈哈哈……^(oo)^"星野又一个人在那里自娱自乐了起来。

第几个了？从大金刚、Pizza 脸、大脸猫、铁拐林，到今天的飞天少女猪，已经整整 5 个了，这还不算前两天那最后一句"死瘸子"！……我发誓这是我这辈子最最不堪回首的记忆！O(>_<)O

我把杯子重重地往桌子上一放，橙汁都差点洒了出来……

　　我瞪着他那张放肆大笑的嘴，真恨不得操起一只鞋子塞进去……可是我一想到爸爸从小对我的教育，我再一次忍住了……

　　于是，我嘴巴里咬牙切齿，可是脸上却堆满笑容地回应他说："飞天少男猪 ^(oo)^……你怎么能这么说我呢，真是的！~_~"

　　"咦，夕儿，你怎么会知道星野的外号？厉害哦！"月兔在旁边突然表情很认真地夸我道。

　　"什么？"星野一下子收起了笑脸，"我什么时候有过这么可笑的外号？你们是不是疯了？"

　　"有，怎么没有呢？就在你发育的那会儿。你突然变得又高又壮，晨曦说你是小猪，我们就顺势叫你飞天少男猪喽，难道你忘了吗？^O^"月兔很有耐性地解释给他听。

　　"那个我根本就没有承认好不好?！"星野气地大声嚷嚷起来。

　　"所以等你瘦下来以后，我们也就没再叫你啦！但是做人呢，最重要是不能否定自己的历史！"月兔对我挤了挤眼睛，看来她是故意替我报这个仇的，真是我的好朋友。^O^

　　"我说月兔，你别逼我把你的陈年丑事说出来啊，我还想给你留点面子呢！"星野眯起了眼睛，一副胜券在握的样子。

　　"我长这么大，从来还不知道有什么把柄流落在外呢，瞧你这小样，大姐我今天准许你说来听听！"月兔对这些有的没的八卦最兴奋。

　　星野往沙发后靠去，他喝了一口酒，不紧不慢地说道："你还记得吧，在你们国小的一次作文考试中，题目是《妈妈》，所有的同学都写道：妈妈好辛苦，我长大以后要好好孝顺妈妈，全班只有你一个人写的是：妈妈好辛苦，长大后，我要叫我的儿女好好孝敬我！……后来老师很长一段时间都拿你当反面教材，你们班唯一一只猪的名额就让你给占去了！"

　　"你大爷的，死星野，这事儿你怎么能记这么多年？"月兔的面子挂不住了，一下子跳了起来，"再说我那时候刚从日本回来好不好，拜托！……那你呢？念国中的时候就是一个混小子，有一次无缘无故把同学打得满头包。第二天，人家的妈妈好心让他拿一块蛋糕给你，希望用礼物向你表示友好团结，结果当天下午放学，你又把那同学打了一顿，一边打还一边吼：'我靠，你妈做的蛋糕太好吃了，明天再给我拿几块过来！'……你说这种猪狗不如的事情除了你秋田星野还有谁做得出来！"

月兔说得义愤填膺，星野臭着一张脸死瞪着她。我和麻衣早就抱着肚子在沙发上笑翻了天，哈哈哈……^O^O^O^

就在这个时候，旭晨哥和晨曦走了过来……我们几个连忙收起了玩笑的表情，坐直了身子。

晨曦向我们大家打过招呼，依然是一副高傲冰冷的样子。他真的很少笑，即使在新闻里，我也没看见他笑过……像他长得这么俊美的脸，笑起来一定很好看吧！

我不禁想起上个星期在洗手台前发生的事，脸上又忍不住开始火辣辣地发烫，不敢抬头看他……*^_^*……而晨曦，则像是什么事都没发生过一样，对我依旧是不冷不热，好像我是一个坐错位子的客人似的！

就在我想得出神的时候，星野突然从对面走到我的身边坐下来……然后用手指着正想跟着他一起过来的麻衣，很凶地对她吼道："你就坐在那儿，不准动！>_<"

最后，他对着晨曦甜甜地一笑，说："哥，今天我就不和你一起坐了，我要……陪着夕儿！^_^"说着，他一只手亲热地环上了我的肩膀。

知道什么叫做平地起惊雷吗？那就是形容现在这种情景的……除了埋地雷的那个人正若无其事地对大家露出他那迷死人不偿命的笑容，其他所有人都停了下来，瞪大了惊讶的眼睛看着星野……O_O

我迅速地环顾了一下四周，发觉有两个人的脸色不太好

看。麻衣的眉头几乎要拧成一个可爱的蝴蝶结，晨曦则是看着我们，眼神里有什么东西一闪而过，然后又不动声色地收回了目光，令人实在吃不准他在想什么……

所幸的是，另外两个人只是很纯粹地吃惊……@_@

我连忙一把甩开星野的手臂，转过头去瞪着他，用眼神警告他，你再敢乱开这种玩笑就死定了！>_<

还好星野比较知趣，只是露出了无所谓的一笑，并没有再继续甩他那劲爆的地雷……

很快，这段小小的插曲就这样结束了，大家又都开始聊起这个星期内发生的各种有趣的事情来……

我喝了一口柳橙汁，给自己压压惊，顺便打了打气，然后抬起头看着晨曦……

"晨曦……"我轻轻地叫着他的名字，不想引起其他人的注意。可是没想到，我的如意算盘打错了……其他几个人突然不约而同地停下了所有的动作，齐刷刷地看着我，等待着我的下文……我倒抽了一口凉气，没想到今天晚上叫做"晨曦"的人还真多！

"什么事？"晨曦问我。

"没什么……就是想问问你……有没有收到过我传的简讯……"

晨曦对我微微点头，说了一声："嗯，收到了！"

"什么？"星野突然在我耳边大声叫了起来。我实在吃不消地捂住了自己的耳朵，星野坐直身子，怒吼了起来，"哥，你们俩竟然传简讯，你们怎么可以背着我做出这种事情来?！>_<"

什么叫做出这种事情来？这话我怎么听起来那么不舒服?！=_=^

"传简讯怎么了？传简讯是每个年轻人与年轻人之间都会做的合法合理的事情！星野，你丫今天准是有病吧你！"月兔大概也听不惯他的口气，站出来帮我说话了。

今天晚上的好气氛已经算是完全被星野那个坏小子破坏掉了！O(>_<)O

结果这次聚会持续了差不多一个小时就散了，晨曦和星野先行离开了，麻衣也说不早了，要让晨曦先把她送回家。

月兔说，这是幻城历史上时间最短的一次聚会，破了记录！我心里感到十分内疚，所以特地留下来想向月兔道歉……

"对不起啊，月兔，我没想到会搞成这个样子……"我低下头，轻声说道。

"你做错什么了？干吗要向我道歉，该道歉的应该是星野那个臭小子，太任性了……"说着，她突然问我，"夕儿，刚刚星野这样没有吓到你吧？"

"没……没有啊……"我知道月兔是在指他对我的暧昧举动。

"你不要害怕，其实星野不敢对你怎么样的，他之所以会这么做，只是在保护晨曦！"月兔说。

"保护晨曦？@_@"我瞪大了眼睛，不明白她的意思。

"嗯！"月兔点点头，接着说，"我和星野认识这么久了，一直把他当成自己的弟弟……我这么说可能会让你觉得有些不舒服，不过，一定是你让星野觉得危险了！"

"危险？"我还是没听明白。

"我也不知道具体是怎么回事，不过，或许你无意中做了什么事，让他觉得自己在晨曦心中的地位受到了威胁……"

月兔这么一说，我突然想起了前几天他特地跑来警告我说，让我离晨曦远一点……可是他们是兄弟哎，最关键的问题是两个人还都是男人！难道……@_@

我正想问下去，旭晨哥来了，他说事情已经安排好了，可以先送我们回家了……于是，我也就不好意思再多问了！

5

星期一，我太平无事地过了一天。

只是在傍晚去西餐厅打工的路上，意外地看到星野和美嘉正在约会，我心里突然有些小小的纳闷，难道他对女生也感兴趣吗？

我当然只是随便地想了一想，然后往旁边闪开，并没有让他们看到我。

结果当天晚上睡觉之前，我这个无神论者竟然破天荒地向上帝祷告起来了，感谢他今天让我度过了平安的一天，并希望明天继续保持，阿门！（在胸前画十字）

……

星期二的中午。

我坐在教室里，正准备把自己的便当拿出来吃，突然发现门口一阵骚动，留在教室里的女生统统站了起来……

我还以为发生了什么大事呢……突然，我的噩梦出现了！

星野大摇大摆地走了进来，目不斜视，直接走到我面前的空座位上坐了下来……周围立刻响起了一阵议论声……

"你到这里来干什么？这里可是大学部！"我压低了嗓音问他。

"来给你送好吃的！^_^"说着，他把手里提着的一盒 Pizza 放在了我的课桌上，然后从口袋里拿出一罐可乐……

星野老是这样跳跃性地反常，我真是有点受不了了。而更让我受不了的是，我的周围已经开始响起了一阵阵手机的拍照声……

星野带着 Pizza 到我的教室来，如果不是为了特地来嘲笑我的 Pizza 脸，那么现在的画面，真的很像电影《狼的诱惑》里面，英奇到学校里给姐姐彩麻送午饭（也是 Pizza）的画面，走的时候，英奇还会很不客气地对其他羡慕的女生吼道："你们谁敢抢着吃的话，就死定了！"

那是多么浪漫温馨的一刻啊！我不仅想出了神……^_^

"喂……你怎么了？"星野伸出手在我眼前晃了一晃。

　　我立刻回到了现实,把脸一板,冷冷地说道:"谢谢你的好意,我自己有便当!"周围又引起了一阵哗然。

　　"等一下!"星野突然挡住了我正准备打开便当盒的手,一本正经地问我,"你真的决定要吃自己的便当吗?后果可要自己负责哦!"

　　我看了他一眼,不客气地说道:"把爪子拿开!>0<"

　　星野没说什么,轻轻地拿掉了手……可是,我却在他的眼中发现了一抹很奇怪的笑意……他被我这么拒绝,不应该是很没面子的吗?费解!-_-^

　　我没有再理睬他,打开了自己的便当盒……可是就在我打开盒子的那一刹那,我傻眼了,然后突然响彻云霄地尖叫了起来……>_<

　　在我的便当盒里,在两只煎蛋中间的蛋黄上面,朝天躺着两只又大又黑的蟑螂,好像有一只的脚还在微微抽搐着……

　　我一受刺激,猛地把便当盒往空中一甩,一盒子的蟑螂饭菜全部都甩到了星野的身上……他不可思议地看着我,自己也傻了!0_0

　　我连对不起也说不出来,胃里好像已经有什么翻涌上来了……我连忙跑去后面的垃圾桶里干呕起来……

　　对不起,这真的不是我做作,我什么都不怕,连老鼠和蛇都没问题,就是见虫子害怕得要死,尤其是蟑螂……每次一见到蟑螂,我就觉得自己是去见了一回死神!这个秘密,只有美嘉一个人知道,星野刚刚为什么对我说,后果要我自己负责呢?

　　答案只有一个,那就是他早就知道我的便当盒里有蟑螂!

　　我的脑子里突然浮现出昨天下午在街上看到星野和美嘉在约会的画面,美嘉不会就这么把我卖了吧!不过由此可见,星野真的很卑鄙……他被泼了一身饭也是活该!>_<

　　等我走回位子上的时候……其实我根本走不回位子,因为星野的四周围满了女生,正在争先恐后地帮他擦拭污秽,把我

的位子也占了……

我躲在她们身后偷笑，我再一次用活生生的事实证明了"自作孽不可活"的旷世真理！~v

星野终于噌地从椅子上面站了起来，他恶狠狠地瞪着我，我立刻收起了笑容，装着一脸无辜的样子……

他一边瞪着我，一边把手里的Pizza塞给了右手边的女生，一罐可乐塞给了左手边的女生，女生中间发出了受宠若惊的赞叹声。

他一句话也没说，板着一张臭脸，转身向我们教室门口走去，快走到门口的时候，他突然回过头来，对着那些得到他Pizza的女生们大声吼道："你们谁敢给林夕儿吃的话，就死定了！"

切……谁稀罕！我可是"不吃嗟来之食"的林夕儿！……不过，同样是给女生送Pizza的画面，怎么就和《狼的诱惑》里相差那么多呢？还是英奇最好！

想到英奇，星野还真的和他长得有点像呢！同样是白白的皮肤，尖尖的下巴，还有碎碎的头发，也同样美得像是从漫画里走出来的一样……现在用这个比喻会不会太土了一点！^_^

结果这天，我没有吃午饭，饿了一下午的肚子……其实星野根本不用担心，那些女生们才不会把Pizza分给我吃呢……本来大家就对我不太友善，今天中午他再来这么一闹，我看我是没有什么好日子过了！

6

好不容易等到放学，我想到图书馆去借两本书，结果在杂志书架前，我忽然看到了一本娱乐杂志，封面是戴着一副墨镜的晨曦……他连戴着墨镜的样子都那么帅啊（我有些犯HC地想着^_^）……在杂志的右下脚还有个小圈圈，里面是一张歌坛的玉女歌手Amanda的照片，好像最近又在和晨曦闹绯闻了……

我连忙找了一个位置坐下来，迫不及待地翻阅起来，可是无论我怎么找也找不到杂志里面关于晨曦的内容……

"怎么会这样呢？"我百思不得其解，忽然，我发现杂志中间有被撕扯过的痕迹，我仔细一看，果然就是有晨曦报道的那几页。

"就算他很红也没必要这样吧，想要的话不会自己去买吗？"

我失望地把杂志放回了书架上，想了一想，我从书包里拿出手机，给晨曦传了一条简讯："Amanda 看起来和你不太般配，她太清纯了，你有点坏坏的哦，嘻嘻……^O^"

我刚刚把手机放进书包里，忽然，它又很嘹亮地响了起来……不会吧，难道是……

我连忙拿起手机，打开一看，上面写着："一个小时后，学校门口见！"

是晨曦，真的是晨曦……我不顾周围同学诧异的目光，尖叫一声冲了出去……

我该不会是在做梦吧，晨曦竟然要和我约会，这简直太不可思议了……结果我马上就打电话给 Grace，向她请了一天假，然后站在校门口兴奋地傻笑了一个小时，直到晨曦那辆非常拉风的银色宝马开过来，把我接走……

他把我带到一家名字叫做 BOX 的法国餐厅，这里看起来好高级哦，因为进进出出的人都穿得十分讲究，我这一身 T-shirt 牛仔裤走进去，完全就像是来面试找工作的！

这可是我第一次吃法国菜，说实话我都还不知道该怎么用那一套烦琐的餐具，我只好看着晨曦，他怎么用，我也怎么用……

不过，让我觉得很纳闷的是，虽然是他约我见的面，可是自从学校门口到这里，他却连一句话也没说过。只是自顾自地开

第 2 章／夕曦星

车,然后自顾自地吃东西。那么,他约我来的目的是什么呢?……虽然我从中午就一直饿到现在,可是就这样对着一段木头吃饭也太奇怪了吧!

"晨曦……"我放下刀叉,想吸引他的注意。

"你和星野之间到底是怎么回事?"晨曦突然接上了我的话。

"嗯?就是这样啊,很普通的朋友……"我歪着头想了一下,又说,"……也还算不上……"

晨曦点了点头,一副已然了解的表情,又低下头开始吃起盘中餐来……可是,这么奇怪的气氛,我说什么也吃不下……

"晨曦,我给你讲个笑话吧……^_^"说着,我不等晨曦答应与否,就一个人手舞足蹈地讲了起来,"森林里有一只大象,它被蛇咬了一口,蛇就钻进了地洞,然后大象非常郁闷地守在洞口。大象心想:等天黑看你出不出来!就在这个时候啊,从地洞里面突然钻出了一条蚯蚓,大象一脚踩住了他的脖子,大声喝道:臭小子,你爹呢?^O^"说到这里,我还抬起脚,狠命地跺了一下地板,夸张地模仿起大象的动作来。

"怎么样?好不好笑?^_^"我满怀期望地看着晨曦,谁知道他头也没抬,依然只顾自己埋头吃着晚餐,他真的有那么饿吗? -_-^

"我再给你讲一个笑话吧……"我喝了一口水,正打算开口。

"Waiter,买单!"晨曦招了招手,走过来一个 Waiter.

买、买单了?我还没开始吃呢……我愣愣地盯着晨曦空空如也的盘子,再看看自己面前几乎还没动过的食物,我这才觉得自己的肚子真的好饿哦,我连想哭的心情都有了……

"可是我……我……~~>_<~~"我哭丧着脸,可怜兮兮地看着晨曦。

"你不是很喜欢讲笑话吗?"晨曦对着我冷冷地一笑,站起来就往外面走去。

我皱了皱眉头，连忙抓起书包，跟了上去……

走到门口，泊车的小弟已经把晨曦的车子开了过来……

"要我送你吗？"晨曦转过身来问我。

"嗯……不用了，如果你很忙的话……"我微笑着假装跟他客气。

"那好，我先走了！"说着，晨曦立刻钻进了车子里，好像生怕我会反悔似的。

我看着晨曦的车子绝尘而去，真的有一种哭笑不得的感觉……这算是什么约会啊？天底下最烂最无聊最可笑的约会大概都比这个强！>_<

直到现在我才深深地发觉，他和星野果然真像两兄弟，都是一样奇怪的臭个性！O(>_<)O

7

日子很快又过去一天，今天是星期三。

中午午餐的时候，我特地没有在教室里吃，我就怕星野又想出什么鬼点子来整我，其他任何时间我都可以忍受，可是现在是补充能量的时候，总要吃饱了饭，才能有体力来对抗他吧！

我拿着我的便当盒走到学思湖边，在靠近图书馆的楼下，有一些石凳子，我就坐在那里解决起我的午餐来……而且我刚刚已经确定过了，今天的便当盒里非常干净，量他昨天也已经吃到苦头了吧！

星野到底是不是我想的那样呢？我是指关于性取向方面，他到底是同的？还是双的？我唯一能肯定的就是他不可能单单只是异的！

我吃光了一只煎蛋……

那么晨曦呢？他和星野两个人还真是奇怪，一会儿这样，

一会儿又那样，变来变去都能媲美百变星君了……绝对不能用普通人的思考方式想他们，对，他们一定都不是人类！我相信单单依靠这个地球上的有限资源，绝对养不出这么奇怪的人类来！=_=

我叹了口气，盖上了便当盒子，从石凳上站了起来，然后拍了拍裤子上的灰尘，打算回到教室……

就在这个时候，恐怖的事情发生了……就在我还没来得及转过身子的时候，我突然感觉到背后有一双手，以雷霆万钧之势大力地推了我一把……我没有任何防备，一下子掉进了学思湖里……

其实我是会游泳的，而且这个湖也不算太深，可是这突如而来的落水还是让我的气管里呛了不少水……我从湖底钻了出来，岸上已经围满了看好戏的学生，太过分了，简直太过分了！O(>_<)O

我慢慢地游到岸边，自己爬了上来，我甩了甩湿嗒嗒的头发。各种各样的嘲笑声和议论声就像我这一身甩不掉的水珠那样粘了过来……

我握紧了拳头，愤怒地瞪着他们，我知道那一双把我推下水的脏手就隐藏在这里面。但此刻，大家都是一副嘲笑的表情，我根本就认不出来！

"混蛋！有种就站出来和我单挑！只会躲在背后做坏事的人是老鼠，是蟑螂，是臭虫，是猪头！O(>_<)O"我站在岸边的草地里，口不择言地朝他们大声吼道。

人群里又传来一阵大笑声……忽然，不知是哪个女生说了一句："你也不能怪别人，谁让你得罪了不该得罪的人呢?！"

这句话，很快就引起了大家的共鸣，有个男生说："听说高中部的星野悬赏5万元，无论什么方法，只要整到林夕儿哭就可以了！"

"对啊，女生如果不要钱的话，就可以得到和星野的约会，这好像更吸引人哦……^_^"

哈哈哈哈……他们又发出一阵讪笑……

我突然安静了下来……怎么会这样？我不敢相信自己的耳朵……再怎么被欺负我都不怕，就算把我推进湖里100次我也没关系……可是，为什么这一切都是星野做的？我们不是幻城的伙伴吗？不是应该相亲相爱的吗？就算如今还有一些小摩擦，一些小隔阂，但是时间久了一定会好起来的啊……

星野，他为什么要对我做出这么过分的事情来？难道仅仅是因为那天晨曦吻了我吗？有那么大仇恨吗？……我真的很难过，而且很想哭……我咬紧牙关，拼命忍着，告诉自己千万不能哭，我不能向任何人低头，也绝对不能让那个人得意洋洋地去领取5万块的奖金，我不能哭……可是为什么，我的眼泪还是不听话地飙了出来……~~>_<~~

"林姐姐……"麻衣拨开人群向我跑了过来，"怎么会这样，发生了什么事？"她连忙搀扶起我的手臂。

"我没事，没什么……"我哽咽着，眼泪却怎么也止不住。

麻衣连忙从口袋里掏出纸巾为我擦了擦眼泪，还有脸上和头发上的水……

围观的人群看看接下去的剧情没有什么看头了，纷纷散开了……麻衣把我扶在石凳上坐了下来……

"你怎么会在这里，麻衣？"我止住了哭声问她。

"我下个星期有一场很重要的考试，我是到大学部的图书馆来查资料的，没想到在这里遇到了你，林姐姐，你真的没事吗？"麻衣担心地问。

"没事，谢谢你……"我很茫然地望着平静的湖水，心里涌起一阵说不出的悲哀，"麻衣，你可以告诉我，我们的幻城为什么叫做幻城而不是别的名字吗？"

"这名字是月兔取的，幻城的意思就是梦幻之城，她说住在这座幻城里面的人，一定都会得到最后的幸福！^_^"麻衣看着远

方,很认真地说道。

最后的幸福?我不敢奢望……我的嘴角露出一抹自嘲的笑容……我现在最大的幸福,就是永远都不要再让我看到秋田星野的脸! >_<

8

第二天是星期四。

星野今天打了我一天的电话,我把手机开了无声,任他打爆了也没去接他的电话……到最后,我甚至把我的语音信箱改成了"我现在无法正常接听电话,欢迎大家在我的语音信箱里留言,但请秋田星野滚蛋!!!"

放学之后,我背起书包,直接就往学校的后门走去,就在这个时候,星野突然给我传来了一条简讯,我打开一看,上面写着:"麻衣晕倒了,现在在高中部的校医这里,速来!"

什么?麻衣好端端的怎么会晕倒呢?一定是星野的诡计,又想换着法子整我了吧,可是……万一不是呢,万一麻衣真的有事,那可怎么办才好呢?

我想了想,还是冲出了校门往清德附中跑去……

* * *

(星野和两个男生躲在校医室旁边的树丛里。那两个男生,一个人拿着一串鞭炮,一个人拿着一卷胶带……

"准备好了没有?"星野问他们,"一会儿我去吸引她的注意力,你们就把这点燃了贴在她的背上,明白吗?我不做手势千万不要出来,免得暴露了目标!"

"OK,大哥!"他们回答道。

"林夕儿,你死定了!"星野露出了一抹不怀好意的笑容,从树丛里走了出去,他站在校医室门口等着夕儿,顺便说一句,放学已经好一会儿了,校医早就下班了!

可是就在这个时候,一件意外的事情发生了,完全打乱了星野自认为是很完美的计划……)

* * *

我是夕儿。

我匆匆赶到高中部,问了两个同学才找到校医室的位置,本来应该从南面过来的,我偏偏绕了一个圈,从西面过来了,可幸亏我从这一条路线走,从老远就听到了星野的吼叫声……

"我说了我不要! >_<"星野的声音听起来十分不耐烦。

我连忙走过去,看见有个女生死死拉住星野的手臂不让他走……

"你给我放开! >_<"星野想甩又甩不掉,看样子很生气。

"我死都不放,星野! T_T"那个女孩哭了起来,"你为什么要这样对我,你知道吗? 我得了白血病,妈妈已经帮我办理好了退学手续,今天是我在这个学校的最后一天了……我已经是个快要死的人了,我不敢奢求你喜欢我,我只有这最后的一个愿望,求你、求你收下我的礼物,拜托了……T_T"那女孩苦苦哀求着。

"说完了没有? 给我放手! >_<"星野完全无动于衷,对她吼了起来。

"不,我不放,我就快要死了……~~~>_<~~~"

"那你就快去死吧! >_<"星野突然大力地挣脱了她的手,那女孩没有站稳,一个趔趄摔倒在了地上。

我再也看不下去了,一个箭步冲了上去,从那女孩手中夺过了礼物……

"秋田星野!"趁他回头的空当,我一拳狠狠地砸在了他的脸上,他捂住脸,和那女孩一样都呆住了! O_O

接着我把手里的礼物硬塞进他的怀里，大声地吼了起来："你还有没有心哪你，收一下礼物会死啊！>_<"

"你……竟然为了她打我？O_O"星野指着那女孩又指指自己的鼻子，不可思议地瞪大了眼睛。

"也不全是为了她，我想扁你已经很久了！本来说忍忍也就算了，你却非要一次又一次过来挑衅，你说你贱不贱哪！"我停了一停，继续说道，"刚刚在那边看你演好戏的时候，麻衣给我传来了简讯，问我要不要一起吃晚饭，你居然为了把我引到这里来，利用麻衣……被打活该！……还有，我警告你，以后少来惹我，把我逼急了，你也会死得很惨！"

说完，我不顾星野眼中那抹异样的眼神，转身大踏步神气地往前走去，瞧他那个目瞪口呆的痴呆样，我今天真是报复得太过瘾了，哇哈哈哈！~v！^O^！

夕曦星/第2章

第三章

就算是天空不快乐，
风和云再不能相守，
我用阳光擦干你伤心的地方……

第 ③ 章／夕曦星

我站在世界的尽头，
遥望那一片紫色的花海，
清晨的微风里有谁在轻声呢喃，
勿忘我，勿忘我……
怎么会忘记，怎么能忘记，
当你，
将我来时路上的荆棘幻化成为点点星光，
我对着远方微笑，
笑容里闪烁着紫色的光芒……

1

我是夕儿。

这个周未，幻城的聚会是在一个名叫纳西的日本料理店，时间当然是提早到晚餐时间，出乎意料的是，今天晨曦来得很早，他说一吃完饭就得走，因为晚上还有工作要做，反而星野却直到现在还没有来……

我今天也故意不和晨曦说话，心里还在为前天的约会生着气，我就不相信晨曦和那么多女生约会都是这个样子的，不然为什么要针对我！ >_<

于是我转过头去和月兔麻衣她们开始叽叽喳喳聊起了八卦。

突然，麻衣放下了手中的茶杯，像是想到了什么重要的事情，表情变得认真起来……

"对了，今天乘着星野还没来，我要向大家宣布一件事情，是关于星野的，你们要先听好消息还是坏消息？"

月兔兴趣缺缺地将手支在下巴上，说："你随便说说，我随便听听……"

"先说坏消息吧……"我说，"不过不要太坏，我心脏不太好 ~~~"

"我们整个清德附中的女生都觉得星野外表看起来虽然很Man，可是脸长得太女性化了！"

"漂亮也有错吗？"晨曦说，"那么好消息呢？"

"好消息就是——星野现在是我们清德附中的校花！！！这可是全校女生选举的哦，新鲜出炉，权威证明！"

"别逗了你，麻衣，这结果敢让星野知道试试看，我保证他马上掉头去医院做整容，去找人换个头也有可能，丫整个儿就

是一 M7654321 号星球人的后裔！"

我们正聊得起劲，忽然门口的负铃响了起来，我们的注意力一下子都被吸引了过去……

推门进来的人正是星野，他穿着白色的 T-shirt，脖子里挂了一根十字架项链，外面穿了一件深蓝色的 Jacket，脚上配的是一双中筒靴……那样子就像是要去给服装杂志拍照片，不就吃个饭嘛，他还真会打扮！

星野拨弄着被安全帽压扁的头发，面无表情地向我们走了过来……

"小样儿，你也迟到得太离谱了吧！"月兔一边抱怨着，一边赶紧挪出一个地方让星野坐下来。

"我在家刷牙！"星野随手抓起桌上的一杯大麦茶喝了下去……那可是我的茶呀！ =_=^

"你在家刷牙，所以来晚了？"月兔眯起了眼睛，似乎心里正在思考着这两件事情之间不同寻常的因果关系。

"嗯，出来之前突然想刷牙，可是因为心里在想着别的事，所以一个不小心把牙膏挤出了 40 多公分长，我把它们慢慢再缩回去就花了一个多小时！"

-_-^-_-^-_-^-_-^-_-^……你瞧瞧，你瞧瞧，一个正常的人类能说出这样的话来吗？我觉得他简直有病！要么就是前几天被我一拳头给打傻了！

我们几个人没有人再去接他的话，因为肚子实在是太饿了，于是赶紧点了各自的晚餐吃了起来……

一顿晚餐下来，我发现星野今天真的是奇怪得要命。每次一看到我的脸，眼神总是会条件反射似的弹开……而最奇怪的地方就在于，他今天的话超级少，而且竟然没有给我起外号，我简直怀疑现在坐在我面前的星野是个替身，而真正的星野，大概回去闭关修炼去了。我知道那天的一拳，他被我打得不轻……哼哼哈嘿……想起那一拳，我还有一肚子说不出的爽感！ ^O^

席间,月兔把我介绍给了齐伯伯,齐伯伯是纳西的老板。一个五十多岁的和蔼中年人,他做得一手好料理,据说每一款都能拿去参加美食大赛。说实话,这一点对于爱吃的我来说简直是太如鱼得水了!……^_^

尤其是齐伯伯做的红豆小丸子,红豆沙沙的,小丸子 QQ 的,太美味了。我一下子让齐伯伯给我加了双份小丸子,当然,这还是在我吃过正餐之后哦!月兔他们都对我的食量竖起了大拇指……我看到星野的嘴唇动了动,大概是又帮我想到了什么外号,不过最终他还是没有说出来……我都说了他今天很反常吧!

"我来给你们讲个笑话吧!^_^"我突然提议。

晨曦抬起眼睛看了我一眼,没说什么,只是拿起了酒杯。

"好啊,笑话我爱听!"旭晨哥举双手赞成。

于是,我喝了一口茶,手舞足蹈地讲起了笑话:"学校里交美术作业的时候,有一个学生交了一张白纸。老师觉得很奇怪,就问他:你画的是什么?

学生回答说:是牛吃草。

老师问:草在哪儿呢?

学生就说:草被牛吃光了。

老师瞪大了眼睛,又问他:那牛呢?

学生回答说:草都吃光了,牛还站在那里干吗?"

话音刚落,只听见麻衣突然一个人哈哈哈哈地大声笑了起来。其他五个人包括我在内,都用了一种十分怪异的眼光盯着她看……说实话我真的没想到,我说的笑话有那么好笑吗?……

"你笑什么?你听得懂她在说什么吗?-_-"星野冷着脸问麻衣。

麻衣收起了笑容,低下头,轻声地说了一句:"当别人讲完笑话之后,我们应该要笑一下的,这不是礼貌吗?"

　　我晕倒……可爱的麻衣,你知不知道你比他们更加令我感到巨大的挫败感……T_T

　　"哦,对了夕儿,你到底什么时候有空啊? 我们约好一起去看房子呢! "月兔突然问我,恰好帮我解了我的尴尬。

　　对哦,我差点忘记了这个……我放下了勺子,低下头,有些不好意思地对月兔说:"月兔,我可能暂时不能搬出来住了,这段时间让你费心了,对不起! "

　　"为什么不搬了? "旭晨哥突然问我,"这不是你一直以来的愿望吗? 为什么又放弃了? 是因为姑姑说什么了吗? "

　　"不是的,不是啦,我觉得其实住在那里也挺好的,我想再等一段时间看看再说,不好意思! "

　　就在这个时候,我的手机突然响了起来,刚好又替我解了一个围,我连忙拿起手机……

　　"林夕儿,你现在人在哪里? "电话里是美嘉的声音。

　　"我在青亭街,和朋友一起吃晚饭! "我说。

　　"你也在青亭街? 那我现在过来拿钥匙,家里没人,我的忘记带了,你在青亭街的哪里? "

　　"一个日本料理店,叫做纳西,很容易找的,到了打电话给我好吗? "

　　美嘉也不回答我,直接挂上了电话……

　　"你又要叫谁一起过来? "星野突然对我说了今天晚上的第一句话,可是那态度就令人不怎么愉快,"你该不会又想把哪个不三不四的人拉进幻城来吧? 我忍了第一次绝对不会再忍第二次了! >_<"

　　"不三不四? "我对他的措辞非常反感,我故意说道,"你不是最喜欢和不三不四的女人约会吗?! "

　　星野愣了一下,然后回头看了看晨曦瞪着他的表情不太好看,他连忙撒起娇来:"我没有和女生约会啦……哥,你看到过母猪上树吗? 没有吧,所以母猪说的话,你怎么可以相信

呢？^(oo)^"

　　看吧，我说今天怎么会这么太平呢，原来是时间还没到，时间一到，立刻犯贱！……我深深地吸了一口气，继续埋头吃起我的小丸子来，我要化悲愤为食欲！

　　就在这个时候，齐伯伯敲了敲我们的门，美嘉跟在他后面一起走了进来……

　　"星野……^_^"她一进来第一眼就看到了星野，立刻眉开眼笑地走了过来，"我刚才和朋友在上次我们吃饭的那家餐厅，那里的老板娘还很惦记你呢……"美嘉很自来熟地在星野身边的位子坐下。

　　我看到星野的脸色一变，很慌张地说了一句前后矛盾的话："美嘉，你认错人了，我不认识你！"

　　除了说出这句蠢话的当事人之外，所有人都用奇怪的眼神看着他，而他自己竟然毫不自知，这个世界果然是蠢人当道。=_=^

　　"啊……你是晨曦吗？你真的是晨曦吗？"美嘉突然看到了晨曦，激动地捂住嘴巴叫了起来，"我这不会是在做梦吧，我见到我的偶像了……O_O"

　　咳咳……旭晨哥终于看不下去了，他轻轻地咳嗽了一声，说："美嘉，你到这里来做什么？"

　　"对不起，旭晨哥，美嘉是来问我拿家里钥匙的，不好意思了！"说着，我站起来，一把将美嘉拉了起来，往门外走去。

　　等我打发走了美嘉，重新回到我的座位坐了下来……

　　我悠然地环顾了一下四周，喝下一口大麦茶，然后不紧不慢地说了一句："你们见过公猪下蛋吗？没见过吧，所以公猪说的话，你们怎么可以相信呢？^(oo)^"

　　麻衣和月兔首先忍不住笑了出来……^O^

　　星野铁青着一张脸，恶狠狠地瞪着我，却愣是说不出一句话来……反而晨曦的脸色也阴沉了下来，他们兄弟俩还真是有

着同样奇怪的个性！－_－^

2

我是夕儿。

晚上回到家，已经十点多了，正当我举起手想敲门的时候，却发现门居然轻轻一推就开了……这个美嘉也真是的，老是忘记锁门怎么行呢……我走进客厅，叔叔婶婶好像还没回来，美嘉房间的灯已经暗了，她应该已经睡了吧……

我回到自己的房间，感觉有些累，可是才刚刚坐了下来没多久，门就被毫无预警地推开了……

美嘉穿着 Hello Kitty 的睡衣，叉着腰，怒气冲冲地站在门口，那样子挺像是穿错衣服的女罗刹，很有气势，也很可爱……

"怎么了美嘉，有事吗？"我抬起头问她。

"什么时候的事？ >_<"美嘉气势汹汹地问我。

"你在说什么？"我不太明白主谓宾结构太散的话。

"你和晨曦是从什么时候开始认识的？为什么要瞒着我？ >_<"

这话听起来怎么那么别扭，感觉好像我的道德有多败坏似的。

"我们才认识了两个礼拜而已，也并没有刻意瞒着你啊……"

"把他的电话给我，快把晨曦的手机号码给我！"美嘉向我伸出了一只手掌。

"对不起，我不可以给你！"我心里微微有些不悦，但还是耐住性子跟她说话。

"你是什么意思？你想一个人独吞晨曦对不对？O(>_<)O"美嘉咄咄逼人。

不知道是不是因为夜深的关系，我突然觉得美嘉的脑子有

第 ③ 章／夕曦星

些不清楚,可是我太累了,不想再与她争辩下去了……

"我跟他并不是很熟,只是偶尔一起吃个饭,因为他是公众人物,所以我才不方便给你的,请你出去吧,我要休息了!"我很客气地下逐客令。

美嘉狠狠地瞪了我一眼,然后嘟着嘴走出了我的房间,走的时候,还把门关地很大声,生怕我的门不够结实似的。

3

我是夕儿。

星期一放学的时候。美嘉突然打了电话给我,我知道美嘉从不轻易给我打电话的,一旦打给我,那一定是有什么很重要的或者是她解决不了的事情……美嘉约了我在学校后面的仓库见面。

等我气喘吁吁地跑到仓库的时候,美嘉和另外三个女生已经等在那里了,看到我一过来,就把我往仓库里面拉了进去……

这个仓库很大,有好几个隔间,是用来储藏体育用品以及一些无用又不舍得丢弃的东西。因为地方比较大,所以是高中部和大学部合用的。平时并没有固定的值日生每天来清扫,所以这里面很灰,而且很黑,这好像是所有仓库的通病。

她们四个人把我拉进了仓库,关上了大门……

"美嘉,你找我到底什么事情,干吗非要到这种地方来?"我心里有些惴惴不安。

"我来说!"一个头发烫成长长大波浪的女生走到我的面前,"听说……你有晨曦的手机号码是吗?"

我皱起眉头,把目光转向美嘉……不是跟她说了我不能给别人的吗?怎么还出去乱说!

"对不起!"我小声却很坚定地说。

"她果然不肯给我们,怎么办?"另一个女生问美嘉。

美嘉看着我,冷冷地说:"她从小就是个硬骨头,就看你们怎么让她开口喽!"

这时,一个长得高高大大的女生走了过来,她拨开那个卷头发的女生,像个男生一样捏起了我的下巴:"我劝你最好快点拿出来,免得遭受皮肉之苦!"

我的手一挥,打掉了她那只捏住我下巴的手,她的手劲真大,捏得我好痛……

"晨曦有他自己的私人生活,不希望被你们打扰!"我大声地说道。

"啪!"我的话还没有说完,左脸上就挨了重重的一巴掌,我立刻眼冒金星了起来,我说过了她的手劲很大。>_<

"臭丫头,别敬酒不吃吃罚酒,信不信我现在扒了你的衣服,让你在这个仓库里睡一晚上!"那个长得像男生的女生揪起了我的衣领威胁我。

我喘着粗气,无所畏惧地看着她,说:"就算你让我在这里住一年,我也不能给你……"

"你……"那女生又一拳挥了下来。

我闭上眼睛,硬着头皮准备迎接她的拳头……可是奇迹出现了,她的拳头竟然没有像我想的那样落在我脸上。

我睁开眼睛,在这黑暗之中,我竟然看见了一个鬼影,那鬼影就是——秋田星野……O_O

此时的他,一只手轻而易举地抓住了那个强悍女生的拳头,看得出来那女生已经疼得脸都变形了。

"星野……你怎么会在这里?"美嘉的声音听起来有些发抖。

"吵死了,你们还让不让人睡觉啊!>_<"星野甩掉了强悍女生的手,不耐烦地大声吼道。

"睡觉?在这里?"我上下打量起这个仿佛是从天而降的星野。心里直纳闷,尤其是他的左手里还拿着一把长柄的扫帚,他……

该不会是在演哈利·波特吧！@_@

"星野……你是来打扫仓库的吧，被崔老师惩罚的吗？"那个戴着眼镜，一直没怎么说话的女生突然开了口。

"崔老师？@_@"美嘉疑惑地问。

"嗯！我以前也是念清德附中的，我们的体育老师崔老师是个很凶的男人，谁要是敢跷他的课，一定会被罚来打扫仓库的……最夸张的是，他还常常说自己和韩国女星崔智友是远房亲戚呢！"

"真的吗？崔智友？我很喜欢她呢！^_^"她们两个人似乎忘记了现在的状况，竟然津津有味地聊起天来。

"不想死的话，快给我滚出去！>_<"星野突然大吼了一声，吓破了好几个人的胆子，包括我在内。

美嘉和另外三个女生连忙夹起尾巴往门口走去……

"站住！"星野又忽然喝住了她们，大踏步地走到她们面前，然后伸出一只手，指着我说，"以后不准再让我看到你们欺负她……尤其是不准再去问她晨曦的电话号码……否则的话，你们就等着买坟地上香吧！听懂了没有？>_<"

几个女生唯唯诺诺地点点头，看起来都是一副很害怕星野淫威的样子，为了刚刚那重重的一巴掌，这多少给了我一点心理上的安慰。

美嘉她们走了之后，我也背好书包打算离开……

"就这么走了吗？"星野斜着眼睛看我，"连一句表示都没有？"

我仔细想了一想，然后回过头对他说，"她们的所作所为，比起你的可恶来，还只是小 Case 而已……哦，对了，顺便问一句，通常这种情况下，你不是应该躲在那扇门后面幸灾乐祸地偷看，然后心里面默默盘算着，等到她们把我惹哭了之后，这四个女生应该分别安排在星期几跟你约会嘛……你为什么要出来帮我？"

星野愣了一下，大概没想到我非但不感谢他，还把他大大奚落了一番。过了半天，他才幽幽地吐出一句："我有那么差劲吗？"

"没有，是狂差劲！……你到底为什么要帮我？你有什么目的？"

星野的脸色拉了下来，大有一副看我不知好歹的架势……

"我是看在你维护我哥的面子上才帮你的……你可不要想太多……"星野瞪大了眼睛。

"那我可真是托了晨曦的福，多谢了！"说着，转身正准备往门口走去。

"站住！"星野一伸手，拦在了我的面前，他勾起嘴角，露出一脸坏坏的笑容，说，"我秋田星野可从来不会无偿地帮助别人！"

"是吗？看来你从小就没有养成良好的习惯！=_="我冷冷地回应。

"废话少说，这个星期五晚上10点，你下了班之后，在清德学院门口等我！"星野用不容我拒绝的口气命令道。

"星野，到底是你有病还是我有病啊？我干吗下了班之后还要大老远地回到学校来？"

"不是叫你废话少说了吗？"星野瞪着我。

"拜拜！"说着，我横了星野一眼，推开他，直接走出了仓库。

身后，还传来星野的大嗓门："林夕儿，你敢不来的话就死定了！>_<"

4

我是夕儿。

今天的我真的很倒霉，不……我觉得自从我认识了星野之后，每一天都很倒霉！>_<

　　我去打工的时候，月兔看到我嘴角一块红红的地方，竟然问我是不是上火长溃疡了……溃疡能长成这个样子吗？不过我还是很配合地点了点头！

　　今天的一天真的是很漫长，可是如果把我在这一天里发生的所有不幸分为上下两部，那么下午在学校仓库的那个还只能算是上半部，而下半部，竟然是发生在我打完工回到家之后……

　　那时已经十点多了，从外面看进去，窗户里灯火通明……说实话家里很少这个样子的，因为婶婶说要节约用电。

　　"我回来了！~_~"

　　我换好鞋子走进去，发现婶婶和美嘉都正襟危坐地坐在客厅的沙发上，婶婶的脸看起来很臭，这我倒是可以理解，因为婶婶的脸从来就没有对我好看过……

　　可是美嘉，我一看到美嘉的脸，惊呆了……美嘉的右脸颊上贴着一块 OK 绷，左边的嘴角也是一块深红色的，和我的位置正好相反，但她左边的腮帮子鼓着，似乎是肿了起来……

　　"美嘉，你这是怎么了？O_O"我忍不住惊呼了起来，因为下午放学的时候她还是好好的，还趾高气昂地指示别人恐吓我，怎么才几个小时不见，就变成这样了？

　　我连忙向美嘉走了过去，可是，还没有等我靠近美嘉，婶婶突然从沙发上面跳了起来，狠狠地给了我一个耳光。

　　我抚摸着自己的左脸，傻了，怔怔地看着婶婶，说不出一句话来……@_@

　　"这是我替美嘉还给你的！我们养了你 7 年，给你饭吃，供你上学，你竟然连我的女儿都敢打。你是无法无天想要造反了是吗？你这个小贱人，我今天就要趁你叔叔不在家好好管教管教你！"婶婶对我破口大骂了起来。

　　"婶婶，我没有，我从来没有打过美嘉！"我瞪大了眼睛委屈地说道……我一低头，看见美嘉悠闲地坐在沙发上偷笑，然后从沙发旁边拿出了一根很粗的棍子！

"你给我跪下，跪下向我们美嘉磕头认错！>_<"婶婶大声呵斥我。

我站着没动，我没有做过的事，我不能跪下……

"你骨头硬是吗？我今天就打到你跪下来！>_<"说着，婶婶一把从美嘉手里接过棍子，对着我劈头盖脸地打了下来。

我倔强地站直身子，迎接着婶婶的棍棒，咬紧牙关，没吭一声……婶婶突然从背后踹了我一脚，我摔在了地上，不过我很快就爬了起来……

后来，直到婶婶骂得累了，打也打不动了，最后骂了我一句"贱货"，然后就和美嘉回房间去了……

我真的是挪回到自己房间里的……我的背后一片火辣辣的疼，可是我并没有去擦药……我趴在自己的床上，手里紧紧地拿着相框，那里面是我和爸爸的合照……

刚刚任凭婶婶怎么打，都没掉一滴眼泪的我，看到了相框中已经不在人世的爸爸，万般的委屈一起涌上了心头，我终于大哭了起来……

"爸爸，真的不是我……~~~>_<~~~"我抽噎着对着相框里的爸爸说，"爸爸，我好想你……你什么时候来看我……~~~>_<~~~ 爸爸……"

"林夕儿！"突然，一个冰冷的声音在我的头顶上方响了起来，我一看，是美嘉走了进来，我连忙擦干了眼泪坐起身子……

"你进来干什么？"我也冷冷地问她，我发现她现在的脸上已经不肿了。

美嘉光是笑不说话，然后当着我的面，从自己的脸上揭下OK绷，露出了光滑平整的肌肤……我瞪着她……

然后她又从我的书桌上抽出一张纸巾，抹了抹嘴角，那快红色也不见了……我就知道她全都是装的……

"现在，你知道惹毛我的下场了吗？我劝你还是乖乖听我的

话！"美嘉的脸上露出了一丝不怀好意的笑容,"以后,你们和晨曦一起吃饭的时候叫上我,听到了没有？"

"对不起,我办不到！"我想也不想就拒绝了她,"请你出去吧,我要休息了！"

美嘉瞪了我半天,她没想到我给婶婶打成了这样,竟然还是没有屈服,不肯答应她的要求……最后,她"哼"了一声,终于很不甘心地走了出去……

5

我是夕儿。

时间很快就到了星期五,这一个星期虽然我背上的伤口很疼,不过,我在学校的日子却过得非常太平,太平到我一点儿也没想起来星野约我晚上 10 点去学校的这件事……

况且星期五晚上正是西餐厅里最繁忙的时段,我下班都已经超过十点钟了,我狂累,而且背后的伤口也还没有完全恢复,身体非常自动地就往自己家的那个方向归去了,哪还想得到什么学校,什么星野的……

可是,当我晚上睡觉睡到半夜的时候,我突然从床上坐了起来,睡眼朦胧地问自己："林夕儿,你今天是不是有什么事忘了？"

我想了一想,对了……我从枕头底下摸出了两个耳塞,塞进了耳朵里,然后倒下继续大睡起来……

6

(今夜昏黄的路灯下面,映照出一个男生高大挺拔的身影。他穿着一身帅气的红色骑手装,斜靠在他那同样也是红色的机车上面。路过清德学院门口的路人,都在纷纷猜测,这个年轻漂亮的小伙子是不是正在拍摄机车广告或者偶像剧……然后，不自觉地抬起头四处看一下，看看自己有没有挡到摄像机……

而此时此刻，这个小伙子看起来心情好像不太好，脸臭得仿佛能闻到榴莲的味道，这可跟他的外形一点也不配！

他拿起手机，一会儿按几个数字，一会儿又放了下来，像是内心正在进行着什么激烈的斗争似的。

就在这时，电话铃突然响了起来，他立刻迫不及待按下接听键，对着电话那头吼了起来："林夕儿，你还有没有一点时间观念？一分钟之内不出现你就死定了！>_<"

"大……大哥……"一个战战兢兢的声音从听筒里传了过来。

"什么事情？"他这才知道自己认错了人，立刻换上了一副冷冰冰的嗓音。

"已经十一点半了，这里马上就快要开始了……要不，我们这一次就算了，下一次再玩吧！"

"谁敢弃权就等着收尸吧！我现在立刻过来！"说着，他挂上电话，戴好了头盔，转身跨上机车，往黑暗里疯狂驶去……

这里是位于台北近郊的一个已经废弃多时的停车场。

很空旷的地方，到处堆满了废铜烂铁……而如今，这里却成为了飙车族的风水宝地，因为附近有几个很急很窄的弯，所以一到夜幕降临的时候，总有各帮各派的飙车族聚在这里……不过，他们很少会参加友谊比赛，敢来这里飙车的人，都是冒着生命危险去博大笔赌注的！

星野带上头盔，跨上了他自己的坐骑……身边，是一个穿着黑色骑手装的男人，因为带着头盔，所以也看不出年龄……

性感的赛车女郎，扬起手中的旗子一挥，两个人像箭一般地射了出去，各式各样的欢呼声，加油声为这初秋的深夜平添了一分生动的烦躁……\(^.^)/

星野领先，一直是星野领先……另一个男人似乎连超越星

野的机会也没有，从短到长，两圈下来，就和星野拉开了不小的差距……

风呼呼地撞上头盔，星野加快速度，他的胸腔里藏着十万分的怒火，是在生林夕儿的气吗？气她今天对他失约了？还是气自己的心里竟然开始隐隐地在乎起林夕儿来了……不，绝对不可以，他的世界，只要有哥哥一个人就足够了！

到达终点之后，星野摘下了厚重的头盔递给了他的助手Tim，然后和以往无数次一样，木然地走上冠军的领奖台，接受大家雷鸣般的欢呼声……可是他一直冷着脸，似乎游离在这一片欢腾之外……

今夜的星光，因为星野那飞扬的怒火而变得生动起来，也是因为星野深深藏着的慌乱，大地沉默了……）

7

我是夕儿。

什么叫做"多事之秋"，我是从今年秋天才算开始真正懂得的！

今天是星期一，早上我到学校的时候，在门口遇到了星野……

虽然清德学院的大学部和高中部中间只是隔了一个学思湖，而且很多设施都是公用的，比方说图书馆……但是学生们还是要分别从两个校门进各自的学校！……穿着制服的，就从清德附中的校门里走进去，而穿着便服的，就可以进清德学院……

我和星野的家住的方向不同，所以他进清德附中的时候，要经过清德学院，而我去清德学院的时候，就要经过清德附中。

今天早上，我竟然在我们清德学院门口遇到了星野，其他倒没什么，最主要的是，我很吃惊他今天竟然这么早就到学校

来,那么遵守校纪校规,这可完全不符合他的风格!-_-

"星野……你今天可真早哦!^_^"我微笑着向他打招呼,我承认我的话语当中的确是有一点点讽刺他的意思,但是真的只有一点点而已嘛。

可你们尝过被人完全当成透明的那种滋味吗?……星野目不斜视地从我身边擦身而过,就好像我是一棵树,一只小飞虫,一张地上的纸屑,渺小到完全进不了他的眼睛里……我站在原地,笑容还傻乎乎地僵在脸上……?_?

他到底怎么了?上个星期六幻城的聚会也是这副样子,瞄都不瞄我一眼,别说跟我讲话了,和晨曦两个人简直是在比赛谁是深沉大王……

他们兄弟俩在某些地方还真是惊人的相似……比方说沉默起来的样子,同样像是两件精雕细琢的艺术品,教人怎么也不忍心移开自己的目光……可是古怪脾气上来的时候,也教人完全无法忍受,通俗点说就是都很欠扁的意思!

可是,我绞尽脑汁也想不起来,我到底是哪里开罪到星野了!月兔说,星野是周期到了……这话听起来怎么那么像是说女孩子的生理期呀……呵呵,算了,不去管他了,也许等星野的生理期过去了,一切都会自动好起来的……^_^

很快就到了放学的时候,今天我受月兔所托,要给她带一个板烧鸡腿堡去西餐厅,她说全台北就我们学校附近这家麦当劳的板烧味道最棒,是超级至尊汉堡……也不知道这是什么理论,全世界的麦当劳味道还不都是一样的嘛!-_-^

我走进麦当劳的大门,迎面而来的冷气令人精神一爽……现在是学生放学时间,人挺多的,排着好几条队伍,都还不是很短……

突然,我眼尖地发现中间一排有一个高高瘦瘦的背影……不用想,光看他后脑勺上那碎碎的短发和宽厚的肩膀,我就知道是星野,一定错不了……太好了,我心里暗爽,用不着排队

了！~v

　　我悄悄地走上前去,猛拍了一下星野的背……

　　"星野……"我大叫了一声,想吓他一跳。

　　可没想到的是,那家伙居然只是淡淡地看了我一眼,然后什么话也没说,转身排到隔壁的队伍里去了……他的生理周期还不是普通的漫长！=_=^

　　我撇了撇嘴,也装作不认识他的样子,走到队伍的最后面排起队来……

　　这时,麦当劳的大门打开了,走进来两男两女,女生都是穿着制服,而男生则都没穿,看样子好像是大学生……我随意地看了他们一眼,回过头来,专心等待着队伍的缓慢前行……

　　"对不起……"忽然有人拍拍我的肩膀。

　　我一回头,发现就是那刚刚走进来的四个人。

　　"啊！你真的是林夕儿！"一个校服的领子上别着一只Melody胸针的女孩子兴奋地尖叫起来,^O^ "他们是谁？怎么我一个人都不认识,却看起来好像跟我很熟的样子！"

　　"真的是她！"另一个校服裙被改得很短的女生也附和起来,"听说你和晨曦在交往,这件事是真的吗？^O^"

　　"什么？O_O"我没听错吧,怎么从美嘉嘴里传来传去,传成了这个版本,我连忙摇摇头说道,"我和他怎么可能在交往,你们不要听别人胡说！"

　　我转过头去看了看星野,他竟然只管自己排队,一点都不着急,现在可是在传他哥哥的绯闻哎,他怎么能这么无动于衷呢！

　　"你不要紧张,我们并没有什么恶意,今天好不容易遇到你这个风云人物,不如跟我们一起出去玩玩吧！"说着,一个戴着一只耳环的男生就过来拉我的手。

　　"我不去！=_="我连忙甩开了他的手。

　　"去嘛,学姐,顺便把晨曦也叫出来,我们真的好喜欢他哦！

^O^"那个 Melody 女生兴奋地说道。

"我怎么叫得动他啊？他还有很多工作要忙，怎么可能出来陪我玩?！"我着急地辩解道。

"这么说，你真的认识他喽？"短校服裙的女生瞪大了眼睛。

"我……"我越描越黑，连忙转过头去，向星野投去求救的目光……

"一份板烧鸡腿堡套餐带走，外加一个甜筒……"星野毫不理会我这里的水深火热，悠然自得地点起他的大餐来了，这个没有人性的家伙！O(>_<)O

"走吧，只是去玩一会儿，不会让你太晚回家的！"那几个人两人一边，把我半推半搡地带出了麦当劳。

"我真的不去啦！>_<"我和他们在麦当劳的大门外拉扯，我的双臂紧紧地抱着麦当劳叔叔的脑袋，一副宁死不屈的样子，那个戴耳环的男生走过来，用力地掰起我的手腕来……好痛哦！

就在这千钧一发之际，那个男生突然发出了一声很闷的叫声，我抬头一看，是星野也掰住了他的手腕……

我看到星野就像看到了耶稣一样，心里终于松了一口气……还好这家伙的良知还没有完全泯灭！

"星野？你怎么会在这里？"那个男生看起来十分不悦。

星野一把将我拉到他的胸前，一只手臂绕住了我的脖子。然后对着那几个人冷冷地说道："她是我女朋友，我警告你们，以后少去烦她！-_-"

嗯？@_@ 我只知道生理期会让人喜怒无常，但不知道还会令人成为谎话精！

"我什么时候……"

我的话还没说完，星野的手臂一紧，勒住了我的脖子，我顿时呼吸困难了起来，顾不得说话了！

"她不是和晨曦在交往吗？"那个 Melody 女生问道。

"我再说最后一遍,林夕儿是我的女朋友!"星野提高了音量,说这句话的时候,他的手臂又紧了一紧,像是在警告我不准出声,好了,我都快被勒死了,再这样下去永远都不能开口了!

"OK,OK,我们这就走,很高兴认识你的女朋友!"说着,那个戴耳环的男生对其他几个人使了个眼色,4个人陆续离开了!

"先生,您点的东西已经准备好了,一共是139元!^_^"一位穿着麦当劳制服的男生从里面追了出来,手里还拿着打包好的食物……

星野这才放开了我的脖子,从口袋里掏出了钱包,把钱付给那个男生,然后接过食物……

我在一旁大口大口地呼吸着新鲜空气,一边偷偷地打量着星野……既然连东西都没拿就追出来替我解围,那为什么刚刚在里面这么久都无动于衷呢?真是个奇怪的家伙!-_-^

"星野,你最近怎么这么奇怪?能不能告诉我,你生理期的周期是几天啊?让我好有个心理准备!"我问他。

"你在说什么?"星野冷着脸问我。

"算了!……不过你刚刚说过的话,我听过就算了,我警告你不准出去乱说啊!"

"怎么,做我的女朋友很丢脸吗?"星野在这方面倒是很聪明,他知道我指的是什么意思。

"啊!"我突然想起了一件事,"我忘了帮月兔买板烧!"说着,我转身要往里面跑去。

"你给我站住!"星野喝住我。

"什么事?我还要进去排队呢!"我停下脚步,有些不耐烦地对他说。

星野走上前一步,把他手里的板烧套餐往我怀里一塞,说:"拿去吧!"

"你……自己干吗不吃?@_@"我疑惑地问。

"我一看到你就吃不下东西!-_-"星野没好气地命令道,

"把嘴张开！"

我乖乖地张开了嘴巴……

星野突然把一整只甜筒塞进了我的嘴里，然后头也不回地走了……

好冰哦！我从嘴里拿出了甜筒，望着星野的背影直纳闷儿……

还真是一个比奇怪还要奇怪100倍的人！

8

我是夕儿。

第二天中午，麻衣突然出现在我的教室门口。

"林姐姐，我们一起去吃饭吧！"麻衣拉着我的说。

"好啊，可是……我已经带了便当……"我有些犹豫。

"晚上再吃嘛……我下午第一节课要考试，现在心里有点紧张，所以，就想和林姐姐一起吃饭，就当是为我打气吧！好吗？ ^_^"

我实在是不忍心拒绝麻衣那可爱的笑脸，于是点点头答应了她。

我们来到学校的餐厅，刚刚坐下来点完东西。忽然，麻衣的手机响了起来……

她接完了电话，瞪大眼睛看着我，眼神中有着莫名的恐惧……

"怎么了麻衣，出了什么事？"我发现了她的不对劲。

"星野……星野……"麻衣断断续续地说道。

"星野怎么了？"我的心被提到了嗓子眼。

"星野一个人跑去新工大学打架了，听说是去单挑前辈！"麻衣说。

"这个混小子，你认识新工大学在哪里吗？我们一定要去阻止他！"

麻衣点了点头，我们连饭也顾不得吃了，飞快地冲出学校，拦了一辆 Taxi 往新工大学赶了过去。

在车上，我颤抖着声音问麻衣："你知道新工大学里解决学生私人恩怨的场地是在哪里吗？……算了，你怎么可能会知道！"

"我知道！以前星野和我说过，好像是在后门的一个仓库里！"麻衣说。

"司机先生，麻烦请往新工大学的后门开！"

我的心里突然滋生出一种奇怪的感觉来，就好像……拼命想要去保护自己心爱的娃娃一样……我一定是疯了，怎么会想到这么奇怪的比喻……我的脑子里空空如也，唯一的念头就是星野不能有事，他绝对不可以有事……

我们从后门进去，找那个仓库花了不少时间，后来还是经过同学的指点才找到正确的路……当我们刚刚靠近仓库的大门，就听见里面传来了一阵打斗声……

我急忙推开了大门，我发誓我从来就没有在真实生活中看到过如此暴力的场面，星野竟然一个人单挑 5 个大学生，每个人的脸上都挂了彩，星野还算是伤势比较轻的……

看到我们推门进来，他们也停下了打斗，齐刷刷地看着我跟麻衣……

星野从地上站了起来，很生气地对着我们大声吼了起来："你们来干什么？还不快给我回去！>_<"

突然，我听到背后传来一阵抽抽搭搭的声音，我回头一看，麻衣竟然吓哭了 T_T……此刻的我已经顾不了麻衣了，鼓足了勇气往他们 6 个人那里走去……

"有什么事好好说不行吗？……为什么非要打架？"我发现自己越靠近他们，腿就越抖得越厉害。

"小丫头，这话你应该跟你的男朋友去说……是他突然跑到这里来，说什么要为昨天在麦当劳的事情为你报仇！"

"你给我住口！>_<"星野趁他没有防备，一拳挥在了那人脸上，很快，6 个人又扭打在了一起……

　　我认出来了，那个人的确就是昨天戴耳环的男生，还有另外一个，也在这里……星野这是在干什么呢？他虽然很能打架，可是以1敌5还是很吃力的。看，星野又被那个大个子一拳打倒在地了……

　　"不要打了……你们不要再打了！>_<"说着，我也不知道是从哪里借来的勇气，突然冲了上去，闭上眼睛，挡在了星野的面前……>_<

　　所有的人，都被我的举动惊呆了……他们很明智地停下了打斗，而不是决定连我一起打……

　　"林夕儿……"星野在我身后轻轻地念出了我的名字。

　　我微微回头，也轻声地对他说："别害怕……有我在……"其实我心里面怕得要死，恨不得当场先晕过去晕一会儿再说。

　　最后，那个戴耳环的男生终于开了口："这次就到这里结束吧！星野，我们之间还有很多未了的账先欠着，以后一起算！"说着，他带领着另外4个人走出了仓库……

　　我一下子软软地瘫坐在地上……麻衣冲了上来，她抱着星野的肩膀大哭起来……~~~>_<~~~

　　"我还没死呢，你哭什么哭？>_<"星野不耐烦地扯开了麻衣的手臂，可是他的眼睛却一刻没离开地看着我。

　　"哎呀，麻衣，你的考试快开始了！"我突然想到了时间的问题。后来，我们三个人迅速叫了一辆Taxi回到学校，麻衣赶紧跑去教室，她的考试真的已经开始了……

　　正当我也刚想举步往清德学院的大门走去时，星野突然从背后叫住了我："林夕儿……跟我一起跷课吧！"

　　我回过头去，有些不可思议地看着他……站在我眼前的星野，嘴角和眼角还有些干涸的血迹，头发乱乱的，他把脱下来的制服外套随意地搭在自己的左肩上……为什么，即使在这么狼狈的时候，他仍然看起来像是一个漫画中的王子呢？

　　我第一次看到他这么温柔的眼神，还带着一丝希望我点头

的期盼……我听见自己的心里，有个声音在不断蛊惑着：答应他，答应他，答应他……

"你不要误会，我只是觉得我这个样子进去上课，一定又会引起一场轩然大波，搞不好这次校长要给我记大过了！"星野见我迟迟没有表态，连忙解释说。

我轻轻地叹了一口气，向他走去，幽幽地说道："我真的被你带坏了！"

我们俩来到步行街上，找了一个背靠大树的凳子坐了下来，我去买了酒精棉花以及 OK 绷之类的东西，帮星野处理好了伤口，用纸巾为他擦干净脸上肮脏的地方……

星野一直看着我，看得我脸上有些发烧，我脑子里在拼命想着，能有什么话题可以打破这样的尴尬。

"啊！对了……你前几天为什么对我总是不理不睬的？我得罪你了吗？"我终于想到了话题。

果然，一听到我问这个，星野的脸色一沉，马上转过头去，口气又硬了起来："我那天叫你晚上 10 点钟到学校门口来的，你为什么不来？-_-"

对哦……仿佛是醍醐灌顶，我终于想起来那天晚上我到底是忘记什么事情了……搞得我一夜都睡不安宁，原来是忘了去学校……

"可是我记得……我好像并没有答应过你啊！"我老实地回答他。

"你还说……"星野突然转过脸来，一脸受伤的表情，该不会是那天晚上他在学校门口等我等了很久吧！

"对不起嘛……是我忘了……^_^"我声音软软地对他说，连我自己都没有发觉，自己好像是在对星野撒娇。

星野轻轻地叹了口气，本来还想说什么的，现在一句话也说不出来了……

"天气好热哦，我们回学校吧！^_^"我提议。

"那怎么行？"星野突然提高了嗓音，"好不容易才带你跷课的……我们去吃甜品吧！"

甜品？被星野一说，我的肚子还真的很饿了，刚才一心只想去救星野，连午饭都还没吃呢！星野一下课就赶着去打架，估计也还没吃饭吧！

于是，我们俩沿着步行街慢慢走了起来，一路寻找好吃的甜品店。

"小肉包，你倒是走快点啊！"星野对着拉在后面的我大声喊着。

小肉包？我的第 7 个外号吗？本来想说我们之间已经真正和解了，我终于可以脱离被人起外号的苦海了……谁知道那个什么的，就是改不了吃屎！……我连忙小跑步赶上星野……

"我的名字叫做林夕儿，你别再给我取那些可笑的外号！O(>_<)O"我大声地对星野说。

"可笑？我觉得都挺贴切的呀！"星野很无辜地瞪大了眼睛。

"贴切？我长得很像大金刚 Pizza 脸大脸猫铁拐林飞天少女猪和母猪吗？嗯？"我没有半点停顿地一口气念完我所有的外号，很不服气地问他。

"我讨厌你的时候很像，不过现在不像了，现在像小肉包，我最喜欢吃了！^_^"星野对着阳光，扬起一抹浅浅的笑容来。

"谢谢！现在换我讨厌你了，我最最讨厌给别人起外号的人，特别没有教养！>_<"我大声地说道。

"真的吗？"星野竟然一点也不生气，他看着我，慢幽幽地说道，"那么千年老油条秋田仙姑飞天少男猪和公猪，你又是在说谁呢？^_^"

"变形金刚！>_<"我补充道。

"嗯？"

"在你叫我大金刚的时候，你就是一个心理变态的变形金刚！"我解释给他听。

星野突然停下了脚步，很认真地问我："小肉包，你刚刚为什么会挡在我前头，你不怕他们打你吗？"

我心里直嘀咕，这个人的思维怎么那么跳跃，真奇怪！

"当然怕啦！"我皱起了眉头，"而且还怕得要命……可是，谁让我们都是幻城的伙伴呢，有难要同当嘛！~_~"

"只是为了这个吗？"星野突然眯起了眼睛。

我心虚了一下下……其实，当我听到那个戴耳环的男生说，星野是为了替我报仇才去找他们打架的时候，我心里真的很感动……

"那还能为什么……？"我嘴硬地说道。

"那如果……我不是幻城的人，你就不会像今天这样挡在我前面了是吗？"星野的脸色开始冷了下来，我必须要好好想想该怎么回答他，不然他一会儿又得跳起来了……可是，这种问题叫我怎么回答嘛，真伤脑筋……—_^

"也许不会……也许会……^_^"这是我自认为最满意的答案。

结果，星野看也没看我一眼，转身就自顾自往前走去了……唉~~~ 还是得罪他了……

我跟在他身后默默地走着，他知不知道，刚刚他表现出来的样子，很容易让我误会他对我有意思的……

可是，他不是 Gay 吗？……他和晨曦平时在幻城的聚会上老是那么暧昧，两个大男人还互相眉来眼去的，看上去还真像是一对……可是，一想到我喜欢的晨曦很有可能是双性恋，我就觉得自己的心很痛很痛，唉~~~

*　　　*　　　*

（晨曦和客户在步行街上的餐厅里吃完午饭走出来，正好看到街上的星野和林夕儿肩并肩走过来，他稍微闪了一闪，看着他们俩从他身边经过，不知道在吵些什么……不，这种情形，比较像情侣间的互相斗嘴吧……然后星野转身往前面走去，林夕儿快步跟着他，两人走进了一家甜品店……

晨曦紧紧地皱起了眉头……）

9

我是夕儿。

我跟着星野走进了一家甜品店，都已经是秋天了，外面的太阳还是毒辣辣的，好像不把人晒昏誓不罢休一样，不过甜品店里倒是高朋满座，沾了太阳的光，一派欣欣向荣的景象。^_^

"老板，两份红豆双皮奶外卖！"星野一进门就从钱包里摸出一张钞票，往吧台上大力一拍，我真搞不懂，挺年轻的一个孩子，怎么老是火气那么大呢?！ –_–^

"来喽，两位请稍等。^O^"老板眉开眼笑地走了过来。

这时，有个女孩子经过我们身边的时候，不知道被什么绊住了，不小心撞到了星野身上，本来星野正板着脸不知道在和什么生着闷气，被她一撞，结果手上没拿稳，钱包一骨碌掉在了地上。

"喂，你可别在这里惹事啊，人家又不是故意的！"我拉了拉身边正欲发作的星野。我太了解他的脾气，有时候火爆得真是让人吃不消。

"你怎么知道她不是故意的?！ >_<"星野咬牙切齿地对着我说，可是眼睛依旧恶狠狠地目送着那个女孩的背影，直到她走出甜品店拐弯，再也看不见为止！

我暗暗松了口气，弯下腰去帮他捡钱包……忽然，我呆住了，因为我看到躺在地上，呈打开状态的钱包，里面竟然赫赫地夹着一张晨曦的照片，哪有正常的男生会在钱包里放一张男生的照片啊……于是，我刚刚进店之前思考的问题仿佛都得到了印证……

"你真的是同性恋！！！@_@"我忽地站起来，一手拿着钱包，一手指着星野，用无比惊讶的语气大叫……满堂的喧闹突然之间安静下来，所有的目光都集中在我们俩身上，在这片诡异的安静中，我听见了自己因懊悔而咬断舌头的声音……

星野凶神恶煞地盯着我，眼神比对刚刚那个女孩更加恶狠狠，我知道那是一种他想杀人的讯息，我还知道……此刻他的心里一定在盘算着如何将我杀人灭口、毁尸灭迹……

我的脑门上迅速出现了一滴汗，里面的脑细胞也在飞速思考着该怎么逃命，这恐怖的画面，应该算是我人生面临的十大绝境之一了吧！

甜品店里的时间停止了约有一个世纪那么久……

突然，星野眯起了眼睛，毫无预警地低下头来，吻住了我错愕的嘴唇，我眨眨眼睛，脑子里一片空白……O_O

过了很久，星野才满意地抬起头，脸上又恢复了他往日里调皮的笑容……他胳膊一弯，像只猩猩一样环住了我的肩膀，手掌却毫不客气地捂住了我的嘴，他对着店堂里那些正在看好戏的人宣布："她是我的女朋友，今天早上忘记按时吃药了！^_^"

说着，他拿起桌子上的外卖，不由分说就把我拖出了甜品店……

"唔……唔……"一走出甜品店，我使劲掰开了星野的魔手，解救出自己快要窒息的肺，对着星野大声吼起来，"你干吗说我没有吃药?！ >_<"

"那你干吗说我是同性恋?！ >_<"星野也不甘示弱，嗓门比我还大。

我愣了一下，一时语塞，我总不能说，谁让你长得这么美，怎么看你怎么就像是个同性恋吧！我可不想横尸街头！

见我脸上红一阵白一阵，半天没反应过来，星野露出了得意的笑容。

"喂，你知不知道，你刚才在大庭广众之下这么一喊，会让

夕曦星／第 ③ 章

我失去很多机会的！－＿－"星野漫不经心地说着，将一盒双皮奶塞到我手中。

"是啊！你刚才在大庭广众之下对我拉拉扯扯，我也会失去很多机会的！>_<"我没好气地回了他一句。

"你要这么多机会干吗？都已经是名花有主的人了！－＿－"星野斜着眼睛看我，流露出一种特别特别轻蔑的欠扁表情。

我愣了一下，停下了手中开盒盖的动作，看着他说："你在说什么疯话呢？我什么时候名花有主了？是哪只猪啊？"

"嗯？我什么时候变成猪了？！"星野小声嘀咕了一句，忽然凑近我的脸，眯起了眼睛，一脸狡猾的坏笑，"我刚才说的还不够清楚吗？你就是我的女朋友！那个老是忘记吃药，不肯听话，又常常惹我生气的女朋友！^_^"

"是你吃错药了吧！秋田星野！>_<"我扬起了拳头，正准备往他那张不可一世的俊脸上挥过去，可是举到半空中，我停住了……因为我看到了星野薄薄的嘴唇，在我面前弯起了一抹意味深长的笑容，又带着一丝恶作剧的得意，我忽然想起了刚刚的那一个吻……我的初吻莫名其妙给晨曦夺走了，现在的人生第二吻又被星野……他们兄弟俩怎么都一个臭德行啊！O(>_<)O

当我放下拳头的时候，脸上已经是绯红一片了。其中，只有30%是因为害羞，另外70%是浓浓的愤怒跟懊悔！

"我不吃了！"我把双皮奶重重地往星野的手中一塞，"我要回学校了，你不准再跟着我！>_<"

等我回到学校的时候，已经快到了放学的时间，我偷偷溜回教室，发现麻衣正在我们班级门口等我……

"麻衣，你不是在考试吗？@_@"我惊讶地问。

"哪有考试要考3个多小时的呀！"麻衣走过来挽住我的手臂，一脸担忧地问我，"星野没事吧？他下午都没有去上课，你们都是在一起吗？"

"嗯！"我的表情有些尴尬，"他很好，只是一点皮肉伤，没事……"我有意跳过了后面的一个问题。

"林姐姐……"麻衣看着我，一副欲言又止的样子，她想了一想，才问我，"刚刚在新工大学里，那个前辈为什么说星野是林姐姐的男朋友啊，你们不会是……"

"哦……不会，不会啦！麻衣，你不要多想！那是他们误会了，我们怎么可能嘛！"我连声否认，可是脑子里却不自觉地想起刚刚在甜品店里，星野那毫无预警的一吻，就像双皮奶一样甜丝丝的，可是却让我很想扁他。

听到我这么一说，麻衣才总算放下心来，她对我莞尔一笑，然后自言自语道："果然和我想的一样，这样我就放心了……^_^"

"麻衣，你在说什么呀？"我看着她那么可爱的表情，忍不住就想逗逗她。

"没什么，林姐姐，我们一起去纳西吃齐伯伯熬的红豆小丸子吧，吃完了你再去西餐厅打工好吗？"麻衣很兴奋地提议。

我点了点头，然后回到教室里拿好书包，这就开始向纳西前进……

10

我是夕儿。

这个礼拜天，我和月兔约好了一起逛街。后来吃晚饭的时候，我一直在犹豫着要不要把整整困扰了我5天的事情告诉月兔，因为我心里一直有个疑问很想弄清楚……

"你说什么？星野他吻了你?! 哈哈哈哈……^O^"月兔夸张地大笑起来，隔壁有几桌客人微微侧目，往我们这里扫了几眼。

"月兔，你别笑了，我都已经够乱了！"我按住她的手，想让她收起肆无忌惮的笑声。

"好吧！"月兔捂住了自己的嘴巴，"那么你想知道什么呢？想问我星野为什么会吻你吗？这个问题我可说不准啊！"

"我想知道星野是不是同性恋！"我突然甩出了一句。

月兔正在喝橙汁，一听到我说这话，她又把一口橙汁给喷回了杯子里。

"你为什么会问这个？"月兔拍着被呛到的胸口，收起了玩笑的表情。

"你知道吗？星期一在麦当劳的时候，他为了替我解围，告诉别人我是他的女朋友。之后没几天，整个大学部高中部都知道了……我每天都活在大家不怀好意的注视下，我现在想要证明，我和星野之间不是大家想的那样，被全校女生误会的感觉真的很不好受！ >_<"我义愤填膺地说道。

月兔想了一想，很认真地问我："就算我告诉你了又怎么样呢？难道你去学校逢人就说，星野原来是个同性恋，你们都误会我们了！你真的打算这样吗？"

"当然不可能啦！"我想也没想就否定道。

我愣了一下，如果不打算这样公开星野的隐私，那么就算我知道了真相又怎么样呢？我一抬头，发现月兔正看着我，眼神中好像也在询问我同样的问题。

"唉……算了吧！"我重重地叹了一口气，懊恼地低下了头，"说不说我凄惨的结果都是一样的！"

"哈哈……别这样嘛！"月兔爽朗地笑了笑，"我还是告诉你好了，你身为我们这个幻城的一员，迟早也是要知道的！"

我嘟着嘴没说话，既然注定结局都是一样的，我发现自己就没有那么迫切地想要了解星野的性取向了……

"星野其实是一个非常令人心疼的孩子！……至少我们幻城里的伙伴都是这么认为的！"月兔拿起眼前的杯子看了一看，撇撇嘴，又另外点了一杯橙汁。

"我知道，在我们还没有正式认识以前，他就告诉过我他没

第 ③ 章 夕曦星

有父母！"我说。

"他真的是这么跟你说的吗？"月兔有些奇怪的问我。

"当然……这个能拿来随便开玩笑吗?!……可是,我本来以为没有父母的孩子一定都很穷,没想到星野这个异类竟然这么有钱,他父母留给他很多遗产是吗？……一定是这样的！-_-"我嘟起嘴巴自问自答。

月兔没说什么,只是微微一笑,说:"如果这些话给星野的父母听到的话,他们说不定真的会被气死哦！^_^"

"什么意思？@_@"我不解地问。

"其实啊,星野的父母都很健康地活着,而且他们家的家境非常好。他的父亲,即使在日本,都是商界举足轻重的显赫人物……"

"日本？"我有些听不太懂。@_@

"嗯,星野的爸爸是个日法混血儿,星野是跟他爸爸的家族姓秋田的,所以叫做秋田星野……"月兔向我解释说。

"啊……怪不得……"我这才恍然大悟,怪不得星野长得这么美,原来是中日法三国的混血儿呀。

"星野是在台湾出生的……"在他很小的时候,大概才刚刚懂事吧,他父母就把他送人了,双双回了日本继承他祖父家的企业了……

星野的妈妈把他托付给了一个老婆婆,那个老婆婆的家,其实也就是晨曦的家。所以当别的孩子还在父母怀里撒娇的时候,星野就明白自己已经被父母抛弃了……

他刚去晨曦家的时候,很自闭,不说话,脾气却很坏,可是晨曦和婆婆却一直悉心照顾着他,尤其是晨曦,简直把这个坏脾气的小孩当成了自己的亲弟弟,宠爱有加……

后来,他们两个慢慢地一起长大了。我刚认识他们俩的时候,就一直以为他们是亲兄弟。那个时候,星野很任性,对所有的人都很凶很坏,他的眼睛里只有晨曦和婆婆,也只对他们两个人才会露出笑容……"

"那么好的孩子，星野的父母为什么不要自己的亲生骨肉呢？"我的心里隐隐泛出一些心疼。

"家家有本难念的经，说实话我到现在也不知道这里面的原因……"月兔接着说下去，"……再后来婆婆去世了，就只剩下晨曦和星野两个人相依为命。一直到星野国中的时候，他母亲突然从日本回到了台湾，她找到晨曦家，想重新认回星野……可这时的星野已经到了叛逆期，比起以前更加让人无法接近，他不能原谅父母当年对他的背叛……

后来她妈妈为了表示爱他的诚意，在台湾买了房子定居下来，一心一意等星野回到自己身边……她甚至去求了晨曦，晨曦那个时候在音乐圈里已经有一定的地位了……后来在晨曦的劝说下，星野终于认回了她这个妈妈，星野一向就只肯听晨曦的话！"

"那么星野的爸爸呢？怎么没听你提起星野的爸爸？"我聚精会神地听着月兔讲话，忍不住问了一句。

"他爸爸是个很奇怪的人，据说，当初也是他坚持不肯带星野一起去日本的。现在他爸爸只是偶尔会回台湾看看自己的老婆和儿子！"月兔接着说，"后来，当我们几个好朋友组成了幻城。星野就比以前开朗多了，但是脾气依然很坏，不爱念书，喜欢摇滚，还总喜欢打架，就是老师眼中最头痛的问题学生！"

"我真的没想到星野的童年竟然是这么的……这么的……"我说了半天，竟然没想出一个确切的形容词来，"看来他并不是同性恋，是我误会他了！"我懊恼地低下头，拨弄起手中的勺子来。

"那可未必……"月兔笑了一下，"据我们多年的观察，我们得出的结论与你一开始的那个是不谋而合！ ^_^"

"难道他真的是……？ @_@"我惊讶地睁大了眼睛。

"大概他自己还不知道呢！……但是他平时对晨曦流露出的

那种眼神，我们都看在眼里，那是只有对心爱的人才能展现出的温柔……还有，虽然星野平时对所有人都很凶，可是，他会对晨曦撒娇哦，而且只对他一个人这样……

有时候我们朋友之间常常会开他们两人的玩笑，说星野你长得那么像女孩子，和英俊贵气的晨曦真是天生的一对。星野每次都会脸红，追着我们打，而晨曦大多数的时候都是微笑着不说话的……

后来，他为了证明自己喜欢女生而不是像我们取笑地那样喜欢男生，孩子气地接受了麻衣的感情……"

"麻衣？原来他们两个人……"怪不得我觉得星野和麻衣之间的感情也很暧昧，哎呀……乱死了！

"嗯！"月兔点点头，继续说下去，"在这之前，麻衣只是星野的学妹，比他低一届，可是小小年纪就已经喜欢上星野很多年了，天天跟在星野屁股后面，说以后一定要嫁给他……星野对她真的是毫无办法，不管是生气，厌烦还是恐吓，统统都吓不走麻衣，最后，他只能躲起来……

直到有一天，他又突然出现在麻衣面前，说，臭丫头，你不是说很喜欢我吗？我现在答应和你交往了！"

"真的吗？星野怎么这么可爱啊！"我不禁笑了起来。

月兔也笑着说："是啊！可是他们都还只是单纯的孩子，懂什么喜不喜欢，爱不爱啊！……所谓的恋情只持续了几个月就告吹了，因为星野发现他根本不喜欢麻衣，他无法和不喜欢的人在一起！……"

"那麻衣怎么办？她一定伤心死了！"我担心地问。

"是啊！"月兔严肃了起来，"更可怕的是，麻衣自杀了！当星野在医院看到脸色苍白，完全失去了生命力的麻衣时，他沉默了……可是，他依旧无法面对自己真正的内心，所以，小时候的自闭症再一次复发，那段时间，他们两个孩子，真的很可怜啊……T_T

我们常常都会深深地自责，如果当时我们不是那么喜欢乱开这么无聊的玩笑就好了，那么星野也就不会为了想要证明什么而做了一个错误的选择！T_T"月兔的眼睛微微红了起来。

"这次的自闭症持续了有一年的时间，才逐渐在晨曦的照料下康复。很奇怪，就算是在患有自闭症的同时，他依然也只对晨曦一个人信任，也只对他一个人笑！好像晨曦就是他的太阳，是他全部的世界……

等他病好了之后，麻衣竟然像从来没有发生过什么事，重新又做回了星野的小尾巴……而我们都发现，星野对晨曦的依赖却更加变本加厉了。可是，我们再也不敢多说什么，我们害怕再一次把看起来很凶悍，可实际上内心却很脆弱的星野推上悬崖……"

"那么，他自己一直不肯承认，其实他是真的喜欢晨曦对吗？"我有些恍然大悟地点点头。

"现在看来……也不是！^_^"月兔又再次给出了模棱两可的答案。我被彻底弄糊涂了！

"为什么？可是你刚刚明明说……"

"因为他吻了你……麻衣说过，和星野交往的时候，星野从来就不会吻她，每次都是她自己主动去亲吻星野的嘴唇，而星野也总是冷冰冰的从来不会给回应……

可是，他昨天吻了你，而且是主动亲吻了你……据我多年对星野的了解，他绝对绝对绝对不会去做违背自己意愿的事！……所以说，我觉得星野那小子可能是喜欢上你了！^_^"月兔得意地说着她自己的最新发现，还连着用了三个"绝对"。

"哈！哈！哈！"我夸张地发出了三个大笑的音节，可是脸上的肌肉却一块都没有动，"怎么可能，月兔你可千万别乱说，到现在连你都要误会我们，那我可真的跳进黄河里也洗不清了！"

"这有什么关系呢！星野虽然平时脾气大了一点，可他真的是一个很好的孩子，就算你们两个人交往，我觉得也没什么不

好啊,至少可以证明他不是同性恋啊!^_^"月兔笑着说。

"我怎么不觉得他是一个好孩子,和他交往,那我岂不是要天天被气死啊。拜托你了,月兔,你可千万别乱点鸳鸯谱啊!"我嘟起嘴,有些责怪月兔。

"不会啊,那一定是你还没有了解星野!虽然有时候我也会被他狠毒的嘴巴气得半死,不过,只要我们之中,有谁出了一点什么事,不管是不是需要他,他一定会第一个站出来替我们出头,就用他那双坚硬的拳头保护我们,摆平一切对我们的伤害!

所以夕儿,虽然你看到星野平时又霸道又凶悍,一点都不可爱,可是他确实用他自己的方式在爱着我们。他也一直是我们圈子里最受疼爱的弟弟,你可千万别被他的外表给骗了哦!^_^"我沉默着没说话,心里还在消化月兔说的话,因为我完全无法感觉到星野对我的友善。还是,他根本就没有把我当成幻城的一员呢? -_-

"怎么样?夕儿?你对星野是什么感觉呢?或许你们可以尝试一下……"

"没有啦,月兔,我们不可能的啦!"我急急地辩解道。

"是吗?"月兔露出了一丝意味深长的笑容,"夕儿,你知道为什么我在和你还并不是很熟的情况下,就坚持要你加入幻城吗?"

我摇摇头……

"因为晨曦……"月兔突然毫无预警地提到了晨曦,我还没有来得及隐藏什么,立刻红了脸颊。

"因为你在地铁上为了晨曦而和那两个女孩子争了起来。当时,晨曦对你来说还只是一个很遥远的人而已,可是你却愿意为了他勇敢地站出来……就是因为这件事,我很喜欢你。而且,我相信你一定会和我一起好好维护这座梦幻之城的,对吗?^_^"

"当然了,月兔,幻城已经是我的一部分了!"我的心中充满

了浓浓的感动。^_^

"可是夕儿,无论如何,你千万不能喜欢上晨曦啊!"月兔突然换了个话题,这让我很难一下子适应过来。

大概她还没看出我的窘迫,只是用告诫的方式对我说着,"晨曦是没有爱情的,除了我们这几个朋友之外,天下的女人在他眼睛里,都是贱种……你啊,喜欢谁都行,就是千万不能喜欢晨曦,因为他对女人,只会用下半身与她们交流,然后用钱堵上她们的幻想……"

"……不会这么恐怖吧!"我的笑容很牵强。

"没有,比这个还恐怖!"月兔认真地说,"真的夕儿,晨曦是一个对感情冷到骨子里的人,你是我的好姐妹,我才不想看到你被他冻僵,其他人我才懒得管呢!"

"我明白,月兔,谢谢你!"我微微一笑,好让月兔不用为我担心。

……

出了餐厅的大门,月兔叫了 Taxi 先走了,说是要去参加什么朋友的派对。我沿着小雨之后有些潮湿的人行道,慢慢走着。这个城市满街的霓虹把黑暗的夜色逼到半空中,又狠狠地砸下来……

不可否认,月兔的话在我心里留下了深深的痕迹,其中包括晨曦,但更甚者是对于星野的那种说不出的感觉。斑斓的霓虹倒映在水气氤氲的地面上,我仿佛看到星野寂寞的小时候,带着被亲生父母抛弃的伤害,倔强而痛苦地活着……月兔说的没错,我是真的为他心疼了……

想到这里,我不自觉地拿起了手机,按下了他的电话号码,没有什么特别的事,也没有什么特别的原因,就只是单纯的想听听他的声音……

"小肉包,怎么会是你?@_@"星野接电话的时候,显示出了无比的惊讶。

第❸章 / 夕曦星

手机里传来很嘈杂的音乐声，我仿佛都能闻到从他那一头飘过来的烟酒味，我不自觉地皱了皱眉头。

"你等我一下，我出去接！"星野说着，一会儿工夫，手机里清净了很多。

"喂，小肉包，你这么晚找我什么事啊？"星野调皮地问道，"是想我了吧！嗯？"

我没接他的话，对于他一贯的胡言乱语，这一次我真的一点都不生气，我只是很温柔很温柔地说了一句："一会儿可能会下大雨，别太晚回家！"

星野在电话里沉默了足足有一分钟，然后开始爆发起惊天动地的大笑："哈哈哈哈……我没听错吧，你今天真的忘记吃药啦!？ ^O^"

"你去死吧！秋田星野！ >_<"我气地一把挂上了电话，他这种欠扁的态度，也配我为他心疼对他好?！

我怒气冲冲地跳上了回家的公车。

11

我是夕儿。

整个温暖的秋天就这样过去了，好像昨天还是艳阳高照，穿着 T-shirt 短裙在校园里晃悠，今天就已经要围上围巾了……冬天，果然就在我们的不知不觉中悄悄来临了……

幻城照例还是每个星期聚会一次，只不过比起我刚刚加入的那个时候，大家又改变了许多，在我的眼里看来，我们每个人并不是在一年一年地成长，而是一季一季地蜕变，变得更成熟，然后更加美丽……

我和晨曦还是很少说话……每次聚会，我都只是坐在远远的地方偷偷看他……晨曦还是和以前一样，每次看到我和星野稍微接近一点，他看我的眼神就会变得很古怪，似乎是带着一

些警告和或者提醒,这真不像是一个普通兄长的眼神,好像我在抢他的所有物一样,很奇怪……-_-

可是,我还是默默地喜欢着晨曦,已经不仅仅是对一个偶像的喜欢,更是对一个男人的喜欢……我完全明白月兔对我的劝告,可是,我能怎么办呢?当那一颗小小的种子在我心里蓬勃滋长的时候,还有什么可以浇熄它的热情呢?

星野还是和以前一样,喜欢帮我起外号,然后和我吵架,并且乐此不疲……不,我觉得他还挺享受的……都说了他是一个小变态吧!……不过他也有改变的地方,至少他已经不再讨厌我了 ^_^……这说明他的思想已经取得革命性的进步了!

12

我是星野。

这一天正好是礼拜天。下午的时候,我要和一个从大马来挑战的赛车选手飙车,所以我和 Tim 早早就来到比赛场地。

Tim 正在帮我检查车子,我走到一边,拿起手机按下夕儿家的电话号码……我想在比赛之前听听夕儿的声音!

"小肉包……你在干吗?"我问。

"……"她一直没说话,从电话里传来了夕儿抽抽搭搭的哭泣声,听起来好像很难过。

"林夕儿,你到底出了什么事?"我心里莫名地紧张了起来。

"……没事,我挂了……T_T"说完,夕儿就把电话挂断了。

我皱紧了眉头,立即走到摩托车旁,戴上头盔,跨上了车子……

"大哥,比赛马上就要开始了,你要去哪儿?"Tim 急忙拉住了我。

"等我一个小时,我尽快赶回来……如果对方不愿意等,就让他滚回大马去!"说着,我推开了 Tim,驾着摩托车,急速向前飞驰而去……

* * *

我是夕儿。

今天的天气好冷哦！叔叔婶婶去亲戚家了，美嘉刚刚也和朋友约好出去玩了……我做完了所有的家务，炒了一些冷饭吃过之后，又拿出《狼的诱惑》的 DVD，坐在客厅的地板上看了起来……

我已经记不清是我第几次看这部电影了，每次看到英奇一个人孤零零地躺在异国手术室里的时候，我都会忍不住哭得稀里哗啦 T_T……这不，我面前的纸巾已经堆了起来，可是眼泪还在源源不断地涌出眼眶……T_T

可怜的英奇啊，你为什么不能得到最后的幸福呢？T_T

"林夕儿，你到底在干吗？"一个很不客气的声音突然在我身后响了起来。

我转过头去，在一片泪眼朦胧中，我仿佛看见英奇从电视机里面走了出来……

"英奇……"我不自觉地轻唤了一声。

"英奇是谁？"那个人提高了音量，口气非常不悦。

我擦了擦眼睛，定睛一看，竟然是……

"星野，你怎么会在这里？O_O"我很奇怪他的从天而降。

"我问你那个该死的英奇是谁？>_<"星野把手中的头盔使劲往沙发上一丢，径直向我走来。

我连忙指着电视机给他看，说："就是他，是他……星野，你一定要看一下这部《狼的诱惑》，超好看超感人的……"

星野走到我面前，目光从电视里的英奇，一直移到地上的纸巾，然后再转到我的脸上……

"林夕儿，你就是为了这部破电影才在电话里哭成那样的吗？"星野的表情有些恼怒，他似乎觉得这是一件很不可思议的事情。

我木然地点点头……

星野重重地吁了一口气,嘀咕了一句:"被骗了……"

"嗯?"我没听明白,"我说秋田星野,你到底是怎么会突然出现在我们家客厅里的?"

星野狠狠地瞪着我半天,突然大吼了一声:"大门没关!"声音大得差点没把我给吓死……难道美嘉出去的时候又忘了关门?她怎么老是这样! >_<

我正在思考着,星野突然一把拉起了我的手,就往大门外走去……

"你干什么,星野?放手啦! >_<"我使劲想挣脱他。

可是星野的力气很大,他把我拉出了门外,然后把大门紧紧地关上了……

"你疯啦,星野,我没带钥匙!"我想要阻止的时候已经晚了。星野理都不理我,把我拉到他的摩托车旁,从后面的箱子里拿出一只粉红色的头盔,二话不说就罩在了我头上……

"你要带我去哪儿?我不去! >_<"我恼怒地想取下头盔。

可是星野根本不给我任何机会,他直接问我:"你要自己上去还是我抱你上去?"说着,就弯下腰来作势要抱我。

我连忙伸出一只手阻止他:"我自己来,自己来!"

我气呼呼地跨上了他的摩托车……竟然这么容易就被他逼就范了,真没面子! O(>_<)O

我本来还想跟他保持点距离,不要靠得太近呢……可是摩托车一开动,我整个人只好趴在他身上了,这真的不是我自愿的!

大约半个小时之后,摩托车终于停了下来,我拿下安全帽,四下里一看……这里竟然是个临时的赛车场,有旗子,还有拿着旗子的性感女郎……现在,这里蜂拥着很多人,大概是类似于观众吧!

星野一到，人群中立刻爆发出一阵欢呼声，搞得他很像舒马赫似的……\(^.^)/ \(^.^)/ \(^.^)/

"星野，你带我来这里干吗？@_@"我疑惑地问。

"今天有个人特地从大马过来挑战我，我要让他看看我的厉害，输得心服口服！"星野的脸上，显示出了他惯有的傲气。

"你说你要飙车，不行啦，这里什么安全措施也没有，太危险了啦！"我连忙想要阻止。

"今天的冠军可以得到一位富家公子提供的钻石项链，你等着收项链吧！"星野的嘴角露出了一抹自信的笑容。

"星野，你今天迟到了一个小时零九分钟！"一位看起来像是公证人的大叔走过来对星野说。

"废话少说，开始吧！"说着，星野戴好了头盔，一位个子矮矮的男生帮他把车子推到了起跑线上。

"星野……"我知道我说什么也阻止不了他，那位个子矮矮的男生对我伸出了一只手，把我带到了边上。

很快，一位穿着黄色骑手装的车手，也把自己的摩托车推上了起跑线……

一声巨响，性感的赛车女郎旗子一挥，两辆车像箭一般射了出去……

一圈，两圈，两辆车互相赶超，一直咬得很紧……我心里默默地为星野捏了把汗，加油啊……

五圈下来，他们俩几乎是同时冲进终点的……不过，有经验的裁判却认定这一场比赛是大马人赢了，星野以微弱的差距输给了那位大马人……所以说，话不要说得太满吧！

结果一直到比赛结束，人都走光了，星野把我带回了市中心，我们找了一家餐厅坐下来，坐了将近有半个小时……他竟然还是一句话也不说，无论我怎么逗他，他都拉着脸，像一只沉默的小绵羊……我知道他一定觉得超没面子，可是有什么关系嘛，我们都那么熟了，我又不会取笑他……至少不会当面取笑他！^_^

夕曦星／第③章

"星野,我给你讲个精神病医院的故事好不好?"我喝了一口咖啡,看看他还是不理我,我就自顾自手舞足蹈地讲了起来。

"话说,有一个男人叫做小强,他在精神病医院里实习。有一天,他听到有两位病人正在交谈,A问:'我的小说怎么样?'B回答说:'不错,就是出场人数太多了!'这时,小强就冲着他们嚷嚷道:'嘿,你们俩快把电话簿放回去!'

A听了就很生气,他突然抓起了一把菜刀向小强追了过去,小强吓得转头就跑,直到跑进了一条死胡同。他心想:这下完蛋了,死定了!……可是就在这时,那个病人A突然把刀递到小强面前,对他说:'给你刀,该轮到你追我了!'哈哈哈哈哈哈……^O^"我一个人在那儿笑到都快抽筋了。

星野像盯着一个冥王星怪物那样看着我……

"不好笑吗?"我看着星野,"那我再换一个!"

"对不起……"星野突然开了口。

"嗯?"我收起了笑脸,"为什么说对不起?"

"没有为你赢到那条钻石项链!"星野的表情显得很沮丧。原来,他是为了这个才不开心的啊……

"我一点都不喜欢戴项链,你看,我从来都不戴的!"说着,我故意伸长脖子,露出光秃秃的肌肤给他看。

"反正就是觉得很没面子!>_<"星野懊恼地搅拌着他的咖啡,可是却一口都没喝。

"不会啊,我觉得你最有面子了!"我绘声绘色地向他描述,"你看,你一到现场,大家的欢呼声有多么响亮!我站在观众里面,满耳朵听到的都是,'星野,加油,星野,加油!'……而且最后,当那位大叔宣布那个大马人赢得比赛之后,连一个为他鼓掌的人都没有哎!……你今天真的好帅哦,作为你的好朋友,我都觉得超有面子呢!^O^"

"真的吗?"星野的脸上微微地露出了一点笑容。

"当然是真的啦!我怎么会骗你呢!"这家伙,还真是简单得可以,随便称赞他几句,很容易就满足了……我明白了,以后想

要搞定他简直太容易了！^_^

"因为今天去的人都是我的粉丝嘛！^_^"星野孩子气地笑了，他还是笑起来的样子最好看，那双细长的眼睛里，流露出干净清澈的眼神，总是令人忍不住就想要亲近他……

不知道为什么，只要一看到他那天真无邪的笑容，我心里面就会有些异样的情绪在波动……我连忙低下头，喝起了自己杯子里的咖啡。

"小肉包，你也是我的粉丝吗？"星野问我。

"嗯？"不知道为什么，我有些躲避他的目光，不晓得该怎么回答他才好，过了半天，我才回答说，"我是晨曦的粉丝！"

"只是哥哥的粉丝吗？"星野似乎有些心有不甘。

"还有孙静妍！"我老实地回答道。

"孙静妍？"星野突然瞪大了眼睛，"你为什么喜欢那种女人？"

"什么叫那种女人？"我就是听不惯星野的这种调调，"孙静妍现在可是全台湾最红的模特，美丽高贵，气质动人，是全台湾男人心目中的性感女神……那种女人怎么啦？"

"反正我就是看不惯！"星野不讲道理地耍赖，"所以你也不准喜欢她！>_<"

"切……你这个人还真是奇怪！我不喜欢吃白菜，有没有叫你也不准吃白菜?！"

"我本来就不喜欢吃白菜！"星野大声地说道。

"这只是一个比喻而已！……那我说，我很喜欢《狼的诱惑》这部电影，你会去租来看吗？"

"我警告你不准再跟我提《狼的诱惑》！O(>.<)O"星野猛地一拍桌子，对我大声吼了起来。

结果，我们就这样开始了新一轮的争吵……唉~~~认识星野，到底是我的幸还是不幸呢？

"Waiter，两份西冷牛排，给我快一点！"星野趁着在跟我吵架的空当，对着 Waiter 大声喊道……他一定是吵得肚子饿了，

呵呵……恰好我也是！^_^

等西冷牛排一上来，我立刻埋着头狼吞虎咽地吃了起来。整份牛排，包括汤汤水水，我前后总共才用了不到 7 分钟就消灭干净了……

吃完以后，我打了个饱嗝儿，满足地抬起头来，发现星野的双手拿着刀叉，牛排一点都没动……此时的他，正以一种十分奇怪的眼神盯着我看，大概我刚刚拼命吃喝的样子把他吓坏了……

"你怎么吃得跟个难民一样？"星野皱了皱眉头，突然对我说。

我喝了口水，把最后一口牛肉吞下肚子，然后慢吞吞地回答他："以前和晨曦出去吃饭的时候，我都还没开动呢，他就已经吃完帮我买单了……你们兄弟俩的奇怪性格那么相像，难保你不会跟他做同样的事情……你以为我林夕儿会在同一件事情上连犯两次错误吗？哼哼哼……你太小看我了！"我得意地冷笑了起来。

"你跟我哥单独出去约会过？"星野眯起了眼睛。

"怎么？嫉妒啊？那就把你哥看牢一点啊！^_^"我对着星野露出了一个自以为很老练的笑容。

星野恶狠狠地瞪着我，手里开始肢解起他盘子里的牛排来……

"林夕儿，你就给我坐在那里慢慢等我吧！ -_-"星野几乎是咬牙切齿地对我说道。

结果，那一顿晚饭我们再也没说话，我就坐在他的对面，眼睁睁地看着星野像切割钻石那样一小块一小块地切着他的牛排，足足切了有一个半小时……

等我们走出这家店的时候，我感觉自己的肚子又有点饿了……当时我唯一的念头就是想冲上去咬他一口，不，是咬死他！ >_<

第四章

为何不尝试，
来靠靠我肩膀，
选择我的爱，
成为你温柔的护航……

不知道从哪一天开始，
我突然爱上了奔跑，
奔跑在午夜寂寞的公路上，
奔跑在风霜雨雪的轮回中，
奔跑在荆棘铺满的未来里，
我爱你，
我无法停止追逐你的脚步……

1

我是夕儿。

时间过的飞快，十二月伊始，大街小巷就开始纷纷张罗开来，争相迎接本月份的头号节日——圣诞节，使得整个十二月份，全世界都洋溢在圣诞节隆重快乐的气氛里面，光是站在这样的环境中，都觉得好浪漫哦！

一切变化的开始，想起来应该都是在这个美丽而特别的平安夜吧……

我们几个人互相搀扶着从纳西里面走了出来，麻衣已经醉得不醒人事了，月兔大概还在半梦半醒之间徘徊，总之她还有力气缠着旭晨哥，一定要跟他一起去 Snow 就对了，我也稍微喝了一点，头有些晕晕的，但是不怎么严重……

本来我是不打算喝酒的，可是晨曦今天没有来，我们幻城的圣诞聚会，他竟然没有来参加……月兔说这很正常，因为晨曦是我们这些人中最不正常的一个，彻头彻尾彻心彻肺的神秘，没有人猜得透他的心，虽然他是我们幻城的核心人物，却又是离幻城最远的一个。

我听了之后心情一下子就不好了，因为月兔还说，他不来参加聚会的话，多半说明他是和女人约会去了。所以我灌了自己几杯酒，可是却没有勇气喝醉……

"小肉包……"星野架着完全不醒人事的麻衣悄悄走到我面前，压低了嗓子对我说道，"我现在送麻衣回家，你先别急着回去，跟旭晨去 Snow 好吗？我等一下来找你！"

我怀疑自己是不是听错了，大概是因为头晕导致的听力下降吧！我第一次听到星野用这种征求的温柔口气跟我说话，我感觉有些陌生，还很好笑。

"为什么？"我问他。

"别管了，等一下就知道了！"说着，星野就把我强行塞进了旭晨哥和月兔的 Taxi 里，自己和麻衣坐进了另外一辆车。

一上车，月兔就开始窝在旭晨哥的怀里睡觉。我坐在前面，从后视镜里看到他们偎依在一起的甜蜜样子，又有些被隐隐触动了心弦……

还有两个多小时，平安夜就要过去了，这是我加入幻城的第一个圣诞节，真想留下些什么好让我怀念啊！……

我望着车窗外斑斓的霓虹和那些拿着仙女棒点燃忽明忽暗希望的幸福笑脸，还是不由自主地想起了晨曦，为什么会这样呢？虽然他一直都对我那么冷淡，可是为什么他的身影依旧如同浸润了春雨之后欢快拔节的植物，在我心底不停地蔓延呢？而且从来就没有停止过……我的心很小也很简单，被他的身影填满之后，我已经累得快要哭了……

月兔一直睡到了 Snow，然后旭晨哥把她扶进了私人休息室，为她盖好了被子让她继续舒服地睡觉。

我让旭晨哥不用管我，尽管去忙 Pub 的事没关系，因为今天这里的人真的很多，每个人都带着寻欢作乐的目的而来，只是我不知道，他们的快乐，真的就那么容易能找得到吗？

我挤到吧台前，问 Benny 要了一杯 Jin Tonic，和着自寻烦恼的痛苦一口气吞了下去。Benny 是 Snow 的 Bar Tender，来过几次之后就认识了他。

"Benny，我想知道这里的天使为什么长着一只角呢？"我举起手，有些晕晕忽忽地指着天花板上一只硕大的天使浮雕。

"这是我们老板亲自设计的，长了角而失去光环的天使，比起普通的天使不是更加特别吗？"Benny 一边跟我说话，一边手中在忙着调酒。

"是调酒老板亲自设计的吗？"我问他。

"是啊，这里所有的装修都是大老板设计的，我们的老板年轻有为，很了不起哦！"

我点点头，表示赞许："真的很不错！"

"不好意思，我走开一下……"有新的一拨客人到，Benny 忙着过去招呼了。

酒吧果然是越夜越美丽的地方！忽然，Live 的音乐响了起来，不知何时，乐队已经各就各位了……而我坐在吧台的这个位置看过去，正好可以将舞台上的一切一览无余……

可是就是这么轻轻的一眼，却令我有恍若隔世的感觉，仿佛一瞬间，灵魂便已经从我的身体脱离……是晨曦，他站在了这个小小的舞台上，手里拿着麦克风，微微一笑，倾倒了众生……

"六朵鲜艳的干花，打个漂亮的时间差，啊啊啊……
翻越睫毛的水滴，顺着那孤独的墙壁，从隙缝流向巴黎
公园里白色的旋转木马，转来又转去，感情里常用的甜言蜜语，就那几句……
无非对不起，我爱你，我很想你，重复一千遍也不会腻
就算失去你，离开你，见不到你，还有你能听懂的暗语
凌晨三点的烟花，透露出心里的想法，啦啦啦……
听着欲望的呼吸，顺着长长的楼梯，满屋子都是香气
公园里白色的旋转木马，转来又转去，感情里真正的红颜知己，寥寥无几……
那句对不起，我爱你，我很想你，重复一千遍也不会腻
就算失去你，离开你，见不到你，还有你能听懂的暗语"

晨曦就站在这个舞台上放肆地唱着歌，浑身上下散发出一种高贵神秘的气质让我感到深深地震惊……他微微扬起的嘴角，仿佛流露出对这个世界不屑一顾的傲慢，眼神中充满着令人无法抗拒的邪魅。他优雅地怀抱双臂，笑容里却似乎隐藏着等待猎物投怀送抱的诡计……

他的四周散发着幽幽的白光，有那么一瞬间，我甚至觉得他

第 ④ 章 夕曦星

根本不是人类,因为没有这么完美的人类,能让他的猎物疯狂到甘愿把自己的灵魂双手奉上……晨曦真的有摄人心魄的力量……当我意识到这一点的时候,我已经有些眩晕了……

"怎么样?他唱得不错吧! ^_^"旭晨哥的声音突然出现在我耳边,"真没想到这小子今天不去我们的聚会,竟然是要在这里开演唱会!"

我勉强拉扯起自己涣散的神智,对旭晨哥露出微微的一笑:"他……经常会来这里唱歌吗?"

"差不多吧,他是这里真正的老板,每次写了新歌,他都会到这里来先唱一下,看看大家的反应……其实真的没有必要,只要他往舞台上一站啊,就算是唱丧歌,也会受到万人景仰的!"旭晨哥看看我,露出了一个若有所思的表情,"怎么?你也被他迷住了吗?"

"不是啊……我只是没想到……他就是这里的老板!"我有些尴尬地辩解道,还好我今天喝了一些酒,旭晨哥不会看到我的脸突然变红的样子。

晨曦唱了几首歌,整个 Pub 里的人还处在意犹未尽的疯狂里头,保持着一种很 High 的状态,我看到他们中的有些人哭了,我知道他们真的很需要晨曦,可是晨曦再也不理会众人,冷漠地朝台下走去,挑了一个角落的位置坐下……

我的嘴里虽然在回应着旭晨哥一些口是心非的话,可是眼睛却一刻也没有离开过晨曦半步,我看到隐藏在黑暗中的晨曦拿起了一支烟,很快,就有一位身材惹火的女郎走过去为他点上,随后坐在他身边,不一会儿,又走过去几位辣妹……我有一种快要窒息的感觉……

"那你在这里自己玩一会儿,星野大概很快就会到了,我先去忙了!"旭晨哥轻声说着,又向 Benny 要了一杯橙汁给我。

我的脑中一片空白,什么都听不见了……因为我看到那个性感的女郎,朝晨曦的嘴唇吻去,晨曦竟然没有躲闪,大方地接

夕曦星/第④章

受着那女人的挑逗……

怎么可以这样？这些女人怎么可以这样？一个个都想把晨曦吞下去似的，我不想看，也不想接受……我转向吧台里面，大口大口地吞着杯中的橙汁……

"你把橙汁当成酒了吗？"Benny 惊讶地看着我说，"不过，刚刚总经理吩咐过了，今晚你就只能喝这么多，不然我倒是还可以为你调一杯！"

Benny 表示遗憾地耸耸肩膀，又忙着招呼其他的客人去了。

我冷静了一会儿，忍不住又偷偷把头转过去，望向晨曦的那个角落里，发现那里已经是空空如也，我急忙在人群里四处张望，却再也找不到晨曦的踪影了……我有些失魂落魄地放下杯子，拨开人群，穿过那些汗流浃背妖冶的身体，我好像看见前面又有一扇门，有人在那里进进出出……

我走过去推开门，惊讶地发现原来门外更是别有一番洞天。

这儿似乎是一个小花园，如今却被主人拿来做了 Pub 的后花园，花园里有树有花有草，虽然现在时值冬天，大部分的植物已经是荒芜一片，可是为了应景，主人还是很有心思地铺上了大量的白棉絮，寓意白雪……加上树丛中点缀着星星点点的灯光，抬头即见一轮皓月当空，举杯之间，遥望这天上与人间的星海，如此的美景，怎能不让人着迷呢？怪不得，虽然这里呼啸着凛冽的寒风，可是依旧是人来人往……

我虽然来过 Snow 很多次，但是每次都是直接往我们聚会的角落里走去的，竟然从来没发现在这扇门后面还隐藏着这样一道迷人的风景……

我四处观赏着，慢慢地朝前走，似乎忘记了最初来到这里的目的……忽然，从旁边的黑暗中伸出了一只手，迅速地环住我的腰，紧接着另一只手也飞快地捂住了我的嘴，我还没来得及反应过来，就被拖到了一棵大树下面……

这个时候，虽然说是皓月当空，可是这树阴底下依旧是一片模糊的阴影。我睁大了惊恐的眼睛，完全不知道发生了什么事……

我用力挣扎着，可是却更深地陷入了一双强有力的手臂中，随着他贴近的脸，我听到了一阵急促的呼吸声，我知道这肯定是个男人，而且是个浑身上下散发着危险的气息的男人，恐惧排山倒海地向我压过来，我想尖叫，可是被他捂住的嗓子里却发不出任何一点声音……

"你是在找我吗？"充满磁性的声音在我耳边响起，带着午夜梦回里充满诱惑的味道……恍惚中，我好像认出了这个令我魂牵梦萦的声音……

我渐渐忘记了挣扎……很快，那只捂住我嘴的手松开了……

"晨曦……怎么是你……O_O"我还没有说完的话，统统被晨曦吞进了嘴里，晨曦霸道的双唇就这样吻住了我。我的脑袋躲避不及，被一阵眩晕击中，世界在我眼前开始旋转，就在晨曦用双臂圈成的空间里飞舞，我的灵魂已经不听我的身体指挥，一个劲儿地拉住我往罪恶的深渊里沉沦……

我真的是醉了，可我不知道自己究竟是醉在 Jin Tonic 的酒精里头，还是醉在晨曦如梦幻般的深吻中……

晨曦的舌头灵巧地拨开我的牙齿，滑入了我的口中，舌与舌之间温热而又陌生的触感，忽然把我从梦境中拉回了现实……

"嗷……你这只小野猫，竟然敢咬我！"晨曦忽然放开了我，不可思议地看着我。

"你……怎么可以……"我有些不知所措，却还沉浸在刚才的激情中无法自拔。

"难道你不喜欢吗？ ~_~"晨曦眯起了眼睛，嘴角扬起一抹戏谑的笑容。

"你……太可恶了！"对于他的诱惑，我真的连一点招架的力量也没有，此刻的我，只想赶快逃离这里，逃离这个晨曦所设下的陷阱……

"这么晚了，你怎么还不回家，是一个人来酒吧的吗？"晨曦舔了舔自己的嘴唇，好像是尝到了一些什么，"……还喝了酒！"

"我和星野约好了晚点在这里碰头，他会过来找我！"我老实地回答。

"星野？……他真的是在追求你吗？"晨曦又眯起了眼睛，可是这一次，我却发现在他深邃的眼神里闪过了一丝无法捉摸的冰冷，不过很快就被他掩饰掉了。

"这和你没关系吧！"我不由地赌气。

"把眼睛闭起来！"晨曦用不容我拒绝的声音命令道。

"你想干什么？"我警觉地抬起头。

"没必要这么紧张吧，OK，我保证不碰你，你先闭起来！"晨曦微微一笑，向我保证。

我半信半疑地闭起了眼睛，感觉晨曦的双手从前面绕到了我的脖子后面，我连忙睁开眼睛，印入我眼帘的是在我脖子上一条十分漂亮精致的项链，坠子是一颗小小的心，心的两边是两只飞翔的金色翅膀……

"你……"我惊讶地说不出话来。

"这条项链有个很美丽的名字，叫做'天使心'，You are my lucky girl tonight！"晨曦温柔地拨开我的刘海，在我的额头上轻轻地印下一个吻……

这突如其来的一切，让我仿佛置身于一个绚丽的童话世界中，我真的是晨曦的 Lucky girl 吗？晨曦对我的态度从冷漠到热情，转变得太快太突然了，我有些无法招架，总觉得这一定是场梦。

而此时此刻的我，就快要融化在晨曦的温柔里面，这真的是 Cinderella 五彩缤纷的梦境吗？我希望梦醒的那一刻永远也不

第 ④ 章／夕曦星

会来到……

"啊！仔细看看，你也没那么难看，还蛮可爱的！"晨曦轻笑着说。

我微微地嘟起嘴巴，说："我本来就不是什么大美女啊！"

忽然，两个女人的交谈声由远而近传来……

"CoCo，你看见 Wallace 了吗？"一个女人问道。

被称为 CoCo 的女人回答道："没有啊，刚刚就没有看见他了，我也在找他！"

晨曦把手放在我的嘴上，示意我不要发出声音，我们俩躲在大树的阴影下，没有人会注意到。

"唉……人家今天特地推掉了圣诞节的天台走秀来找他，他不会就这样消失了吧！"

"我也是啊，连男朋友的约会都没理，一心一意来找 Wallace 叙旧的！"

"你男朋友算什么？有了 Wallace，你还看得上他吗？"

"话可不能这么说，我男朋友也是广告界的才子，前途无量的！"

"那你守着你那支潜力股不是很好吗？干吗还要到这里来插一脚呢?！"

"什么叫插一脚，我们可是各凭本事的！"

两个女人彼此争风吃醋的声音渐渐远去，晨曦拿开了放在我嘴唇上的手，气氛难免有些尴尬……

"你……很受欢迎哦！"我的口气有些酸酸的。

晨曦没说话，微微地笑了，然后他从口袋里摸出一样东西，拉过我的手，放在我的手心里，我拿起来仔细一看，是一张饭店的房间钥匙卡。

"这个……是什么？O_O"我疑惑地问，心里闪过些隐隐的不安。

晨曦眯起眼睛，扬起一抹邪魅的笑容："一会儿等星野走了之后，来我的房间找我，我会让你度过一个非常难忘的夜晚！如果你还是第一次的话，我想我会比星野更加适合你……~_~"

"什么意思？O_O"我呆呆地看着他。

"你还从来没有和男人上过床吧……其实这过程非常有趣，我想你会喜欢的！~_~"晨曦依然笑得很迷人。

"啪"一个响亮的耳光，我想也没想就往晨曦的脸上甩了过去。

"你疯了吧！"微弱的月光透过迷梦般的夜色，照进我微微泛红的眼眶里，我知道冷漠的他一定什么都看不见……

晨曦扶摸着自己的脸颊，表情里压制着些许恼怒。

"原来，我也和那些爱慕虚荣的女人一样，没有自尊，没有骄傲，只要你的一声召唤，马上就会争先恐后地爬上你的床……在你的心里，真的所有的女人都是一样的吗？……

你错了，即使平凡如我，我也有我的高贵，我承受不起你伟大的垂青，也无法对你的召唤感激涕零！……这个钥匙卡还给你，去给那些在后面排队等着你恩宠的女人吧！"

说完，我把钥匙卡扔给晨曦，伤心地跑走了，滚烫的眼泪顺着我的脸颊蜿蜒而下，变成冰冷的水滴流进脖子里……我发誓我再也不要对晨曦存有幻想了，这个男人，根本就是一个没有感情的魔鬼……

*   *   *

我是晨曦。

我抚摸着被打得不轻的脸，露出一丝莫测的表情……

看你还能假正经到什么时候，我冷着脸从树荫下走出来……

其实我一直知道夕儿在 Snow，从她一进来我就已经知道了，我能很清楚地感觉到她不停追随着我的目光，从刚开始的

第 4 章

夕曦星

惊讶、崇拜，到后来的嫉妒、愤怒，我全部都感觉到，很好……所以我才引诱她到这里来，又是一个妄想要打星野主意的女人，哼……别太高估了自己……

2

我是夕儿。

这个平安夜为什么会变成这样？我胡乱地抹了抹眼泪，不敢相信自己真的这么傻，竟然以为灰姑娘的童话会降临在我身上，可是谁知道美梦的幻灭却来得这么快而彻底……我用手不停地擦嘴，想擦去晨曦留在我嘴唇上的味道，残破而妖娆的甜美……

"小肉包……"我从 Snow 里跌跌撞撞地跑出来没多远就听到星野在叫我，我停下脚步，星野刚好从 Taxi 里走出来……

"你去哪儿？不是叫你在 Snow 乖乖等我嘛！"星野突然看到我的眼泪，有些惊慌，"你怎么哭了？……我又没骂你……"

我摇摇头，说："是我自己刚刚不小心摔了一跤，有点疼，所以……"

"拜托，你今年贵庚啊，摔跤还会哭鼻子哦！"星野撇撇嘴，突然在我面前蹲了下来，"摔疼了吗？让我看看！"

我本能地往后退了一步，止住了哭泣，然后非常认真地问星野："星野，你今天怎么了？为什么对我这么好？连说话的口气也变了，你该不会是又想到什么整我的办法了吧！……我今天很累了，你就放过我吧，我过几天再陪你玩好吗？"

"切……！"星野站了起来，用一种不知好歹的表情看着我说，"对你坏不行，对你好也不行，你是不是有病啊？"

"我要回家了！"我实在是懒得理他，不过同时，我还是深深地横了他一眼。

"不准！"星野伸出手挡在了我的面前。

"什么？我没听错吧！你凭什么……"我话还没说完，星野就拉起我的手，往前面飞快地奔跑了起来……他也不想想他人高腿长，可怜我被他拽在身后呼哧呼哧地追赶，想张嘴叫他跑慢点，却只是一口口地灌下迎面而来的冷风，我差点背过气去，要了我半条命……

星野这个混蛋，至少拉着我跑了一千米开外，等停下来的时候，我腿软得差一点在神圣的平安夜给人下跪……

"秋田星野……你……"我抚着上气不接下气的胸口，用手指着星野……

可是我却惊讶地发现，星野并没有理睬我，他只是将脸蛋朝45度角的方向朝上面仰望着，脸上是我从来没有看见过的表情，是属于十九岁的男孩真正应该拥有的天真幸福的表情……

我不禁顺着他的目光望去，顿时倒抽了一口凉气，然后又被呛了个半死……因为在我眼前的，是广场的正中间，一棵高大魁梧的圣诞树，装饰着华美如繁星的灯光迎风傲立着，美得让人简直收不回目光……O_O

"怎么样？这可是全台北最高最漂亮的圣诞树哦！"星野得意地看着我，一副很想看我感激涕零的样子。

"真的是好美哦！ ^O^"我实话实说，而且我发现经过和星野长时间的消耗体力，不愉快的事情都已经被我甩得好远，心情也跟着明亮了起来，"你看……那里还有人在唱赞歌呢, ^O^ 我也会唱哎，走！"

我一边在和星野说着话，一边往前面跑起来，一不小心，撞进了一个软软的怀抱里……

"对不起，对不起……"我匆忙地抬起头来道歉，一看，"你是圣诞老人?! ^O^"我兴奋地抱起圣诞老人又蹦又跳……一直到星野跑过来，费了很大的劲才把我拉开……

"圣诞快乐！ ~_~"圣诞老人慈祥地笑着，从背后的大袋子

第 4 章 ／夕曦星

里，拿出一只小小的圣诞铃，送到我的面前，"这是送给你们的圣诞礼物，铃声不断，欢笑不断！祝福你们两人能获得最后的幸福！"

"谢谢，不过祝福我就可以了！"我接过铃铛，把脸往星野那儿一撇，说，"……他就不用了！……也祝你快乐哦，圣诞老人，顺便帮我问候一下 Rudolph……"

我一个人在那儿兴奋地说了一大圈，才发现星野今天好像真的很不对劲，因为他一直会似有若无地看着我，一副欲言又止的表情，这真的和平时那个嚣张跋扈耀武扬威的他盼若两人……

"喂，星野，你今天到底怎么了？"我碰碰他的胳膊，"你不说算了啊，我可不会再问你第三次！"

正在这个时候，广场上的时钟在午夜十二点的时候准时敲响了……大家不约而同地望向那一片被人世间的欢乐照亮的夜空，仿佛都在期待着夜的精灵带着华美的光芒徐徐降落……

我转过头去偷看星野，他线条优美的轮廓在这欢乐的空气中，闪烁出一种我从未见过的忧郁，长长的睫毛在微微颤动着。我真的没有想到，这么安静的他，竟然也是美得那么令人心疼，我想星野才是这个举世欢腾的夜里真正匍匐着的精灵吧……

"夕儿……"星野突然回过头来叫我的名字。

"嗯？"我尴尬地收回目光，可是心里却在纳闷，这可是他第一次愿意正儿八经地叫我夕儿啊！

"我……我想我是……"星野的声音很快就被淹没在人声鼎沸的欢呼声里了……

"快看啊……^O^"我兴奋地指着天边绽开的第一朵礼花，大叫着，"好美的烟火啊！我从来都没有看到过这么美丽的烟火^O^……喂，你刚刚想说什么啊？快点趁着这么美丽的烟火一口气说完……天哪，这简直像在演偶像剧呀！^O^"我大力地撞着星野的肩膀，他被我撞地一直往旁边退去……

"夕儿……"星野终于忍受不住我的摧残，突然扶住我的肩膀，他瞪大了眼睛看着我说，"你给我听好了，小肉包，我说我喜欢你，你最好答应做我的女朋友和我交往，听见了没有？"

整个世界突然安静下来，我收起了笑容，耳边只剩下星野突如其来的告白，震耳欲聋……身边的烟火燃亮了整个夜空，却照不进此时此刻这个无声的世界里……

"你的意思是……你要做我的男朋友？O_O"我露出不可思议的表情，一度怀疑自己是在做梦……

"你要这么理解的话，也可以！"星野说着，嘴边扬起一抹浅笑，在我看来，却和嘲笑没什么区别！

"呵……你觉得这么捉弄我是不是很好玩哪？……你简直无聊透了！我要回家了！"我推开星野，生气地离开了这个繁华依旧的广场。

今夜的一切，仿佛全部都乱了套了……

"小肉包……"星野追了上来，拉住我的手臂，"我没在和你开玩笑，我也不是捉弄你。这一次我是认真的，你一定要相信我好不好？"

"我当然相信你啦，我相信你是在很认真地捉弄我对不对？不然你也不会大费周章地带我到这里来看烟火……你真的很无聊哎！"我甩开星野的手。

星野却一把按住了我的肩膀："你不准走，听我把话说完。我是真的喜欢你，小肉包，我知道要你相信我说的话很难，可是我已经没有退路了，我再也没有办法掩饰自己真正的内心了……

我知道自己是一个很难相处的人，脾气很坏，又老是闯祸，可是我并不是一个坏孩子，只是从来都没有人愿意听我说话……所以，我才只能一直这样用任性来掩饰自己的孤单……

我真的很孤单，没有人知道我在想什么，也没有人问过我在想什么，我只知道大家都不需要我，连爸爸妈妈也都不需要我，这种完全不被需要的感觉你明白吗？

可是我认识了你，我想要好好地保护你，想要对你好！可是

第④章

夕曦星

我真的很害怕，害怕你会像大家一样，对我总是爱理不理……所以我一直对你很坏，我只是想引起你的注意啊！我一直在想或许有一天，你会突然走过来，很温柔地对我说，星野，你在我心里真的很重要，或者只是说，星野，谢谢你一直在我身边，这样就够了……我只要这样就足够了你明白吗……"

我完全惊呆了，不敢相信站在我眼前的星野，好像突然变成了另外一个人，那么脆弱而惹人怜爱，我怎么也无法把他和那个霸道任性，总是挥舞着拳头对我大吵大闹的星野联系起来，我的心被狠狠地揪疼了……

原来我们真的一直都忽略了星野，在他强悍的外表下，隐藏着一颗多么柔软而容易受伤的内心啊，恐怕连身为哥哥的晨曦也都没有发现吧……

"铃铛呢？刚刚的圣诞铃呢？"星野突然问我。

我默默地从口袋里拿出铃铛。

"我转过身去，数10下，如果你愿意做我的女朋友，就在我的背后摇响这个铃铛……如果你拒绝我，就请你背对着我往前走，不要回头，让我看到你的背影就够了……！"

"可是，星野……"还没等我说完，星野就转过了身去……

* * *

我是星野。

我从来都没有想到，关于我所期望的幸福和全部的快乐，竟然会寄托在一只小小的铃铛上面……

"1，2，3，……7，8……"我越数越慢，声音越来越轻，可是我的身后始终是一片寂静，没有铃铛声，连过往的风都屏住了呼吸……我好像听到了夕儿悄悄离去的脚步声……

"9……10……"我的嗓子有些哽咽，心底开始大雾弥漫。

我站在原地，忍了好久的眼泪终于肆意地落下来……我始终没有勇气转过身去，我无法面对夕儿绝情的背影，仅存的一点希望也被掏空，空了又空……

"为什么……我总是爱不到我想爱的人……为什么？T_T"我紧紧地握住了拳头……为什么我只能注定了一个人辛苦地活着……风突然间刮得很大，全世界的悲伤席卷而来……

忽然，一只冰凉的小手轻轻地覆盖在了我纂紧的拳头上，我的心脏停止了跳动……

"小肉包……"我猛地转过身去，真的是小肉包，她没走，原来她一直没有走……我激动地一把抱住了她，"你为什么不摇铃铛呢？你害我以为你真的拒绝了我！"

*　　*　　*

我是夕儿。

我没走，可是我也没有摇铃铛……我被星野紧紧地抱在怀里，却感觉到从未有过的不知所措，我为什么要留下来呢？……

对于星野，我心里始终是有着一种很特别的感情，说不清楚到底是喜欢，是爱，还是仅仅只是心疼。我只知道，我无法放任他一个人留在这个寒冷的夜里孤单地哭泣，我做不到……

"小肉包，我知道你不会走的，一定不会走的！"星野的笑容留在我的头发上面，变成温暖氤氲的水气，袅袅上升……

"星野……"我的目光落在远方的黑暗里，我知道没有人看的见我的无助，"你真的那么喜欢我吗？无论我心里的想法是什么，你都不在乎吗？"

"我不在乎！"星野松开了怀抱，坚定地看着我，月光下的他的眼睛，明亮得让我想掉眼泪，"只要你接受我的感情，我什么都不在乎，告诉我，你也喜欢我吗？"

"我不知道星野，我承认自己对你的感觉很特别，可是我不知道这算不算是喜欢……或者说，我是喜欢你的，可是我不知

道对你的这种喜欢，距离爱情到底还有多远……我知道你对我好，我不想伤害你……"

"难道说，你的心里已经有了让你牵挂的人？"星野眼睛里的光芒突然黯淡下来。

我低头不说话，眼睛里噙满了泪水。我闭起眼睛，脑海里便浮现出一个矫健的身影，站在舞台上的晨曦，如天神般降临，带给我足以撼动我生命的光辉与震撼，那一瞬间深刻的记忆，也许这一辈子都无法抹去……

"那么……请你给我 3 个月，在这 3 个月里面，如果你还是无法爱上我，或者你爱上了别人，只要你快乐，我都会让你走，好吗？我只要你给我这一个机会……"

我不由地哽咽起来："星野，你为什么要这么傻，连自己会受伤都不管吗？对你的心意，连我自己都还不确定，你怎么可以全都不在乎？我不值得你为我这么做！"

"不，我在乎！所以，我一定会努力让你爱上我的！从我认识你的第一天起，我就知道自己有责任努力长大，有责任好好爱你……所以，请你不要再说什么值不值得的傻话……"

我仰起脸，望进星野深情而坚定的眼中，这是我第一次看到这么认真的星野，我哭了："你为什么要让我这么感动？你让我怎么拒绝你呢？T_T"

"我要你答应我！做我的女朋友好吗？"星野温暖的手轻轻地抚过我的脸庞，那一瞬间的触感，突然让我想起了晨曦，刚刚在 Snow 里，他也曾这样温柔地抚摸过我的脸颊，可是结伴而来的记忆，还有他那充满诱惑的声音……

"一会儿等星野走了之后，来我的房间找我，我会让你度过一个非常难忘的夜晚！如果你还是第一次的话，我想我会比星野更加适合你……"

"你还从来没有和男人上过床吧……其实这过程非常有趣，我想你会喜欢的！"

我闭上眼睛，终于看到了心灰意冷的自己，在星野殷切的期盼下，轻轻地点了点头……

星野激动地一把将我抱了起来，不停地在原地转圈。

"你要死啊，晕死我了……>_<"我捶打着星野的肩膀，终于也被他逗地笑了起来，可是星野大概是 High 过头了，根本不愿意停手，可怜我的圣诞晚餐都快要吐出来了！那很贵耶，我舍不得！

"你给我住手，听见了没有？>_<"我突然狠狠地捏住他脸颊上的两块肉。

"嗷！>O<"他一声惨叫，猛地一松手，我摔在地上，屁股开了花，连惨叫都叫不出来……

"你没事吧！"星野忍住了笑意，赶紧过来扶我。

"哼……"我甩开他的手不理他，也不站起来。

"是摔疼了还是生气了？"星野蹲下来认真地问我。

"以后没事你可千万别让我捏你的脸，免得我一肚子火大……好好的一个男孩子长这么瘦干吗，捏你的脸蛋像扯了两块沙皮狗的皮一样，真恶心！>_<"我横了星野一眼，故意别过头去不看他。

"真的吗？~_~"话音刚落，星野就十分可恶地捏住了我两边的脸颊，以我脸上堆积的脂肪数量来看，被他现在这么横向一捏，我的脸估计此时应该呈现为一种四方形的状态！

"你欠扁！>_<"我跳起来，追着逃跑的星野，恨不得将他千刀万剐。

跑了大约有 100 米，星野突然停住了脚步，在前面等我。

"你活得不耐烦了！"我对他扬起了拳头，打算好好教育一下他什么叫做尊老爱幼。

忽然，他从口袋里拿出了一个小小的东西塞到我的眼前，成功地吸引了我的注意力，让我暂时忘记了对他动粗。

"这是什么？"我疑惑地问他。

他没说话，打开了那个东西，里面的东西在路灯的照耀下

第 ④ 章

夕曦星

熠熠生辉,我惊讶地合不拢嘴巴……那是一枚戒指……O_O

"你是我的女朋友,所以你一定要戴上我的东西! ^_^"星野抓过我的手,就要把戒指套进去。

"等等等等……"我慌忙抽回手,"我只是在几分钟以前才刚刚答应和你交往,戴上你的戒指起码也应该是几年后吧!"

"放心,这不是结婚戒指,结婚的时候我会送给你更大更漂亮的! ^_^"星野对我露出了一个迷人的笑容,"这个戒指代表了我,我要让你知道,无论我的人在哪里,我的心都陪在你身边!"

星野不由分说,往我的中指上套上了戒指:"真没想到,小肉包的手指又细又长,倒像是一根油条,真漂亮! ^_^"

"星野,我……"我真的不知道该说什么话才好。

"什么都别说了!"星野将我轻轻地拥入怀中,"你只要放心地接受我全部的爱就可以了!"

我靠在他的胸膛上,听见他满足的笑容从心底里流泻出来,温柔地布满了全身……

我许了一个小小的愿望,希望能度过一个难忘的圣诞夜!上帝真的听见了我的声音,这个夜晚,是我一辈子也不会忘记的回忆……在这个没有下雪的圣诞夜里,我选择了这样一个宽厚的肩膀,是对是错,会不会后悔,谁都没有答案,我只知道……我要忘了晨曦……!

我的双手,慢慢地环上了星野的腰……皎洁的月光,照亮了寒夜里互相依偎着的两人,却照不到爱情会来的方向……越过他的肩膀,我看见了我们投在地面上的影子,全世界最幸福的寂寞……

3

(这是一家大饭店的某个房间。晨曦赤裸着上身靠在床沿上,淡淡的月光被屋内的阴霾挡在阳台的落地窗之外。黑暗中,只有晨曦嘴边的烟亮出些许忽明忽暗的星光……他紧锁着眉头，流露出一种摄人心魄的力量，让人无法看穿他身上蕴涵的正与邪的落差……

晨曦轻轻吐出一口烟，线条优美的轮廓透出一种性感与优雅交错的孤独……此刻的他，犹如是一位隐匿在黑暗中叛逆的神祇，混合着种种和谐与矛盾，却散发出如魔鬼般致命的吸引力……）

*　　*　　*

我是晨曦。

我掐灭了手中的烟，拧亮了床头灯，屋内的光线一下子亮了起来……我的眼光随着思绪的移动，最后落在身边那个未着寸缕的女人身上……

"CoCo，醒醒！"我推了推那个女人。

CoCo睁开睡眼惺忪的眼睛，有些不知所措地看着我。

"快3点了，你该回家了！"我简单地提醒一下她。

谁知她却一个转身趴到我的胸膛，一只手在我的腰部不安分地抚摸，一边向我撒娇："人家累死了啦！而且今天是平安夜嘛，你就破例一次，我明天一早就走好吗？Wallace？"

我不耐烦地推开她的身子，冷漠地说道："不要考验我的耐性！"

CoCo终于没趣地坐起来穿衣服，一边抱怨我说："Wallace，你知不知道你很残忍哎！每次想见你又不能去你家，永远只能在酒店里开房间，不管是凌晨几点，你都让刚和你做完爱的女人独自回家，你都不担心我们的安危吗？就不能让我们留在你身边陪伴你直到天亮吗？"

我冷笑道："你并不是第一天认识我！"

CoCo无奈地笑笑，边穿丝袜边说："可是Wallace，你也是个正常的男人，总会有定下来的那天，我真想看看这个世界上还

夕曦星

第 4 章

有哪个女人能抓的住你这阵野风……是 Joyce 吗？如果是她的话，我倒也输得心服口服！"

CoCo 穿好自己的大衣与鞋子，走回我的身边，我任她在我的唇上轻啄了一下……

"钱包在桌子上，需要多少自己拿！"我闭上了眼睛，不想再多说话。

"我先走了，记得 Call 我哦！"CoCo 轻轻地关上了门。

只剩下我一个人的世界，拧灭了床头灯，房间里又恢复到一片宁静的黑暗。我拿起了床头柜上的烟盒，点燃了最后一支……不知不觉，我又一次陷入了深深的思绪中，整个夜晚在我脑海中不断盘旋着的身影，那个小小的、倔强的、令人无法忽视的身影……

我该怎么做，才能让她对星野知难而退呢？……

"原来，我也和那些爱慕虚荣的女人，没有自尊，没有骄傲，只要你的一声召唤，马上就会争先恐后地爬上你的床……在你的心里，真的所有的女人都是一样的吗？……

你错了，即使平凡如我，我也有我的高贵，我承受不起你伟大的垂青，也无法对你的召唤感激涕零！

这个钥匙卡还给你，去给那些在后面排队等着你恩宠的女人吧！"

星野，你还太年轻，你无法看穿爱情腐烂的本质和女人虚伪的灵魂……哼……我的嘴角勾起一抹轻蔑的笑容……

第五章

你不该给我自由，
选择爱上你，
至少我不会像现在，
顾不了自己……

我有一双明亮的眼睛，
我看得见清风温柔的颜色，
看得见深海婉约的眼泪，
看得见人世间所有的繁华与落寞，
你从虚无中走来，
落入了我黑色的瞳仁，
从此，我失去了眼中所有的风景，
只除了，你为我带来的那一袭梦境……

1

我是夕儿。

就这样，我开始了和星野的限期交往。这突然的决定，连我自己都有些措手不及，我和星野商量至少在三个月正式确定之后才公开的，所以我一个人也没说，就连月兔都没告诉……可是，那些风言风语却像自己长了翅膀一样，已经在我的周围传开了……

*   *   *

我是星野。

现在已经九点多了吧，我洗完澡从浴室里走出来，胡乱地擦了擦头发，刚想拿起电话给小肉包打电话，突然一阵急促的门铃声伴随着更急促的敲打声响了起来……会这样敲门的，全世界大概也只有一个人……我放下电话，有些不耐烦地走过去开了门。

"晚上好！^_^"果然不出所料，门一开，麻衣就像是一只无尾熊，猛地往我怀里扑……

"好你个头，你快点放开我，让我关门！>_<"我快被她勒得喘不过气来了，只能用力掰开她的爪子。

麻衣轻巧地闪进屋子，径直走到冰箱前，拉开冰箱门……

"我的低卡可乐呢？怎么没有啊？"麻衣嘟起嘴，不高兴地问我。

"那种女孩子喝的东西，你又没存我这儿，我只有普通可乐，要喝自己拿！"我走进房间，穿了一件白色的 T-shirt 走出来。

麻衣窝在沙发上，抬头看了我一眼，笑着说："干吗要穿衣服？星野，你知不知道你刚刚的样子超级性感，在我心里你比晨曦还帅！^_^"

我随手推了一下麻衣的脑袋："你才多大就这么色？将来还有人管得住你吗？ -_-"

"让我看看有什么关系嘛！你要看我也可以给你看啊！^_^"麻衣在一旁自顾自地胡言乱语。

"这么晚来找我到底什么事？我可没空陪你疯！"我不耐烦地皱了皱眉头。

"星野……"麻衣看了看我，忽然欲言又止，"你……没有和林姐姐在交往，哦?！"

"谁说没有，有啊！"我想也不想就回答道。

"有?！O_O"麻衣尖叫一声，从沙发上跳了起来，"不可能，我不信，我不信，你在骗我！"

"随便你信不信，现在很晚了，我送你回家！"我站起来，拽过麻衣的胳膊。

"不！你不说清楚我不走，我不准你和林姐姐交往，你听到没有？"麻衣一把甩开我的手，眼泪开始扑哧扑哧地往下掉。

我觉得她有些莫名其妙："我和谁交往干吗要经过你同意？……算了，你先回家吧，等你冷静一点的时候再来找我！"

"我怎么冷静？你告诉我怎么冷静？星野，我们认识那么多年了，这个世界上除了晨曦就是我最了解你，而林姐姐，你们才认识几个月，你对她只是一时的迷恋对不对？你看清楚啊，我才是那个最适合你的人啊！ ~~~>_<~~~"麻衣哭得泪眼婆娑，我看了却说不出的心烦。

真的，我最讨厌就是摊到这种事，我和小肉包不是挺好的嘛。我喜欢她，她也喜欢我，万事大吉，却偏偏要这么多人插到我们中间来……干什么呀？简单点不好吗?！

"谁最适合我只有我自己最清楚好不好?！"我也有些生气了。

"你说谎，我们以前明明有在一起过啊，你也曾经抱过我，吻过我，为什么以前可以，现在就不可以?！ ~~~>_<~~~"麻衣激

第5章

夕曦星

动地大哭起来。

　　我叹了口气,拿起纸巾递给她,放柔了声音,用自己最好的忍耐力安慰她:"麻衣,过去的事都已经过去了,在那个不懂爱的年纪,我们已经错了一次,不能再错第二次了,你明白吗?现在的我,只是把你当成妹妹,一个很可爱的妹妹。"

　　"……我那么喜欢林姐姐,整个学校的人都欺负她,只有我帮她,可是她呢?却抢走了我最心爱的你,她为什么要来台湾,为什么要加入幻城,我恨死她了! >_<"麻衣边哭边说。

　　"这是我跟你之间的事,和夕儿一点关系也没有,你不要这么不成熟好不好?今天若是没有夕儿,明天也一样会有其他女孩子,那并不是我对你的背叛,而是我在过我自己的生活……所以重要的是,我和你之间没有爱情,麻衣,麻烦你长大一点好不好?"我耐住性子跟她解释道。

　　"不是,我们之间一定有爱情的,星野,我爱你啊! T_T"

　　"可是爱情是双方面的,两情相悦才会有未来啊!"

　　"你真的不会和林姐姐分手吗?"麻衣突然停止了哭泣。

　　"除非她要跟我分手,否则我不会的!"我异常坚定地说。

　　"即使我要和你断绝关系,退出幻城,你也不在乎吗?"

　　"我已经说过了,我和夕儿的交往不影响任何人也不受任何人的影响。如果你一定要扯住自己往里面跳,我也没有办法,我还是那句话,我是不会和夕儿分手的!"麻衣的不可理喻重新又点起了我的怒火,我站起来往房间走去,"我去穿件外套送你回家,你自己好好冷静地想一想! -_-"

　　可是等我穿好衣服,从房间里走出来的那一刻,印入我眼帘的那一幕让我惊呆了!麻衣一丝不挂地站在我的面前,脸上的表情突然让我觉得很陌生,也很可怕……

　　"我不要做你的妹妹,我要做你的女人!林姐姐也是这样和你上床,才换来了你的爱吧!"麻衣冷静地对我说道。

　　我愣了一下,连忙脱下自己的外套,包裹住麻衣赤裸的身体，麻衣为了爱我而愿意付出的代价竟然超乎了我的想象，我的心被震撼了，再也说不出像刚刚那么狠心绝情的话来……

　　"傻瓜，夕儿她绝对不会做这样的傻事，我也不许你做，听见了吗？"我看着她的眼神里闪过一丝心疼，我仿佛又看见了多年前那个为了一段青涩的爱情而不顾一切放弃生命的身影。

　　麻衣哭倒在我的怀里，这一次我没有推开她，只是轻轻地拥住了她颤抖的双肩，麻衣，既然爱我让你这么痛苦，为什么你不能让自己洒脱一点呢？

2

　　我是夕儿。

　　今天是周末，我们几个人照旧聚在纳西吃晚餐，彼此聊聊最近一周的近况及趣事……晨曦没有来，其实我已经习惯了他的神秘，可是这一次，竟然连麻衣都没有来，这就有些奇怪了，感觉上这个星期的聚会就变成了我们 4 个，好像人一下子少了很多。

　　"麻衣怎么没来？"我问。

　　可是其他三个人没有一个人答得上来。

　　"没来就没来，反正我们一样玩，有什么不好！"星野撇撇嘴，"我们还是先吃吧，我快饿扁了！-_-"

　　正当我们想开动的时候，突然有人轻扣我们房间的门。

　　"也许是麻衣来了！^_^"我兴奋地站起来，走过去拉开门一看，不禁傻了眼，门外站着的不是麻衣也不是别人，正是最近一直没怎么露面的晨曦……

　　他微笑地看着我，没说话。

　　"晨曦，你今天怎么出现了?！"旭晨哥走过来，把门拉开。

　　我慌忙坐回自己的位子，尽量掩饰起心中的不安，这是我在那个混乱的圣诞节之后第一次看到晨曦……

晨曦来了之后，大家都很高兴，总算是5个人比较热闹了。

席间，我也曾经偷看过晨曦几眼，他都在忙着和大家聊天喝酒，没怎么在意我，好像圣诞节那天的事根本没发生过一样……就算是偶尔看我一眼，眼神中也很淡然，我说不清心里究竟是什么滋味……

可是，让我觉得更奇怪的人竟然是星野，我坐在他左边，他老是动不动就用他的左手握住我的右手，虽然是放在桌子底下没有人看见……可是他到底知不知道，我是用右手吃饭的，他这样做，让我真的很为难！关键问题是，我肚子很饿哎！

当用餐快结束的时候，晨曦突然转过头来对着星野说："星野，你的生日礼物在我家，有空过来拿！"

"啊！对了，今天是星野的生日，我们都忘记了！"月兔第一个大叫起来。

"算了啦，我都这么大了，恶心八拉地过什么生日啊！"星野挥挥手，表示无所谓。

"你怎么也不跟我说呢？我都没有准备生日礼物！"我轻声地责怪星野。

"送什么啊？你已经送给我最珍贵的礼物了！^_^"星野向我微微一笑，又在桌子底下握住了我的手。

"喂喂喂，这是什么对白啊？别两个人偷偷玩神秘，不准你们这么玩的啊！"月兔看出了我们的不对劲，大声嚷嚷起来。

星野看看我，然后想了一下，突然大声说道："我正式宣布，我和夕儿正在幸福交往中！你们快点送上祝福！^_^"

"喂，你怎么这样啊?！O_O"我瞪大了眼睛，没想到星野会突然说出我们在交往的事，顿时脸红到了耳朵根。

"夕儿……是真的吗？O_O"月兔不敢相信地看着我问。

"当然是真的！她都戴着我的戒指了！"星野不由分说抓起我的左手放在桌子上，可是我的手上却空空如也，"咦？戒指呢？你为什么不戴?！"

我有些不好意思地低下头说："放在家里收着呢！"

我这么一说，等于承认了我和星野的关系，月兔和旭晨哥一起举杯恭喜我，说是非常开心我们俩能走到一起。

最后，晨曦才慢慢地向我们举起了酒杯，可是说祝福的同时，他眼底闪过的那一抹阴冷，难道是我的错觉吗？

"谢谢大家，今天我可真开心啊！老规矩，国王游戏！^_^"星野让齐伯伯收拾好了桌子，端上了可口的清茶，然后又拿来了一副国王牌。

"很无聊哎，星野，能不能换个 Special 一点的啊？"月兔无精打采地说。

"好啊，要 Special 很简单，第一对平民表演拥抱，第二对平民表演 Kiss 脸颊，第三对……嘿嘿，舌吻哦！^_^"星野不怀好意地笑着。

"就这么定了！……谁要是敢反悔，我就剁了他！各位大爷可给我听好了，别让我在星野生日这天大开杀戒啊，不吉利！^O^"月兔一听到这么刺激的游戏，马上来了精神。天哪，他们两人一定没有看到我们其他三人痛苦垮着的脸。

结果第一次星野做国王，正好抽到月兔和旭晨哥是平民，她们两人立刻走到窗前，旁若无人地来了一个大拥抱，缠绵得要死。

第二次月兔做国王，摊牌的时候，平民牌竟然是在星野和晨曦手中。

"哟！今天怎么那么顺啊，想谁就来谁啊，星野，晨曦，快，今天算是梦想成真了啊！^O^"月兔对着星野挤挤眼睛，故意取笑他。

晨曦吁了一口气，像是英勇就义般第一个走到窗前，星野这才扭扭捏捏地站起来，我知道，其实他是害羞了 *^_^*，毕竟晨曦是他以前一心一意追随的身影，所以他现在那么紧张也是正常的！

可是这两个美得不像人类的男生，面对面，就这么站在大家的视线里，这应该算是一幅绝世的画面吧！一边是挺拔柔美的星野，一边是高贵俊朗的晨曦，上帝怎么能把这么完美的两件作品同时呈现在世人面前呢，我的心全乱了……

"哥，是我……还是你……"星野有些不知所措，闪烁着目光不敢直视晨曦的脸。

"无所谓！"晨曦笑了笑，话音刚落，星野的嘴唇便飞快地在晨曦的脸颊上轻轻啄了一下……我们都屏住了呼吸……

下一秒，星野就逃也似的回到我身边坐下，很慌张地抓过我的手，他的手心全是汗，我转过头去，看到他苍白的脸上掠过两朵红云。

"小子，真有你的！"月兔对星野竖起了大拇指，"我还要当国王，你们不可以反对，有人要舌吻喽！小心抓牌，送死活该！"月兔幸灾乐祸地给大家发牌。

"小肉包，加油！"星野偷偷跟我咬耳朵。

果然，我不负众望地拿到了平民牌，我的额头上沁出了细密的汗珠，不管那另一个人是谁，我想我注定难逃一劫了……

"谁？到底是谁？！"星野望着自己手中的一张普通牌大叫了起来，脸色非常非常难看！

晨曦气定神闲地将他的平民牌翻转在桌子上，脸上一副似笑非笑的表情，大家都傻了眼……O_O

"死月兔，我跟你有仇啊！你会不会洗牌，你这是什么意思啊？不算！>_<"星野急了，开始孩子气地拍桌子。

"怎么着你，臭小子，自己走狗屎运，如意算盘落空了赖我头上啊！"月兔也不是省油的灯。

"我不管，哥，你不准吻小肉包，她可是我的女朋友！>_<"星野见说不过月兔，直接把矛头指向了晨曦。

"是啊，要不这次算了吧！"旭晨哥也在一旁求情。

"算什么算，我还就非和他杠上了！"月兔朝旭晨哥大声嚷嚷,"你给我把声音关掉,你再敢胳膊肘往外拐,我马上就去向晨曦献身!你可要想清楚啊!"说完,月兔转过脸对着晨曦喊,"晨曦,给我一张你的时间表,我好……"

话还没说完,月兔就被旭晨哥一把捂住了嘴,旭晨哥也有些火了,"你还越说越来劲啊!"

一切都乱了,全都乱了! >_<

"不要吵了,你们有没有问过我的意见啊!"我突然站起来,打破了房间里的喧闹。

大家都安静下来看着我,等着我这只发威的母猫有什么下文。

"这样的游戏也太荒唐了吧,凭一张纸牌,就能决定……"

我难得发威的话还没说完,一直在一旁默不作声的晨曦突然站了起来,拉住我的手,用所有人都来不及反应的速度,将我一把推到了墙壁上,重重地吻住了我的嘴唇……

我的手被他钉在墙上动弹不得,一时间,整个世界又开始天旋地转起来,我还来不及做任何思考,晨曦灵巧的舌头便滑入了我的口中……

过了很久,晨曦温热的嘴唇才渐渐离开,划过我的脸颊,用低沉且冰冷的耳语说道:"最后一次警告你,给我离星野远一点!"

说完,他放开了还在微微喘息的我,越过晨曦的肩膀,我看到星野被月兔和旭晨哥死死拉着,愤怒的火焰把他的眼睛都烧红了……

晨曦若无其事地从衣架上拿起外套,优雅地向目瞪口呆的大家告别,拉开了房间的门走了出去……

他一走,星野就冲了上来,那么着急的样子好像是我在他面前活生生被人强暴了一样,真有趣……可是星野,你知道吗?我的心很痛很痛,没有人会知道,我是真的被侮辱了……

"我去一下洗手间,马上回来……"说着,我推开了星野,追

着晨曦跑了出去……

我跑到大堂里，晨曦正好在帮我们买单，我二话不说走了过去……

"你的无聊游戏，你自己玩吧！"说完，我把那根"天使心"项链塞进了他手里……然后，我看都没看晨曦一眼，特有气质地转身走回了包间。

3

我是夕儿。

好不容易一场生日闹剧算是演完了，星野送我回家。一路上，他一直不说话，表情比我还要沮丧，我知道他一直在为刚刚的事耿耿于怀……

"气死我了，我今年的生日过得糟糕透了！晨曦那家伙竟然吻了你哎，本来还想说玩这个游戏，说不定我就可以真正地吻到你了，谁知道却被晨曦吻去了！"星野对着远方的空气大声喊，"气死我了……！>_<"

"你不是也吻了晨曦吗？那也算是了了你的心愿啊！"我没好气地说道，"而且你提议的这个游戏真的有够无聊哎！万一我被抽到和月兔舌吻该怎么办？你的如意算盘可真是弱智！"我也学着星野向远方大喊，"气死我了……！>_<"

"那是因为……"

"有什么好因为的？！还有，你为什么要公开我们在交往的事？不是说好等三个月的期限之后才说的嘛！"我继续生着气。

一听到我说这个，星野立刻安静下来，他绕到我面前，认真地看着我说："你生气啦？没有事先告诉你是我不好，对不起！不过，谁让你一看到晨曦走进来就那么……那么不对劲，眼睛都不知道该往哪里放了……我当然着急啦！万一，他对你或者你对他有什么非分之想，那可怎么办？！"

"你有病是不是？"我的声音不自觉地大了起来，无意识地掩饰起自己慌乱的内心。

"是啊！我是有病，谁叫我已经无法少爱你一点点了呢！"星野的眼睛里浮现出一抹明亮的光彩来。

我突然说不出话来，看着星野的眼睛，好像掉进了满天的星星一样，清澈的叫人心疼，真正坏的人是我吧。不然为什么明明在和星野交往，心里却还会时常出现那抹若有似无的影子呢？

即使他每一次的出现，都会带给我无法言语的痛苦和伤害，我却依然念念不忘，明明错的人是我，我到底有什么资格责怪星野呢？

"以后……别再让晨曦吻我了！"我放柔了声音，黯然地对星野说。

星野的眼睛里装满了快要溢出的心疼："我发誓，我再也不会让别人吻你这里了！我们擦掉好吗？把晨曦的味道统统擦掉好吗？"星野的双手不断地摩擦着我冰冷的嘴唇。

我的眼泪突然间涌出了眼眶，我掂起脚尖，使劲地吻上了星野温热的嘴唇，我不知道自己为什么要这么做，也许潜意识里的我认为，我是星野的女朋友，也只有星野的吻才能覆盖掉晨曦的味道吧……

冷清的街道，只剩下两边昏黄的路灯，照得冬日里寂寞的行道树仿佛死去了一般，我呢？也死了吗？……是啊，我已经活着死了……

4

我是星野。

今天下午，我去 S.U.N 找我哥。

"请问晨曦在哪里？"我拉住站在门口的一位看起来很娘娘

腔的男人问道。

"你是……？"那男人很不礼貌地死盯着我看，看得我浑身难受，我没理睬他，径直往里面走进去。

"等等等等等……"那男人一转身挡在了我的前头。

"请问您是哪位找晨曦啊？"那男人的眼神要多不安分就有多不安分，真想把它抠下来打弹珠。

"我是他弟弟星野，告诉他我找他！"我不耐烦地冲着他说。

"星野啊，原来你就是晨曦的弟弟啊……鄙人是S.U.N艺人部的经理，你有没有兴趣做明星啊？"那男人讲起话来还左摇右摆着，我恶心地直想吐……

我一把推开他就要往里面走，却正好看见哥从楼上走了下来……

"星野，郭新刚刚上来说我的弟弟来了，我还不相信呢，怎么，来看我吗？"哥看到我，笑得很灿烂。

"有事找你！"

说着，我们直接绕开那个娘娘腔，哥把我带到了楼顶……

"哥，我很爱夕儿，我希望你可以成全我们！"我直截了当地说明了来意。

哥收起了笑脸，眯起眼睛对我说："你来这里就是为了跟我说这个吗？……林夕儿，她不适合你，我不会同意你们在一起的……"

"哥，你不是我，你怎么知道我们不适合？"我有些急了。

"我不用成为你就可以知道！"哥转过身去，我看不清他的表情。

"那是我们以前的想法，可是，如果你愿意好好地了解夕儿，你会发觉她和其他女孩子不一样，她有一种可以让别人快乐的能力，她真的很特别！"我说。

"你爱她吗？"哥回头问我。

"是的，我爱她！"我坚定地回答道。

夕曦星／第 5 章

"你这么小的年纪懂什么叫做爱吗？"

"我已经不小了,我甚至有能力可以照顾好夕儿！"

"你不用说了,我不希望林夕儿成为第二个麻衣……如果你想从我这里得到认同的话,对不起……"说完,哥深深地看了我一眼,再没说什么就往楼下走去了……

5

我是夕儿。

又过了几天, 我在学校的图书馆里找资料, 抱着厚厚的一叠书刚准备坐下来。忽然, 看见麻衣一个人坐在角落里正在记着什么笔记,我悄悄地走过去,想要吓一吓她……

"麻……衣！^_^"我把手突然搭在她的肩膀上,模仿鬼片里怪声怪气地叫她的名字。

麻衣回头一看是我,立刻拉下了脸来,但我没怎么察觉,依旧放下书,在她旁边坐了下来……

"麻衣, 前几天星野生日你怎么不来啊？ 幻城的人除了你都到了！ 不过幸好你没来, 他们几个人玩的游戏无聊死了……！"可是还没等我的话说完,麻衣突然大声地合上书,站了起来……

"麻衣……你怎么了？"我觉得她有些怪怪的。

"我有事先走了！ –_–"麻衣没好气地回答道。

我望着麻衣的背影直纳闷儿,心想麻衣到底怎么了?！ 她的表情和动作分明是在告诉我"她很讨厌我"！ 可是,我并没有哪里得罪她啊,难道是我装鬼装得太成功了吗？……

6

下午放学之后,我还是到西餐厅打工。

晚饭的时候，忽然看到麻衣和一群同学说说笑笑地走进了西餐厅，麻衣站在他们中间，被她们逗得正开怀……

"欢迎光临！^O^"我连忙笑着迎了上去。

麻衣一看到是我，立刻换上了一副冷漠的脸孔。

"我不想吃西餐了，换一家！－_－"麻衣对她的同学说道。

"不是吧，刚刚说想吃西餐的人就是你，现在怎么又不想吃了啊？－_－^"

"这里有不干净的东西，影响我食欲行了吧！反正我吃不下，要吃你们自己吃吧！"说完，麻衣不理会错愕的众人，一个人走了出去……

很快，她的同学们都一起跟了出去……

我呆了一下，自嘲地笑了笑，说实话，我不太明白麻衣的意思，她说的不干净的东西，是指我吗？应该不会是我吧！

"林夕儿，店里这么忙，你在发什么呆呢？快过来拿外卖单子！"Grace 在那边叫我。

当我拎着外卖篮子站在这幢两层楼高的小洋房前面时，其实已经挺晚了，今天送外卖的小青没来上班，我才顶替她来的。可是我对这附近的路还不是很熟，绕了半天才发现，其实离叔叔婶婶家还是蛮近的，我希望这是一个好说话的顾客！

我按响了门铃，对着对讲机说："您好，您在 Epoch 叫的外卖到了！^_^"

过了一会儿，门打开了……O_O 我看到门口站着的人，惊讶地张大了嘴巴，手中的篮子差一点没拿稳，连人带篮一起摔在地上。

开门的人竟然是晨曦，他显然是刚刚洗过澡，一身白色的浴袍下露出壮硕的胸肌，头发上的水滴顺着发尖滑过晨曦帅得有些过分的脸，散发着致命的诱惑，就像是死神撒旦的双手……

我很奇怪，这一次我竟然可以平静地面对着这样的晨曦，我很高兴我真的做到心如止水了……

"进来吧！"晨曦愣了一下，显然他也很意外送外卖的人会是我，他侧身让我走进去……

我走进客厅，偷偷地打量起四周，对于一个单身男人来说，住这样的大房子，真的有些奢侈。基本上装饰摆设都以黑白为主，很衬晨曦阴冷的个性，屋子里非常整洁干净，几乎是一尘不染，这跟我想象中单身男人的住处出入很大……

"过来坐吧！"晨曦招呼我。

"不用了，我要尽快回店里帮忙，一共 980 元，谢谢！"我站在玄关处，迟迟没有移动脚步，总觉得自己和这一屋子的奢华高贵搭不上调，尤其是这屋子的主人，离他越远就会越安全吧……

晨曦点了点头也没再坚持，他说去拿钱，转身走进其中的一间房间。

一会儿，他出了房间，径直向我走来……

他把一千元和一张纸放到我手里，说："这些都是给你的，不用找了！"

我打开那张纸一看，吓了一大跳，竟然是一张五百万的支票。一千份外卖也要不了这么多钱啊，他是不是脑子进水了?!

"你这是干什么？O_O"我疑惑地问他，"你要投资这家西餐厅吗?! ……这种事情，你还是亲自去找老板谈比较好！-_-"

晨曦微微一笑，称赞我很有想象力，然后他突然靠近我的脸，一字一句地对我说："我要你离开星野，这五百万是给你的补偿！"

我怀疑自己是不是听错了，眼前的这个男人竟然要用五百万来打发我，就像打发无数个在他床上翻滚的女人一样！

我慢慢地在他面前把支票捏成一团，可是我没有生气，因为我知道这不值得！

"不够吗？只要你出个价，我晨曦就给得起！"晨曦轻蔑地看

着我,脸上尽是些不屑的表情。

"够,当然够了!对于像我这样一个穷人来说,别说是五百万了,就是你给我五百块,我都要跪下来感谢你的大恩大德呢!……"我冷笑道,"……你这个做哥哥的果然不同凡响,肯花这么多钱硬是要拆散你弟弟的幸福,我有这个荣幸知道原因吗?"

"幸福?什么叫幸福?星野的幸福你给得起吗?"晨曦忽然靠近我的脸,咬牙切齿地说道,"像你这样的女人我见多了,一辈子穷昏了头,抓住一棵摇钱树就拼命往上爬。星野的年纪还太小,他根本不懂什么是爱情,对你也只是一时的迷恋,很快他就会厌倦你的,我劝你还是趁早换个目标吧……小心梦做得越美,粉碎得越快!……

还有,别以为你混进了幻城,就可以一步登天,你的这种手段在我眼里,不过只是一堆粪土!……有我晨曦在,只怕你的如意算盘要落空了!"

我发现,我一点都不生气,真的,我也没有哭。晨曦对我的控诉,让我觉得很可笑,非常的可笑。原来我一直是一个这样的人,怎么这20年来连我自己都不知道,也从来没人跟我说起过呢?

"你凭什么觉得我对星野不是真心的呢?为什么我对星野就不能是真心的呢?就因为我穷吗?"我特别平静地问他。

"为什么?"晨曦突然眯起了眼睛,嘴角勾起一抹邪恶的笑容,他慢慢地靠近我,"你看着我的眼睛,告诉我你的真心,你真正爱的人到底是星野,还是……我?"

我倔强地昂起头,勇敢地直视晨曦的眼睛,他的眼神是那么堕落,隐藏着蠢蠢欲动的魔鬼,可是我再也不能被他迷惑了!

晨曦把我慢慢推向墙壁,他的手指缓缓地滑过我的肩膀,一路蜿蜒而下，停在我的腰部："你说不出来了吗？那么，我来替你说……"

晨曦的嘴唇贴近了我的耳朵，在我的脸颊之间摩挲着："……你真正爱的人是我对吗？可是我对你来说，是那么的高不可攀……你知道自己一定得不到我，于是，你只能把目标转向单纯的星野，我说的对吗？"

晨曦粗重的呼吸不时地传入我的耳朵，忽然，他咬住了我的耳垂，我一阵颤抖，却在他熟练的动作中被抚慰，他沙哑着嗓子继续说："……可是你每次都无法忍受我的诱惑，你爱着我的吻，你爱着我的一切……你明明爱的人是晨曦，你却还要问我为什么会以为你对星野不是真心的，你说呢？"

晨曦的嘴唇游移到我的脖子里，他停了一停，接着说，"只要你离开星野，我可以答应和你交往，你要的我都可以满足你，可是……如果你敢伤害星野，我一定会让你付出最惨痛的代价，你是聪明的女孩子，你知道该怎么选择对吗？"

"你说完了没有？"我终于开了口，我发现我的嗓子竟然也是沙哑的，还伴随着一阵被撕裂的疼痛。

我一把推开了晨曦，"啪"的一声，用尽全力甩了他一个响亮的耳光："你的假设很精彩，可是你也清醒一点吧。晨曦，你不是神，你无法看穿所有的女人！别以为你能任意摆布我，我虽然没有钱，可是我也有我的尊严，所以，请你以后自重一点！"

说完，我头也不回地打开大门走了出去，夜色黑得好沉重，我终于忍不住哇的一声大哭了起来，晨曦，你这个魔鬼，你到底要把我逼到什么地步才甘心啊？对我一次又一次残忍的侮辱，难道你真的觉得很有趣吗？！

我红着眼睛回到西餐厅，Grace 对我非常非常生气，我送外卖送了 2 个小时，当然这个月的奖金都被扣光了，越是没钱还

第 **5** 章 / 夕曦星

越是倒霉。可是,我真的很想问问那些没长脑子的猪,难道穷是我的错吗? 穷的人就一定会被人看扁吗?! O(>_<)O

7

这件事情总算就这么过去了, 我只当那天晚上是做了一个噩梦。后来我们幻城的人又有几次聚会,晨曦来过两次,可是我明显发现,他对我的态度和以前不同了,也说不上是哪里不同,反正至少没有以前那么可恶了,也许我那一巴掌真的把他打醒了,这样也未尝不是一件好事……

我和星野还是老样子, 算是很好吧! 我心里已经不再想着晨曦了,真的,我真的做到了! ……

只是麻衣,她已经很久没有来幻城的聚会了,我问他们,他们也总是支支吾吾不肯说……可是后来,我总算知道是怎么回事了!

……

那一天,星野在学校打篮球,他们篮球社每周的活动,他可是雷打不动的。我那天正好不用去西餐厅上班,所以放学后,我一个人去逛超级市场了。

出来的时候, 看到前面有个女孩子, 她抱着满怀的东西没看清楚脚下的路,一个趔趄,袋子里的橙子掉了一地,我连忙过去帮她捡了起来……

"麻衣,是你! ^O^"我惊喜地叫了起来,"你买这么多东西哦,我来帮你拿吧! "

麻衣一看到是我,脸色一沉,猛地退后一步躲开了我的手,冷冷地说了一句:"不用了! -_-"

"没关系啊,你很重哎,我帮你拿,反正我们也顺路嘛! ^_^"我再次伸出手去。

"我说不必了,你听得懂国语吧! "麻衣再一次躲开我的手。

　　我被她的态度吓住了，傻傻地呆在原地……麻衣没有再搭理我，自己捡起了掉落在地上的塑胶袋，转身就要离开……

　　"麻衣……"我对着她的背影说话，"我做错了什么吗？"

　　麻衣停下了脚步……

　　"麻衣，你到底怎么了？为什么这段时间你像变了一个人似的，不跟我说话也不听我说话，连幻城的聚会也不来参加，我们一直都是好姐妹不是吗？我到底做错了什么，你可以告诉我啊？如果我们之间有什么误会发生，也请你给我机会解释清楚啊！"我有些激动地说。

　　麻衣慢慢地转过身来，她走到我的面前，一双原本很明亮的大眼睛充满了冰冷和一丝不易察觉的仇恨……仇恨？……我怎么会在麻衣的眼睛里看到这种情绪呢？我的心底打了个寒战……

　　"谁跟你是姐妹啊？是，我以前是傻，是笨，把你当成我的亲姐姐，可是你呢？我对你这么好，你有没有把我当成是你的亲妹妹呢？你就是这样，装着一副善良无辜的样子，让我对你没有一点戒心，可是你却偷偷从我身边把我的星野抢走了，若不是有人告诉我，你大概就打算这样装模作样一辈子是不是？

　　你不是要把误会说清楚吗？好啊，你说啊，那你就告诉我，你和星野交往是一个误会，是我误会你们了，你说啊！>O<"

　　"麻衣……我和星野的确是在交往，可是，我并没有从你身边把他抢走啊，如果他真的是你的，我怎么会和你争呢？我一直把你当成我最亲爱的妹妹，请你相信我！"

　　"真的吗？最亲爱的妹妹吗？那我最失败的就是认了你这个姐姐！你说什么都没有用了，我从一开始就不应该帮你，大家说的没错，你就是卑鄙，就是个祸害，但愿我从来没有认识过你！……还有，我已经退出了幻城，请你以后不要再来找我，也不要再给我打电话了！"说完，麻衣头也不回地转身离开了，可是她留下的话，却直直地刺进了我的心里，扎得我心痛不已，眼泪有

第 5 章／夕曦星

些不受控制地流下来……

　　我发现我今年的运道怎么就那么背呢？好像做什么都是错，还特别招人恨！

<h1 style="text-align:center">8</h1>

　　第二天晚上，西餐厅也没有安排我的班，我下了课很早就回家了，因为叔叔今天去外面见工，不回来吃晚饭，所以我早早就做好了一桌子的晚饭，等着婶婶和美嘉回来……

　　算起来，我已经很久没有在家吃过晚饭了，每天一下课就急着赶去打工，把日子过得匆匆忙忙的，都没有留点时间好好孝敬一下叔叔和婶婶，怪不得婶婶会不喜欢我了，我对自己做了个鬼脸……^O^

　　吃过晚饭，婶婶和美嘉一起坐在客厅里看《娱乐百分百》，我洗好碗，回到自己的房间……

　　我坐在床上，从枕头底下拿起一本名为《幻城》的书，那是内地一位很有名的年轻作家郭敬明写的，这本书是月兔借给我的，她说郭敬明笔下的幻城是一个非常唯美华丽的虚幻世界，而我们6个人的幻城却象征着真实生活里最坚不可摧的珍贵友谊……

　　相比之下，我们都更爱自己的幻城多一点，因为我们共同悉心呵护的这座梦幻之城，它有血有肉，并且已经成为了我们生命里最不可分割的一部分……任何一个人的离开，都会让我们感觉到幻城的不完整，紧接着跟上来的，就是那铺天盖地的心痛……

　　我拿起书才翻了没几页，就有点看不下去了，因为我突然想起了很多事情，想起了麻衣，想起她昨天说要退出幻城的事是真的吗？还是一气之下的口不择言？

　　无论如何，我都不想眼睁睁地看着这样的事情发生，可是，我又能怎么办呢？麻衣对我的误会是来自于我和星野的交往，难道要我立刻去和星野分手吗？……搞不好星野那个任性的家伙又会威胁说要立刻退出幻城，退出地球也有可能，他一向就是个思想没有边际的人……

那么，就没有一个两全其美的办法了吗？真伤脑筋啊……>_<

我重重地叹了口气，合上书，一手抓过软绵绵的小海豚抱在了怀中……让我更伤脑筋的，是另有其人吧……

晨曦，他到底是一个天使还是魔鬼呢？他有着天使般纯白华丽的外表，却在神圣的羽翼下，隐隐透露出鬼魅诱惑的气息……一双摄人魂魄的眼睛，仿佛把这个世界看得很透彻，却又好像在陪着人们玩一场早已胜负分明的游戏……

晨曦，他应该是个妖怪吧！……这是我最后对他下的结论……^_^

想着想着，我开始打起了瞌睡……突然，一阵悠扬的音乐声把我惊醒了，那是我今天在学校里刚刚下载的手机铃声，Soul Man 钟汉良的《流向巴黎》……^^v

我拿起手机一看号码，原来是星野打来的……我闭上眼睛，把手机握在胸前，大概过了一分钟左右，我才接起了电话……

"林夕儿，你在便秘吗？怎么这么久才听电话？>_<"星野气呼呼的声音从手机里传了过来……

我翻了翻白眼，实在是想不通这两件事情有什么直接的关系！-_-^

"我在欣赏音乐……"我简短地回答他。

"小肉包，你今天在学校里有没有看到我啊？"星野突然放软了口气问我。

"没有啊，我又没有去高中部！"

"嗯，你没有看到我就对了，因为我今天根本就没去学校！"

"星野……"我突然叫他的名字，"你最近讲话怎么那么像吴宗宪？"

第 5 章 ╱ 夕曦星

"……"星野没说话，大概是在消化我的比喻，过了半晌，他接着说，"小肉包，我生病了！"

"嗯？便秘吗？"我故意回击他。

"是发烧！"

"那吃过药了吗？"我皱了皱眉头，好好的怎么会发烧了呢？

"没有！"

"为什么还不吃药？"

"因为我还没吃晚饭！"

"那为什么到现在还不吃晚饭？"我从床上坐了起来。

"因为没有人给我做饭！"星野很理直气壮地说。

说到这里，我终于明白他给我打这个电话的目的了，原来是想让我去他家给他做饭吃。

"把你家的地址给我，告诉我坐什么车可以到达！"我也不跟他多说废话，直接切入正题。

"真不愧是我的好老婆，知道老公的心里在想什么！"星野得意地说道。

"不准叫我老婆，我的名字有三个字，叫我三个字的名字！"我大声抗议着。

星野想了一下，果然从嘴里蹦出了三个字："老太婆！"

"死星野，你再敢乱说我就不来了！O(>_<)O"我气得对着电话哇哇乱叫起来。

还好星野把地址和路线报给我之后，乖乖地闭上了嘴……算他聪明！！！

我挂上电话，穿了一件厚厚的大衣，然后围上一条白色的围巾，走出了自己的房间……

"婶婶，我出去一会儿，很快就回来！"我走到客厅，跟婶婶打了个招呼。

婶婶连头都没抬一下，像是在说给我听，又像是在自言自语："哪个有家教的女孩会专门挑晚上出去，也不知道会去干些什么事呢……"

我没说话，只是快步走出了家门，对于婶婶的冷嘲热讽，这么多年来我早就已经习惯了，要说我脸皮厚也可以，因为这的确也是事实，要不然，我怎么能够熬到今天呢？

当我走到巷口的时候，正好碰到了向我迎面走来的叔叔，看他走路歪歪斜斜的样子，我就知道他一定是在外面偷偷地喝过酒了……

"叔叔，您怎么又喝多了？"我走过去扶着叔叔。

"夕儿……你这么晚了要去哪儿？"叔叔抬起头来看我，不停地对我喷着酒气。

"我去同学家，很快就回来！"

"夕儿……你真的长大了……变得更漂亮了啊……"叔叔断断续续地说着，眼神里却有些我所看不懂的讯息在暗暗跳动。

"叔叔……"

"一定要保护好自己啊……万一你出了什么事，我没有办法向你奶奶交代啊……"叔叔刚说完，脚下一滑，差点跌倒。

"叔叔，我还是先送您回去吧！"说着，我搀起了叔叔的手臂，把他送到了家门口。

等我赶到星野家的时候，已经8点多了……这里是一栋高级公寓，星野家就住在3楼，我向门卫叔叔说明了是找3楼的星野，他笑着帮我按下到达3楼的电梯……

我走到星野家门口，发现他家的大门没关，我轻轻一推就开了……我正犹豫着这里到底是不是星野家呢，怎么现在的年轻人都有随手不关门的坏毛病……

忽然，里面传来一阵"啊……"的怪叫声，我狠狠地吓了一跳，不过却非常肯定了这里的确就是秋田星野的家。

"你在鬼吼鬼叫些什么？"我推开门走进去，发现星野正聚精会神地盯着电视机，坐在客厅的地板上打PS。

"我怎么老是死在这里！>_<"星野懊恼地丢开游戏机，从地

上站了起来。

他转身走到我面前，突然张开双臂，一把抱住了我，有些撒娇似的责怪我说："你怎么到现在才来，我肚子都饿坏了！^_^"

我用力推开他，用一种很怀疑的眼光上下打量着他："你这个样子像是生病吗？该不会是骗我的吧！"

星野对我露出了迷人的一笑，急忙为自己辩解："当然不是啦，我今天早晨想起床上学的时候，真的发烧了有一个小时……"

我眯起了眼睛，果然还是骗我的……

"那你说没吃晚饭也是骗我的吗？"我问。

"都说了没骗你，我到现在连午饭也没吃呢，我已经快没有力气和你讲话了！"星野假装有气无力地摸摸自己的头发。

"你打游戏打到成精了吧你！"说着，我迅速地脱下自己的外衣，走进了厨房。

我打开冰箱，猛然间就有了一种错觉，觉得自己正站在7-11透明的冰柜前面挑饮料……星野的冰箱里，整整齐齐地排列着同一个品牌的啤酒，而真正可以用来当食物的东西却少得可怜……

"星野，你到底想吃什么？啤酒拌饭吗？-_-"我望着满满一冰箱的啤酒，问坐在外面的星野。

"小肉包，我想喝你熬的粥，就熬粥给我喝吧！^_^"星野大声嚷嚷着，一边打开了音响，不一会儿，钟汉良低沉婉转的歌声就充斥了整个房间……难得和我的品位这么相像嘛，我在心里默默地想着……^_^

说到熬粥，那可是我的绝技之一，虽然时间长了一点，但是我可以保证物超所值！^O^ 我二话不说，就开始在厨房里忙活开了……

"夕儿……"不知道什么时候，星野走了进来，他双手环抱在胸前，靠在厨房的门上。

"嗯？"我回头看了他一眼，手里却在不停地搅拌着粥。

"我们一辈子都在一起好不好？"星野突然很认真地对我说。

我的手一抖，勺子没有拿稳，掉进了锅子里……

"现在想这些也太遥远了吧！"我没有回头，我害怕看他的眼睛，当那里面清澈地只剩下深情的时候，会令我难过地想掉眼泪……

"一点都不远，其实一辈子很快就过去了，说不定我哪天突然发生了什么意外，或者得了什么病，我的人生就这样被强行终止了……我想在这之前都不要和你分开……"

"你再说这样的话，我可真要生气了！……"我打断了星野的话，"你是不是活得不耐烦了，巴不得自己早点入土啊？"

星野没再说什么，只是安静地靠在门口看着我……

"星野……"

"嗯？"

"你真的……"我回过头去默默地看着他，"……喝粥能饱吗？"

星野忽然站直了身子，看了我两秒钟，然后没好气地对我说："我已经叫了附近的 Pizza 外卖，15 寸的！"

"你一个人吃得了 15 寸吗？"我问他。

"本来也不想点这么大的，但是一想到小肉包的脸，我不知不觉就叫了 15 寸的 Pizza……~_~"星野的脸上，又挂上了他恶作剧时的欠扁笑容。

我把勺子往锅里一丢，转过身来直视着星野，咬牙切齿地对他说："本来我也不想说的，你自己长着一张土豆脸，怎么还好意思说别人呢，真是莫名其妙！ -_-"

"土……土豆？ O_O"星野惊讶地瞪大了眼睛，"为什么是那么丑的土豆？"

"因为它形状不规则！"我很耐心地解释给他听。

果然，星野的脸马上拉了下来，他怒气冲冲地蹦到我的跟前，用手指着自己的脸蛋，问我："你见过长得这么完美的土豆吗？>_<"

　　我也不甘示弱地用手在自己的脸蛋前面圈成一个圆，反问他："那你见过这么小号的 Pizza 吗？>_<"

　　"当然见过，迷你 Pizza 嘛！"星野得意地说。

　　"承认了吧！记住自己所说的话，我的脸是迷你的，而不是15寸的，OK？"我横了他一眼，回头搅拌起锅子里的白粥来，"不过……我确实也见到过长得很完美的土豆，你知道这是为什么吗？"

　　"为什么？"星野冷着脸问我。

　　"因为基因突变！"我很平静地回答他。

　　"你……"星野被我气得不行，突然想扑过来掐我的脖子，不过还是我眼明手快，随手抓起一只大锅盖护在了胸前。

　　"你再不出去，我就回家了啊！剩下的你自己来煮！"我就知道这一招最狠，星野呼哧呼哧地喘着不服气的粗气，最后还是不得不回到了客厅。

　　等我把粥盛好，走出厨房来到客厅的时候，发现客厅的灯全部都关上了，四周陷入了一片黑暗里，我的眼睛还一时间有些无法适应……

　　"星野，你到底在搞什么？"我大声地问道。

　　"我在搞浪漫！^_^"星野的声音突然响了起来，紧接着，我看到餐桌上亮起了一点小小的火苗，他看起来像是在点蜡烛……

　　我就着烛光走到餐桌前，把粥放在桌子上，没好气地对他说："我看你是在搞笑吧！……没见过喝白粥还要点蜡烛的！你想要跟我数米粒比赛吗？=_="

　　说着，我走到门口，打开了灯的按钮……

　　"你怎么一点都不浪漫啊……"星野皱起了眉头。

　　"你现在到底是要装浪漫还是要填饱肚子？！"说完，我不再

夕曦星／第 5 章

理睬他,走到沙发跟前,帮他收拾起乱成一堆的东西来……

星野撇了撇嘴,终于没再说话,坐在餐桌前乖乖地喝起粥来……

突然,我从地上的杂志堆里发现了一样东西……

"星野……"我兴奋地两步冲到他的面前,"你看过了吗?《狼的诱惑》? ^O^"我高举着 DVD,手舞足蹈地问他。

"嗯!"星野头也没抬,低低地答应了一声。

"没想到你真的会去租来看,好感动哦! ^O^"我笑着说。

"租?你什么时候看到我去租过东西吗? Never,我这是自己买的!"星野纠正我的措辞。

"呵……听口气还真像个小财主! ……怎么样?很好看吧! ^_^"我趴在桌子上,很期待他的回答。

"韩国的风景不错! –_–"星野喝了口粥,漫不经心地回答道。

"对啊对啊,我们明年寒假去韩国玩好不好?韩国的冬天,会下起全世界最美丽的大雪,我要从现在就开始存钱!"我兴奋地提议。

"除非只有我和你两个人,否则我就不去!"星野任性地说。

我低下头想了一想,狠了狠心说道:"为了我心目中的韩国,我就只好勉强答应你这一次了!"

"你就那么喜欢那只狼吗?"星野放下了勺子,抬起眼睛问我。

"嗯? O_O"

"郑英奇啊!"星野没好气地向我解释。

"当然……"我一个人自说自话地傻笑着,"我要是有这么一个可爱的弟弟就好了,我一定会每天给他做好吃的,绝对不会让他感觉到孤单,总之,我会非常非常疼爱他的! ^O^"

"那么,就把我当成英奇来疼爱吧! ^_^"星野看着我,对我露出了一个迷人的笑容。

"你？=_=^"我对他露出了怀疑的表情。

"对啊，我就是小狼，那只爱着你的小狼！这个名字，只有你一个人可以这么叫我，所以，你以后也要好好好地爱我哦！^_^"星野很顽皮地对我说。

我突然之间不知道该说些什么好了，星野对我毫无保留的付出，为什么我就是无法心安理得的接受呢？

他的爱，自始至终充满着任性的执着，就像是一朵压在我心头的云……尽管它美丽得毫无瑕疵，可依旧让我的心感觉到沉甸甸地疼……

星野啊……我们之间的这份感情，一定会在某个地方，有一个更好的出口……可是，隐藏在那道紧闭的门之后，究竟会是一个怎样的世界呢？……

如今的我，只要一想到自己将来要面对的那份陌生，就从心底里感到害怕，可是即使到了不得已的那一天，你仍然会站在我身边的对吗？……

就在这时，突然响起了一阵门铃声……

"你的 Pizza 来了！"我连忙打破了沉默，转身跑去开门。

"大婶……晚上好！^_^"我对着站在门口的人甜甜地笑着。

"这里……是 303 吗？"

"没错，就是这里！……大婶，我们的 Pizza 呢？"我看着眼前这个大约 40 出头，看起来十分美丽高贵的女人，其实叫她大婶实在是太委屈她了……可是她的手中除了一只精致的手袋之外，并没有拎任何与食物有关的东西。

"你……叫我大婶？O_O"那个女人目瞪口呆地看着我。

"妈……你这么晚来这里干吗？"星野突然出现在我的背后，一只手迅速环住了我的肩膀。

什，什么？妈？O_O^……我连忙把头偏向一边，暗暗地咬住了自己的舌头……我竟然以为星野的妈妈是送外卖的，而且还称呼她为大婶？！>_<

我使劲扭了一下肩膀，想把星野的手甩开……我怎么会在这里，以这种方式跟星野的妈妈见面呢？T_T

"来看看儿子还要提前预约的吗？"星野妈妈的口气听起来似乎有些不太愉快！

星野侧了侧身，留出一个过道让他妈妈走进来，手还是紧紧地搂着我的肩膀……

"伯母好！"我惴惴不安地低头向她请安。

她没有理睬我，自顾自走到沙发里坐了下来……

我转身想去厨房里泡茶，星野突然对我说："家里只有啤酒，我妈不喝，你还是乖乖坐下吧！ –_–"

说着，他将我一把拉下来，让我坐在他的身边……自始至终，他妈妈一直用一种很奇怪的眼神打量着我……

"这位小姐是……？"他妈妈的脸色看起来依然不太好看。

"她是我的女朋友，叫做林夕儿，不管你同不同意，她都会是你未来的儿媳妇！"星野刚说完，我就用手肘重重地顶了一下他的腰部，警告他不准没有礼貌乱讲话……谁知道星野非常英勇地忍了下来，连脸色都没有变一变！

"前几天，麻衣突然哭哭啼啼地跑来找我，说什么星野变了心，爱上了别的女孩……所以，我今天特地抽空过来看看，顺便了解一下究竟是什么情况！"星野的妈妈淡淡地说着，脸上自始至终都是一副拒人以千里之外的冷酷表情，和我刚刚认识星野的时候简直是一模一样。

说真的，我心里十分紧张，尤其是她妈妈很清楚我们之间的三角关系，作为长辈的，一定会想方设法出面干涉的！

"就是你现在看到的情况了，时间不早了，你快回去吧！以后没什么事的话，尽量少来这里！"星野直接向他的母亲下起了逐客令。

我下意识地用力朝他的腰部撞去……这一次，星野终于没能忍得住，"嗷"的一声叫了起来……

　　"很痛哎！>_<"他咬紧着牙齿,用尽量低的声音在我耳边抗议。

　　我对伯母露出了尴尬的一笑,然后回过头去瞪着星野,用自以为最轻的声音警告他:"你再敢这么没礼貌就死定了！"

　　说完,我又回过头来看着伯母,心虚地对伯母"呵呵"傻笑着 ~_~……

　　忽然,奇迹出现了……伯母竟然"扑哧"一声笑了出来……

　　这下轮到我瞪大了眼睛,我真的没想到伯母居然还会笑……

　　"伯母,其实……"我有些不好意思地开口。

　　"我的名字叫做秋田邱琳,你就跟着麻衣她们一起叫我邱妈妈吧！^-^"伯母笑着对我说。

　　"邱妈妈？"我喃喃地重复着这三个字,心里突然滋生出一种奇异的感觉,也许是有些受宠若惊吧……

　　"那我也跟着星野叫你夕儿好吗？"邱妈妈问我。

　　"好,当然好了！"我连忙答应着。

　　"秋田邱琳,你到底在搞什么鬼？"星野同样也是一副摸不着头脑的样子。

　　"我正在认识我未来的儿媳妇啊,这有什么不对吗？"邱妈妈一本正经地说道。

　　一听到这话,星野似乎还有些不敢相信自己的耳朵:"你不反对我们吗？"

　　"反对？为什么要反对？我儿子的幸福可比什么都重要啊！^_^"邱妈妈笑着说。

　　星野这才舒了一口气,满意地笑了起来……

　　"这下总可以请我喝一罐啤酒了吧！^_^"邱妈妈对我们露出了亲切的笑容。

　　"嗯？"我愣了一下,"星野不是说您不喜欢喝啤酒吗？"

　　"不是我不喜欢喝,是星野不愿意请我喝……"说着,邱妈妈又转过头去问星野,"是吗,儿子? ~_~"

"对不起,邱妈妈!"我连忙站起来,跑进厨房去拿啤酒,当然在这之前,还不忘暗暗对星野挥了挥拳头! >_<

于是,就在这个和平常一样平常的夜里,我和邱妈妈第一次见面了。她的美丽,她的高贵,还有她亲切的笑容,都在我心里留下了此生再也无法磨灭的痕迹……

当时过境迁之后无数个彷徨的日子里,我时常会问自己,若是一切还能够重新来过,我是否会放弃任何能认识邱妈妈的机会,还是会不顾一切地追寻她的背影而去,我能够阻止悲剧的发生吗?

可是,不管能还是不能,都不可能再重来一次了……

第六章

你说天空泛着泪光，
我想天真的你也有些忧伤，
你像白云厌倦生活，
害怕寂寞孤单不愿再漂泊……

我是一个华丽的小丑，
在胸口有一道隐约的伤口，
日复一日，对着腐化的生命微笑，
我爱的你，亲爱的你，
在我死去之前，请带我离开这里，
你从远方走来，
在我绝望的目光里微笑，
笑容里有救赎的讯号，
可是……
你到底是谁呢？

1

我是夕儿。

今天是礼拜天，星野和月兔突然拖我一起去逛街，逛到一家玩具店的时候,星野突然对我冒出来一句:"下周末到我家来参加我的生日宴会哦,别忘了! ^_^"

"啊? 你怎么又生日啦? 你妈妈到底是分几次把你生下来的呀? -_-"我奇怪地看着他。

星野扁扁嘴,耐心地向我解释道:"我们那次朋友间的是叫生日聚会,这一次是宴会啦,自从我妈回台湾以后,每年都会为我办一个生日宴会, 爸爸也会特意从日本飞回来……说到底,还不是想借着我的名义,宴请那些商界政界的名人巩固自己的事业而已,超级无聊,可是我又非出席不可! "星野无奈地耸耸肩。

"超级无聊你还叫我去! 我不去! -_-"我没好气地把一只无尾熊丢进星野怀里。

"你去陪我就不无聊啦,我不管,你非去不可! "

"我不去啦! "

"我给你买这个无尾熊! ^_^"星野把手里的无尾熊举到我的面前,把我当三岁小孩那般引诱。

"不去! -_-^"

"那我给你买好吃的,很好吃的好吃的! ^_^"

我还是摇摇头, 有些怪异地看着他, 他说的这是国语语法吗?! -_-^

"你真的不去? "

"死都不去! "

"月兔,交给你! "星野转过头对月兔做了个手势。

月兔翻了翻白眼, 老大不情愿地走过来对我说:"夕儿,你

可别介意，财主家都是这样的啦！……你还记得星野的妈妈吗？就是那个长得很漂亮的邱妈妈？"

我点了点头。

"本来呢，我也是不忍心把你推进这滩浑水的，可是邱妈妈自从上次见了你一面之后，据说非常非常喜欢你，所以她特地打电话拜托我，一定要我帮着星野请到你去赴宴！"

"啊？邱妈妈请我去哦！"我露出了为难的表情。

"对啊，她怕星野的说服力不够，特地来拜托我的耶！"月兔认真地说。

"可是……我从来没有出席过这种场合哎，连衣服都没有怎么去啊？！"我皱着眉头说。

"这个你不用担心，我早就准备好了！"星野一下子凑过来说，"到了那天，月兔会先去你家帮你打扮好，然后阿琛会去你家接你的！"

"阿琛是谁？"我问。

"是他家的司机！"月兔说。

"月兔，那你去吗？"我又问。

"我……我已经和旭晨约好了去看电影！^_^"月兔看到我垮下来的脸，连忙安慰我说，"没关系啦，星野是大户人家的孩子，你是她女朋友，将来总要适应这个上流社会的，这一次先去看看玩玩也好……况且，星野的姐姐 Elyn 姐也会从日本回来，她人可好了，有他们两人在，你一定不会觉得无聊的！^_^"

"我警告你哦，小肉包，还有一个多星期的时间，除了苹果之外，你可什么都不准吃哦，我不想到时候那些大叔大婶见到你就说，哎呀，没想到秋田家的少爷长得英俊潇洒，风度翩翩，怎么和一只小熊维尼在交往啊！哈哈！^O~O~O^"星野不怀好意地大笑起来。

"滚你丫的，秋田星野，我发现你还真不是普通的无聊！你也不想想自己在发育的时候，还不是一只小猪芬蒂克！-_-^"月兔不客气地揭他的老底,然后转过来来看着我说,"放心,夕儿,你才没有他说得那么糟……不过……如果想要穿上小礼服的话,是应该好好减肥了! ^_^"

"好了,我明白了,苹果餐加上无限量免费畅饮纯净水对吧! 我全部都明白了! T_T"我哭丧着脸说。

2

（这里是位于富人区的秋田大宅。今晚灯火通明,门口是络绎不绝的车辆,大多是些商政界的名流携妻带女,共赴秋田家少爷的生日宴会。

星野身穿黑色的休闲西服, 敞开的白色衬衫里面, 露出黑色的背心,既符合他叛逆的本性,又不失为正统,这样的穿着,将他愈发衬托得挺拔俊美,犹如一位高贵的王子,在夜的王国里,散发出耀眼的光芒。

而此时此刻,我们的王子正和他的母亲还有姐姐一起站在门口迎接远道而来的贵宾,只是,不耐烦的情绪写满了他俊美无瑕的脸,那双漂亮的眼睛里,毫不掩饰地流露出浓浓的焦躁不安……）

* * *

我是星野。

小肉包不会改变主意不来了吧!……这个阿琛,叫他早点出门会死啊! 我压抑住怒火,在心里小声嘀咕着。

"秋田太太,不好意思,我们来晚了! ^O^"一位打扮非常妖艳的贵妇带着两个女儿走了进来。

"哪里,何太太,你们来得刚刚好,好久不见了,听说最近何氏股票上市了,恭喜啊,希望以后有机会能与贵公司合作!"妈虚伪地应酬着。

"一定，一定！等一会儿有时间，我们可以具体谈一谈！"被称为何太太的女人笑得花枝乱颤，最后，突然把目光锁在了我和姐姐身上，"这不是星野和 Elyn 吗?！"

"正是！^_^"妈答应说。

"欢迎光临！^_^"Elyn 微笑着向她们打过招呼。

见我没什么反应，妈推推我的胳膊……我挤出一个生硬的笑容，然后又把头撇向一边，看着远方，搜寻阿琛的车。

"星野少爷真是一年比一年英俊啊！有没有钟意的对象啊？现在可不比我们以前那会儿，现在大学里的女孩子不如我们那会儿单纯，个个都心机很重，好女孩难找，星野你可千万要小心哦！"那位何太太八卦地说。

我本来没见到小肉包，心里就很窝火，再听这位不知是什么名号的何太太一直叽叽喳喳说个没完，更心烦了，我没好气地接了她一句："听说，何太太的两位千金也正好是大学在读吧！"

何太太的脸刷的一下白了……

"天哪，你还记得我们吗？姐，他真的还记得我们哎！^O^"站在何太太身边的女孩 CiCi 合起了手掌，一脸的花痴样。

"星野，你给我注意一点！否则小心爸怪罪下来有你好受的！"Elyn 轻声提醒我。

"那……我们先进去了，一会儿聊！"何太太领着两个女儿，终于知趣地走进去了……

"星野，平时妈也不管你，可你是秋田家唯一的男孩子，今天一定要给我收敛一点，尤其是在这种场合里，不能没规矩知道吗？"妈妈乘着没人的时候，低声教训我。

我在心里默默地冷笑，需要我为你们争面子的时候，知道我是秋田家唯一的男孩子，那么我以往 10 年的生活呢？让我活在无父无母痛苦中的人又是谁呢……？

忽然，我的双眼放出光来，因为我看到阿琛的车子由远而近地驶来，我丢下还在碎碎念的妈妈，迫不及待地奔了过去……

当我看到夕儿像一位高贵的公主一样，从车子里款款步出，她红着脸，娉娉婷婷地站在我的面前，我简直不敢相信自己的眼睛。

"星野，你跑什么呀?!"妈和 Elyn 一起跟在我后面过来了。

"妈，Elyn，你们快来看，这是谁啊？我对这位小姐一见钟情，妈，你快帮我安排一下日子，我要娶她！^O^"我兴奋地说道。

"啊！这不是夕儿嘛！你今天真是太漂亮了，邱妈妈一下子都没认出你来，你最近好吗？我一直非常记挂你啊！"妈没理我，拉着夕儿的手，惊喜地说。

"我很好，谢谢邱妈妈的关心！"夕儿红着脸说。

"来，我给你介绍一下……这位是秋田依琳，星野的姐姐……"说着，又对 Elyn 说，"这位就是林夕儿，你弟弟的心上人！^_^"

"你好，你可以跟幻城里的其他人一样叫我 Elyn 姐……" Elyn 对夕儿微微一笑。

"Elyn 姐，你也叫我夕儿好了……"夕儿说。

"妈，爸爸在哪里？"我问。

"应该在里面和别人聊天吧……"妈紧接着说，"你们要去请安吗？"

"妈，让他们俩自己玩吧，免得见了爸爸，把夕儿给吓坏了！"Elyn 在一旁说，没错，这就是我的初衷。

"好好好，你们就管你们自己玩好了……"妈拉着夕儿的手说，"夕儿啊，你若是再不来，星野就要把我的客人都得罪光了，呵呵……你能来真是太好了！^_^"妈看起来真的很喜欢夕儿，可是……

"妈！"我伸出手把夕儿揽到自己身边，"夕儿可是我的女朋友好不好！"

"怎么,难道做妈的还会跟儿子抢不成!~_~"妈和蔼地笑笑。

3

我是夕儿。

我跟着星野走进他们家,这才发现里面真的是大得惊人!以前我只知道星野家很有钱,但是没有想到竟然这么有钱,奢华而不失高贵的装修,足可以体现主人家不凡的气质与品位。

我们走进宴会厅,立刻吸引了许多羡艳的目光,更引起了一阵窃窃私语,我想大多数人一定都是在猜测我的身份,是哪个达官贵人家的千金,今晚才可以有资格站在王子的身边,享受着他全部的关怀!

我心里暗暗发笑,如果他们知道我只是一个无父无母的孤儿时,不知道会是什么惊讶的反应呢!

星野微微侧过头,附在我耳边轻声说:"今晚乖乖待在我身边,不准离开我三步之外,知道吗?"

"为什么?"我嘟起嘴巴抗议。

"那些长年累月在商场上打滚的欧巴桑、欧吉桑都不是简单的人,你也别看那些打扮得花枝招展、光鲜亮丽的名门淑媛们,一个比一个心机深沉,凭你一个人是应付不过来的,所以乖乖待在我身边……而且……今晚你那么美,我可不想冒着你被别的男人抢去的危险……^_^"星野坏坏地向我眨眨眼睛。

"人家哪里都像你想得那么坏!"我对他扁扁嘴,表示不信,我突然想到了什么,"星野,我们真的不用去向你的爸爸请安吗?"

"不用了,他正在忙呢!我们管我们自己好了!"星野有些不安地摇摇头。

"你爸爸是不是很可怕啊?还是像你妈妈一样那么亲切

呢？"我问他。

"哎呀，我们不要再聊我爸了，破坏气氛！"星野不耐烦地皱皱眉头。

说完，他从经过的侍者那里拿了一杯鸡尾酒，递给我一杯果汁。

"我不喝！"我嘟起嘴，把头偏向一边。

星野把杯子往旁边一放，拉着我走到墙角边："怎么了？生气了？你现在的样子很丑哎！"

我不理他。

星野见我没反应，他想了想，说："其实我爸爸……"

"其实我对你爸爸兴趣不大，只是我肚子好饿哦！"我垮着脸，无精打采地说道。

星野突然笑了一下，说："对哦，我差点忘了，你这只小馋猫，肚子饿的时候会心情变差，我还以为你又在生我的气呢！……走，我们去吃东西！"

说完，星野就过来拉我的手。

"不要啦！"我向他撒娇，"我今天穿高跟鞋，走路很痛哎，你帮我去拿过来好不好嘛？我要吃鱼！^_^"

星野轻轻地叹了一口气："好啦，真拿你没办法，那你在这里等我，不要走开哦，如果有人来和你说话，你不要理他们，我很快就回来！"

我点点头，星野刚刚离开，我就一转身躲进身后厚重的窗帘里面，把高跟鞋脱掉，踩在平坦的地上，释放一下酸痛的双脚，好舒服哦！^_^

这里面一个人也没有，和外面的灯火辉煌像是两个世界，一点都不用担心会失态……

所谓的上流社会，在我的记忆里，如同一张泛黄陈旧的照片，闪着黯淡的光芒……不经意间，连过去都已经过去很久了……当我再次穿上这一身华丽的礼服，我要扮演一天的公主，

夕曦星

第 6 章

可是爸爸妈妈，你们在哪里呢？

我低下头，轻轻地叹了一口气……忽然，两个女孩的对话声从窗帘外面传进了我的耳朵。

"姐，那个女的到底是想怎样啊？一整晚都赖着星野，妈不是说星野还是单身吗？"一个女孩听起来很生气，在向她姐姐抱怨着。

"妈真的是跟你这么说的吗？可是据我所知，星野在他们学校应该是有女朋友的，我朋友和星野同一个学校，她说星野最近好像在和他们学校大学部的一个丑女在交往。"那个姐姐说道。

"丑女？O_O 不会吧，星野这么好的条件，怎么可能呢？！"妹妹的口气很惊讶，然后又有些愤怒，"人家就是为了星野才来这种无聊的宴会，他怎么这样啊，连话都不和我说一句，太可恶了……不过，我就是喜欢他这么有个性……姐姐，你说他女朋友很丑是真的吗？这样我就有信心了！"

"是啊，又胖又丑，听说她勾引星野也用了很下流的手段呢！而且她根本不是台湾人呢！是从大陆来的哦！好像叫林……林什么的……"姐姐在努力思索着。

我本来因为饥饿心情就很差，现在听到姐妹俩的对话，更是火上浇油，我连鞋子也顾不得穿，一把扯开窗帘。

"是不是叫林夕儿？"我大声问她们。

"对哦！好像是叫林夕儿！"听声音像是姐姐的人点了点头，"你是怎么会知道的？@_@"

"因为我就是林夕儿！"我上前一步，挺起胸膛，瞪着她们，眼看着姐妹俩的五官扭曲到了一起。

"你？O_O"妹妹有些不敢相信地碰了碰姐姐的手臂，"她没有你说的那么又丑又胖嘛！不过她这么凶，好没有教养哦！……姐，你看……她连鞋子都不穿。"

我看了看自己光着的脚，有那么一瞬间脸红了一下，随后我又理直气壮地对她们两姐妹大声说："对，我就是又丑又胖又没教养，只要星野喜欢就可以了！如果两位有什么不满意的地方可以光明正大地说出来，只会躲在背后说人家是非，难道你们爸妈就是这么教育你们的吗？"

我昂起头，因为肚子太饿的关系，使我的火气比较大，但是我实在是生气别人在根本还不认识我的情况下，便乱说我的坏话，这对我很不公平。

"姐，有人喜欢做麻雀变凤凰的美梦，我们不要去叫醒她，免得惹到一身麻雀骚味，我们走！"说完，姐妹俩对我露出鄙夷的表情，扬长而去。

我对着她们的背影气得说不出话来，这些大家闺秀到底是吃什么长大的啊，这么幼稚，看来星野说的一点都没错！他确实把上流社会看得很透！>_<

"我的小公主，你在这里发什么呆啊！^_^"星野把满满一盘食物端到我的面前，热腾腾的香气飘进我的鼻子里，立刻吸引了我全部的注意……

我再生气也不能和自己的胃过不去吧！我心急地接过盘子。

"我帮你拿了鳕鱼，鳗鱼，三文鱼和秋刀鱼，鱿鱼怕你吃了不消化，就没帮你拿。"星野说着，叉了一块鳕鱼喂到我嘴里，"咦？你怎么变矮了?! @_@"

他看了看我光着的脚，露出疑惑的表情问我："谁偷了你的鞋子?! O_O"

我没说话，连忙把星野拉到窗帘后面，迅速把鞋子穿好，然后对他露出一个自以为很迷人的笑容："星野，我们就在这里吃好吗？我怕我拼命吃的样子会吓坏别人！^_^"我一边吞鱼，一边央求他。

夕曦星
第6章

    *   *   *

我是星野。

我正觉得奇怪呢！夕儿突然把我拉到了窗帘后面，我一看，她的鞋子完好无损地摆在地上，她不好意思地冲着我笑了笑，迅速把鞋子穿好。

"星野，我们就在这里吃好吗？我怕我拼命吃的样子会吓到别人！"她一边吞着鱼，一边央求我。

"好吧！^_^"我无奈地笑了笑，双手一使劲，把她抱到窗台上，让她舒服地坐着吃。

"谢谢，好好吃哦！^_^"夕儿对着我露出孩子般的笑容。

"慢慢吃啊，我又不会跟你抢！"我宠溺地拿起纸巾，帮她擦了擦嘴角的番茄酱。

我想，我已经无法再少爱夕儿一点点了吧！自从她走进了我的世界，那个小小的、倔强的身影，便再也没有离开过，那可爱的面容，爽朗的笑声，让我一点一点学会了如何去爱这个世界……

曾经在我厌恶的内心世界里，除了任性的自己，以及对晨曦那种极不平衡的爱，原来，还隐藏着深爱一个女孩的力量……她带着我走出了阴霾的过去，走进了那一片五彩斑斓的天空，为了她，我愿意倾我所有，天涯海角，只要她去，我就能去……

"我吃饱了！^_^"夕儿擦了擦嘴，对我露出了一个满足的微笑，"对了，Elyn 姐呢？怎么都没有看到她？"

"她正忙着应付那一群公子哥呢！那些家伙见到了 Elyn，就好像饿狼见到了羔羊，恨不得把我姐一口吞下！"我朝夕儿眨了眨眼睛，说，"怎么样，见识到我们一家人的魅力了吧！~_~"

"切……–_–"夕儿不屑地看了看我,然后把头转向了一边。

"走,我们去跳舞!"我拉着夕儿的手说。

"拜托,我不去!"夕儿拍了拍自己的肚子,"我刚刚吃了那么多东西,肚子撑那么大,你想我丢死人啊!更何况我可不会跳你们这种贵族的舞蹈!"

"很简单,跟着我跳就行了,不用学就会,关于肚子嘛!"我假装盯着她的肚子看了看说,"我的确是有些后悔让你吃晚餐,不过放心,没有人会注意到你那儿的!"

*　　*　　*

我是夕儿。

星野这个大坏蛋!他骗我!他说舞蹈很简单是没错,在星野的带领下,我确实很快就学会了!可是,他说没有人会注意到我的肚子,那只有像我这样的傻瓜才会相信他的话! >_<

因为我们两个人根本就是全场的焦点,一支接一支舞跳个不停,一圈又一圈旋转着,看样子星野已经完全融入到这个浪漫的气氛中了,可是却苦了我,一边很努力地吸气,让肚子看起来不至于那么可笑,一边还要接受着那些千金小姐投来的杀人眼光,以及化了浓厚的妆仍然掩饰不了的难看脸色,最最重要的是,中看不中用的漂亮高跟鞋让我的脚非常非常疼……林夕儿,做个平凡的人不好吗?你何苦要来受这份罪呢?!我真后悔答应星野来这里呀!

"星野,我有点渴了,我们休息一下好不好?"我想如果星野仍然坚持要留在这里继续陶醉的话,我搞不好真的会翻脸。

还好,星野答应了,他带着我走到自助餐区,拿起了一杯橙汁给我,然后他走到另一头去拿鸡尾酒。

结果,就这么一会儿工夫,还是要出现不愉快的声音打扰我的心情。

"哦！真是受不了，姐！你看那林夕儿到底是怎样啊，舞跳得那么难看，还整夜霸着星野不放手，让我们连和星野跳舞的机会都没有，她不会真的以为自己是星野的女朋友吧，真无耻！"

又是那两个姐妹的声音，好像是要故意说给我听的一样，她们到底有完没完啊！我告诉自己一定要冷静，不要去理那些无聊的人，至少为了星野和邱妈妈要忍耐一下。

星野微笑着向我走来，突然，在半路上被那个妹妹拦住了，她硬拉起星野的手臂往舞池走去，一脸谄媚的笑容："星野，你在这里啊，陪我去跳个舞嘛！^_^"

"喂，我不去啦，你快给我放开！>_<"星野大声呵斥着想甩开那女孩的手，可是她却越缠越紧，估计星野一时半会儿是挣脱不了了。

我再也看不下去了，我发现我现在很有举头问苍天的冲动，到底谁才是真正的无耻啊！我放下杯子，正打算走上去解救星野，忽然一件令我意想不到的事情发生了……

一种滚烫的液体突然浇到了我裸露的后背上，我疼得惨叫了起来，回过头去，看到那个姐姐，她正拿着一只碗，瞪大了眼睛看着我，一脸不知道发生了什么事的无辜表情……

正在和妹妹拉扯的星野突然冲了过来……

"夕儿，怎么会这样？！"他转过头去大声呵斥姐姐，"GiGi，你这是干什么？！>_<"

那个被称为GiGi的姐姐，一脸的事不关己："我刚刚想拿燕窝喝的时候，不小心绊了一下，所以这燕窝就……泼出去喽，不好意思哦！"

"你……O(>_<)O"星野正想发作，却被我拉住了。

我忍着眼泪对他说，"算了，星野，我没事！"

"什么事？星野，怎么了？"邱妈妈和Elyn姐从人群中走了过来。

"妈，你快来看呀！夕儿的皮肤都被烫红了！"星野着急地说。

"没事啦,邱妈妈,其实也不是很烫……"我不想让邱妈妈担心。

可是邱妈妈拉着我看了一下,就说:"我带你去楼上处理一下,没关系,你们大家继续玩……星野,你招呼一下大家!"

"我也要一起上去!"星野急着说。

"男生上去多不方便,你给我留在这里!"Elyn 姐拉住了星野。

邱妈妈转过头去,深深地看了那两姐妹一眼,没说什么,就拉着我往楼上走去了。

*　　*　　*

我是星野。

叫我怎么咽得下这口气,气死我了!

夕儿和妈妈刚刚走上楼,GiGi 和 CiCi 两姐妹就像两块嚼过后吐掉的口香糖那样粘了过来。

"星野,你的舞伴暂时不在,不知我们是否有这样的荣幸,与你共舞一曲呢? ^_^"CiCi 说。

"我不想跳!"我横了她们两姐妹一眼,账都还没有跟你们算清呢,还想和我跳舞,简直做梦!

"星野,你别这样嘛!我们平时难得见一次面,要不,我们交换手机号码吧! ^_^"GiGi 说。

我真的怀疑她们姐妹俩的智商到底是多少,怎么就那么喜欢自取其辱呢!我已经忍无可忍了:"你们想要我的手机号码可以啊!可是,有几种人我是绝对不给的!"

"哪几种人啊?"CiCi 厚着脸皮问。

"太丑的人不给,太肥的人不给,太贱的人不给,像你们这种又丑又肥又贱的人更不给,总之是女人,我统统不给,你们给

我滚啦,滚远一点! O(>_<)O"我恶狠狠地冲着她们吼道。

姐妹俩碰了一鼻子灰,互相拉扯着,说了一句"有什么了不起的! "之后,没趣地走开了……

4

我是夕儿。

我和邱妈妈在二楼的卧室里,她已经帮我的背上涂好了烫伤膏,没那么疼了。

"好了,夕儿,明天可能会脱一点皮,不过没什么大碍,过几天就会好的……真的很过意不去,这个意外是我们照顾不周! "邱妈妈始终保持着高贵优雅的仪态,带着歉意对我说。

"没有,是我自己不小心啦,不关别人的事! ^_^"我对邱妈妈露出了一个敬请放心的笑容。

"真是一个好孩子,星野要是有你一半懂事就好了! "邱妈妈轻轻地叹了口气。

"邱妈妈,其实星野他也是一个好孩子,只是有时候脾气大了一点,可我知道他是非常爱您的! ^_^"

邱妈妈没再接我的话,隔了半晌,她突然说:"对了,你背后的那只小蝴蝶,碰过水以后可能会化掉,没关系吧! "

"哦! 您是说这只粉红色的小蝴蝶吗? 不会化的,这是我的胎记,一出生就有了,小时候,我爸爸告诉我,我的妈妈特别喜欢这只小蝴蝶,她说,我和我的爱人一定是在前世轮回中走散了,今生便要凭着蝴蝶的记号在红尘中相遇! ……我想象着,在我记忆中并没有留下什么印象的妈妈一定是个美丽而善良的妈妈! ^_^"我笑着说给邱妈妈听,过去的回忆在我的脑海里闪烁起动人的光芒。

我转过头,发现邱妈妈的笑容僵在了脸上,她的声音忽然变得有些发抖:"这只蝴蝶……真的生来就有了? "

"嗯！不相信您擦擦看嘛,擦不掉的哦!^_^"我顽皮地冲邱妈妈笑笑。

邱妈妈颤抖着双手覆盖在我右肩的这一块粉红色的印记上面,轻柔地摩挲着。

"夕儿……你是什么时候出生的？"邱妈妈问我。

"嗯？"我有些奇怪邱妈妈为什么会突然这么问。

"我的意思是……你是什么星座的？"或许察觉出了自己的唐突,邱妈妈换了一个问题。

"哦!我是水瓶座的! 2月3日早上出生的,爸爸说,我出生的那天,天气很好,他送妈妈去医院的时候,正好是漫天的夕阳徘徊在西边,天空美得不得了呢! ^_^"我骄傲地说。

"那么,你的爸爸叫什么名字？"邱妈妈又问。

"林仲文! 爸爸说,他和妈妈谈恋爱的时候,妈妈总爱仲文哥,仲文哥地叫他,听上去就好像是在唱中文歌哦! ^_^"我微微笑着,在脑海中虚构着妈妈的轮廓,"只可惜我妈妈在我出生没多久就去世了,要不然,她一定是世界上最幸福的女人,因为她可以亲眼见证爸爸对她的爱,直到死去的那一天,依然痴狂依旧……

"那……你爸爸后来结过婚吗？"邱妈妈问我。

"没有,虽然那时候我们家很有钱,想嫁给我爸爸的女人有很多,可是爸爸却都不为所动,他说没有一个人能代替妈妈在他心中的地位……所以,我爸爸其实是世界上最好的人,连最后被朋友出卖,被逼自杀,在他的遗嘱里,他仍然原谅了他的朋友! "想到我的爸爸,我的眼神忽然黯淡下来,可是却意外地看到邱妈妈在擦眼睛。

"你怎么了,邱妈妈？O_O"我慌忙从桌子上拿起纸巾递给邱妈妈。

"我没事……我只是……被你的故事感动了! T_T"邱妈妈擦了擦眼泪,对我说,"可怜的孩子,你一定吃了很多苦吧! "

我轻轻地摇摇头说："没有啊，邱妈妈，我出生在父母最相爱的时候，成长在一个富裕的家庭，从小便见证了爸爸对妈妈永恒不变的爱情，虽然后来也有遇到过一些挫折，可是也积累成我最宝贵的人生经验，所以，邱妈妈，我并没有吃过什么苦，我只是在过我自己的人生啊……^_^"

"你真是个懂事的孩子啊！"邱妈妈的手轻轻地抚上了我的脸颊，眼泪又不自觉地流下来。

我帮邱妈妈擦了擦眼泪，柔声安慰她说，"邱妈妈别哭了，等一会儿下楼，眼睛会肿哦！~_~"

"对哦！"邱妈妈终于想起了楼下还有一个宴会在等着她，她止住了哭泣，"我们该下楼了！"

"嗯！"我点点头，扶起了邱妈妈，"我们再不下去啊，星野又要在那儿胡思乱想了……^_^"

果然，我们一下楼，星野就一直守在楼梯口，他看到我们，立刻焦急地迎上来："你们怎么上去那么久，夕儿，还疼不疼？"

"已经没事了，星野，这下你可要好好照顾夕儿知道吗？我先去你爸爸那里，一会儿过来找你们！"邱妈妈仔细叮嘱了星野，然后转身就走了。

"我真的没事，你太紧张啦！"我对着星野微微一笑，"走，我们去喝点东西！^_^"

"我不紧张你紧张谁啊？把你带在身边还会发生这种事！我看啊，不如把你一口吞下去来得最安全！"星野走在我的身边，突然歪过头靠近我的耳边说。

我没理睬他，因为我觉得他讲的话很肉麻，我不知道该怎么接……

我们走到自助餐区，我拿了一杯椰子汁。

星野突然指着我的后背说，"妈又帮你画上去了吗？这只蝴蝶？我刚刚好像看到它已经被燕窝溶解掉了嘛！"

"你哪只眼睛看到被溶解掉了啊？这是胎记好不好？去不掉

的啦,没常识! –_–"我横了他一眼,没好气地说。

"蝴蝶胎记,这么浪漫,我也有哦!"星野认真地说道。

"真的?你也有?O_O"我愣了一下,惊讶地瞪大了眼睛,"在哪里?快让我看看!"

"在胸口!"星野压低了声音,露出了一抹坏坏的笑容,"你确定现在要我在这里脱衣服给你看吗?"

我突然脸一红,才意识到这里是公众场合,我连忙改口道:"当然……不是啦!可是,你真的也有一只蝴蝶胎记吗?"我的眼中流露出一丝迷惘,右手不自觉地抚上了星野的胸膛……如果这是真的,那么星野应该就是我命定的恋人,可是,对于星野,我却为什么始终没有那种恋人的心动呢?而是……而是另外一种很特殊的,像是更偏向于亲人那一类温暖的感觉……难道是,妈妈说错了吗?

星野一把握住了我那只在他胸膛上游走的手,对着魂不守舍的我,露出了坏坏的笑容:"你是不是在暗示我什么?~_~"

见我愣了一下,没听懂他的意思,他接着说,"好啦,我是跟你开玩笑的啦,你不要一副白娘子找到了小牧童拼命想要报恩的样子好不好?"

"开玩笑?! O_O 什么意思?"我皱起了眉头。

"我没有胎记啦,我的身上可是洁白无瑕哦!我只是想逗逗你而已啊! ^_^"星野拼命忍住了笑意。

我抽出被星野握着的手,生气地说:"你很无聊哎!"说完转身就走。

"对不起啦,你要去哪里啊?"星野追上来拉住我。

"洗手间,放手啦你!"

我走进洗手间,正好看到那一对姐妹花在镜子前面补妆,我心里暗暗感叹真倒霉,估计她们两个现在见到我也是同样的想法,我收到了她们两人从镜子里反射出来的白眼,直接走进了隔间,对于幼稚的人,我一向是不予理睬的……

第6章／夕曦星

一会儿工夫我便听到了她们出去的关门声，对于她们放弃了攻击我的大好机会，我是感觉有些奇怪，不过更多的还是松了一口气的庆幸……

可是……我根本不知道，这份平静，只会让暴风雨来得更猛烈些吧……

我和星野站在角落里聊天，是聊一些关于这次 S.U.N 举办新人选秀大赛的事情，忽然，我觉得周围有些不对劲，因为身边的人潮明显都在往大厅的中间移动……

我往人群集中地望去，隐约看见那两姐妹挥舞着双手在和一位贵妇说着什么，声音挺大的，不过传到我们这里，还是比较模糊……

"出了什么事？"我问。

"谁知道！这两姐妹脑子里长肿瘤了，不必去理会她们，我们继续聊，刚刚说到哪儿了?！"星野不耐烦地撇撇嘴。

"你说你也想去参加新人大赛！"我提醒他。

"没错，不过哥哥一定不会录取我的，他会说我占着名额拉不出屎……^_^"星野笑着说。

"胡说，晨曦才不会说这种话呢！你收敛一点啊！"我轻捶着星野的肩膀。

我们一起笑了起来……

忽然，有个女人走过来，趁我没有防备的时候大力地推了一下我的肩膀，我很痛，可是没喊出来……

"你就是林夕儿，林小姐，是吧！"那个体态有些臃肿的女人指着我大声地问，态度有些莫名其妙的差。

她身后是那一双整个晚上就没有好好安顿过的姐妹花，人潮渐渐向这边涌过来了，我不知道发生了什么事，可是，心里已经有了非常不好的预感……

"是的，我就是！"我没做亏心事，当然要大方地承认自己的名和姓，虽然对方的气势让我有些莫名的心虚。

"何太太,您这是干什么?"星野上前一步,护在我的前面。

"星野,你带来的好朋友,这下看你怎么护她!"那个被称为何太太的女人压低着声音对星野说道。

然后她指向我,态度很坚决地说:"麻烦这位林小姐把我女儿的戒指拿出来还给她们,这件事我就这么算了!"

什么戒指?我被彻底弄糊涂了,好好的干吗来问我要戒指,她们又没托付给我保管!

"什么戒指?"我从星野的身后站出来,想问个清楚。

"你不用再装蒜了,我女儿忘在洗手间梳妆台上的一枚戒指不见了,后来只有你进去过,等你一出来,我女儿再进去找已经不见了,除了你还有谁?!"何太太气势汹汹地逼问。

"我没有拿,我根本就没有看到什么戒指!"我看了看星野,很无辜地说。

"你们是怎么回事?不要血口喷人,夕儿要什么戒指我都会买给她,她干吗要拿你们的戒指啊,真是莫名其妙!"星野生气地说。

"那戒指怎么会不翼而飞了?除了她,根本就没有第二个人进去过洗手间,有本事让我们搜身,戒指一定就在她身上!"何太太开始蛮不讲理了。

后面的人群中,不时传来些窃窃私语,有人支持何太太,也有人支持我们,可是大家都是上流社会的人,要做出这种搜身的事情,还是摇头的人居多。

星野又走上前一步挡在我的面前,眼神里已经露出了危险的光芒,今晚这一场像闹剧似的宴会,已经让他忍耐到了极点,他一字一句地对何太太说:"谁敢碰夕儿一下,过来试试看啊!今天是我的生日,敢情你们几位是想来砸场子是吧! >_<"

何太太被星野的气势震住了,心里有再大的脾气也不敢放肆,她的脸憋得发青,然后转红。本来就不怎么样的五官扭曲在一块儿,活像一只快被捏爆的西红柿。

我拉了拉星野的袖子，再次从他身后站出来，很有气质地说："你们不要吵，我真的没有拿她的戒指，不相信的话，我可以让您搜！"我说话的声音虽然不大，但是却带着无所畏惧的坦白。

"夕儿，你干吗要让她搜？>_<"星野很生气，不理解我的做法。

"没关系，我也想证明自己的清白嘛！"我安慰他。

"听到啦，大家听到啦，是她自己同意让我们搜的！"何太太一逮到机会，刚浇下去的气焰又嚣张起来，这一下，她的态度很强硬。

"好！"星野竖起了一根食指，"既然夕儿开了口，今天就让你们搜，可是……如果你搜不出什么东西的话，那就说明，是你们母女三个联合起来使诡计陷害夕儿，至于目的是什么，你们自己心里清楚……

到时候，你们三个人必须跪在这里磕三个响头，外加写三百页道歉书向夕儿道歉，而且，今生今世不准再踏进我们秋田家大门！"星野危险地眯起了眼睛，"你们可要想清楚再动手哦！"

显然，星野的恐吓起到了作用，何家三个女人怒容满面，互相对看着，却都迟迟没有人敢动手。

"快动手啊，还愣着干嘛?！"星野大声喊道。

"出了什么事？"一个洪亮的声音贯穿了整个大厅的嘈杂，邱妈妈挽着一个看起来很威严的男人走了过来，人群中自动让开了一条路，"星野，你在那里吵吵闹闹些什么？什么磕头道歉，什么不准踏进秋田家大门，我在花园里都听到了，这么没规没矩的话是谁教你的?！"

"爸……"星野的脸上虽然还是怒气未消，但是声音明显收敛了很多。

原来这就是秋田家真正的主人，不怒而威的气势，让在场的每一个人还未开口，便已从心底里敬畏起来了……我不禁有些明白了，邱妈妈，Elyn 姐和星野为什么要让我尽量避免和秋田伯父直接接触了。

何太太一看来了男主人为她撑腰，嚣张的气焰又立刻水涨船高起来了，她左右摇晃着她那丰硕的肥臀，扭到男主人的面前："秋田先生，您来得正好！我女儿 GiGi 把一枚戒指放在洗手间的梳妆台上忘记拿了，等她想起来回去找的时候，已经不见了，这中间只有那位林小姐一个人进去过，您说这戒指去了哪里？我跟女儿去找她评理，结果反而遭到一顿奚落，您说说看，这事怎么解决，这还有没有王法啊?！"

"喂，没有证据，你别在那里乱咬人！"星野听到何太太恶人先告状在那里胡说八道，一副恨不得冲上去撕烂她嘴的架势。

Elyn 姐什么都没说，只是走到我的身边看着我的眼睛，我轻轻地摇了摇头，有些委屈地说："我真的没有拿，Elyn 姐！"

Elyn 姐对我点点头，然后转向秋田伯父，说："爸，我相信夕儿不会做这种事的！"然后她又转向何太太说："何太太，这中间是不是有什么误会？您有没有仔细找过？要不这样，我再派佣人帮您仔细找一找好吗？"

"怎么，你们现在就是说我冤枉她喽？你们姐弟俩这是怎么了？可别被她的外表骗了，现在外面多的是这种女孩，长得一副温柔乖巧、大家闺秀的样子，背地里手脚不干不净！秋田先生，您应该好好管教您的儿子，少跟这种不三不四的女孩子打交道！迟早要把星野带坏！"何太太越说越过分。

我的脸涨得通红，从小到大，我就是受过再大的委屈，也从来没有被人指着鼻子骂过人品，我有再好的修养也有些按捺不住了，身边的星野，更是一副准备冲上去找人打架的架势。

秋田家的男主人，被一个外人指手划脚着该怎么教孩子，这也实在是令他颜面无光。他板着脸，脸色十分难看，他冷冰冰地

问我："请问这位林小姐，您是谁家的千金？令尊是哪一位？"

"俊雄……"邱妈妈站在老公身边，替我解围，"夕儿是星野的同学，是我请来的贵宾，我相信她的为人！"

"不会吧，秋田太太！"何太太一看连邱妈妈也向着我，不免有些心慌了，她又开始搬弄起是非来，"我听 CiCi 说，这个林夕儿根本就不是台湾人，是上海人，你们怎么不相信我的话，去相信一个大陆妹啊，真是太荒唐了！"

"大陆妹怎么了？>_<"事情闹到这里，我该忍的已经忍了，不该忍的也不想再忍了，"大陆妹就应该比台湾人人品差吗？大陆妹就一定爱贪小便宜，看到别人的戒指就会两眼放光，迫不及待地塞进自己的口袋里是不是？……

秋田伯父，是的，我确实是上海人，父母去世得早，家世也无法和在座的任何一位相比……可是，我的人品，我的自尊，也不是在座的任何一位可以指着鼻子骂的……我没有做过就是没有做过，这件事闹到现在，我觉得我们应该报警，而不是在这里争论个不停，我相信警方会查明一切的，我是黑是白，警察会还我一个公道！"

"嗯……妈！我看就算了吧！反正只是一枚戒指而已，我也不是很喜欢，没了就没了！"那个姐姐有些心虚地拉着何太太说，然后又转向男主人，"秋田伯父，今天是星野的生日，为了我们这种小事惊动了警察可就不好了，不吉利，会犯太岁的！"

"怎么？心虚了！我才不怕犯太岁！"星野昂起头，一副天不怕地不怕的样子。

男主人沉思了片刻，对何太太说："何太太，我看这样，您女儿是在我的私人宴会上丢失的东西，作为主人，应当是由我来负责，无论价值多少，我按双倍赔偿，您看如何？"

"这样啊，当然好啦，秋田先生，那真是麻烦你了！"一听说有人肯赔钱，何太太立刻喜笑颜开。

"但是……"秋田俊雄又把头转向我，拉长了脸叫了一声，"阿琛……！"

不一会儿，司机阿琛一路小跑过来，还有些微微发喘："秋田先生，请问有什么吩咐！"

"麻烦你送这位林小姐回家，我想我们这个宴会似乎不太适合她！"秋田伯父直接向我下逐客令，不仅是我，在场所有的人似乎都吓了一跳。

"爸爸！O_O"星野第一个反对，可是却被邱妈妈拉住了。

"俊雄！"邱妈妈试图劝阻老公，"事情既然已经解决了，那就算了，这样的宴会举行到一半请人家回去，传出去会被人笑话的！"

"在我的宴会上有人丢失了首饰，这不用传出去，就已经是一个笑话了！>_<"男主人的态度很坚决。

"爸，你有没有搞错！就算你不相信我，可是你连姐的话，妈的话统统不信，宁愿去相信一个外人？！……好，那我说，我也丢失了一只名表，我怀疑就是她们三个人偷的，你是不是也会把她们三个人赶出去啊？你说啊，叫她们快滚，滚出去！O(>_<)O"星野已经被气疯了，我大惊失色，连忙想阻止他这样，可是已经晚了……

"啪……"一个响亮的耳光打在星野的右脸上，星野白皙的皮肤上立刻泛红了一片，所有的人都惊呆了！O_O

"我到底还是这个家的主人，轮不到你来教训我！"秋田伯父的脸也因为怒火而涨得通红。

"你们别吵了！"我站了出来，眼泪在眼眶里打转，"不要再为了我而破坏了这里的气氛，我走就是了……其实今天，我根本就不应该来，本来像我这种平民，就应该待在平民待的地方，今天敢斗胆踏进上流社会的大门，我只是想为星野庆祝生日，仅此而已，如果扫了大家的兴致，我在这里跟大家说声对不起……

第 ⑥ 章

夕曦星

邱妈妈，Elyn姐，星野，谢谢你们愿意相信我，秋田伯父，谢谢你的款待……"我面向星野，对他牵扯出一个很僵硬的笑容，"星野，祝你生日快乐！我先走了，再见！"

我向大家深深地鞠了一个躬，转过身，猛吸了一口气，拼命忍着，倔强地不肯让眼泪掉下来，我才不要在这里哭，我不要将自己的眼泪留在这个冷漠的地方。

"我跟你一起走！"不顾众人诧异的眼神，星野抓起我的手，径直往门口走去！

"星野，你给我站住！你若是今天敢走出这个门，以后你就永远不要叫我妈！"邱妈妈对着星野大声喊着。

星野停下脚步，转过身，眼神里闪过一抹受伤的神情："妈，难道你要眼睁睁地看着夕儿被爸爸赶走吗？她对我很重要，你是知道的，我发过誓，不会让她受到任何委屈任何伤害……

可是，如果这些伤害是你们给的，我无力阻止，但是至少，我可以陪着夕儿一起承受……！"说完，星野拉着我继续往门口走去。我的眼泪已经无法控制了。

"等等，星野！"我拉住了他的手，"谢谢你今天为我所做的一切，你刚刚说的每一句话我都会牢牢地记在心里……可是，请你不要让我成为罪人，如果今天你真的为我背叛了你的家族，我一辈子都不会原谅自己的……

我从小就没有爸爸妈妈，所以，我更能体会亲情的可贵，不要任性地为了谁而轻易放弃他们好吗？我求你！T_T"说完这些，我已经是泪流满面了。

星野看着我，一言未发，似乎我的话奏效了，他可以不在乎别人怎么看他，但是我知道他不会不在乎我的感受，他依旧倔强地皱着眉头，却再也没有往前迈出一步……

我用力抽出被他握紧的手，努力向他展开一个轻松的微笑："你看，都已经9点了，明天还要上课呢，我真的该走了！明天学校里见吧！"说完，我转身往门口走去。

"夕儿,等一下!"邱妈妈快步走到我面前,从身上脱下一件貂皮披肩披在我的身上,她为我擦了擦眼泪,我看到她的眼睛里满是怜惜,"外面下雨了,穿暖和一点……阿琛,车子里暖气打足一点,慢点开车,一定要把林小姐平安送到家才能回来,知道吗?"

"是的,太太!"阿琛恭敬地回答道。

"谢谢邱妈妈!"我感激地朝她笑笑。

*　　*　　*

我是星野。

夕儿就这样走出了我的视线,浓浓的悔恨刺激着我的每根神经,我真后悔自己一定要把夕儿拖来这个该死的宴会受这奇耻大辱,恨的是自己无法不顾一切地追随她而去,我连自己心爱的女孩都保护不了,我怎么会这么没用!……这个有爸爸有妈妈的冷漠家庭,我简直一分钟也待不下去了,可是我还是像一个没有灵魂的躯壳那样留在了这里,这到底是为了什么?……

"好了,有什么事明天再说吧!今天是你的生日,要拿点主人的样子出来!"妈轻轻拍了拍我的背,安慰着还是站在原地一动不动的我。

我冷漠地抬起头,发现爸爸也站在我的面前,我勾起了一边的嘴角,冷笑一声:"今天是 1 月 28 日,我是爸和妈亲生的,别人不知道,难道你们还会不知道吗?我的生日是 1 月 12 日,不是今天!"我冲着爸和妈大声喊道,然后头也不回地就往楼上跑去……

"哎呀,姐!"CiCi 大声喊着站在她身边的姐姐,似乎想要引起所有人的注意,"这只戒指怎么会钩在你的兔毛披肩上啊?!O_O"

　　"真的耶！原来是我自己不小心,大概洗手的时候给钩在上面了。哎呀,错怪林小姐了,可惜她已经走了,秋田伯父,要不要去把她接回来啊？"GiGi虚情假意地说。

　　"不用了,走了就算了！大家继续玩吧！"爸爸威严的声音响了起来。

　　哼……我刚跑上二楼,就听到姐妹俩在那里恶心地一唱一和,我气得怒火中烧,可是碍于父母都在,又不能跑下楼去发作,只能对着楼下咬牙切齿地骂出一句"蜘蛛精"！

　　随后,"砰"的一声,大力地踹开了自己的房间门。

5

　　我是夕儿。

　　我坐在车子的后座,把头靠在车窗上面,外面一片风雨交加,才不过9点多,马路上便已经没有了什么行人……为什么明明隔着一层玻璃,雨水仍旧会打湿我麻木的脸？我想我一定是太累了……车窗外,满世界的霓虹在这烟雨蒙蒙中,那么高傲地闪烁着,难道它们也曾经痛过吗？所以才不再害怕今天的狂风暴雨……

　　原来,我真的不是公主……

　　"林小姐,您别难过了！"阿琛突然开口,把我吓了一跳,"我相信今天的事一定和您没关系！"

　　"谢谢你！"我感激地对他笑笑。

　　"自从太太从日本回到台湾,我就已经在他们家开车了,到现在4年多了,星野少爷从来就没有带女孩子回过家,而且我常听太太说,星野少爷的脾气很坏,让人难以忍受……可是您能把这么任性的星野少爷收得服服帖帖,我想您在他的心里,一定有着非常重要的地位,星野少爷喜欢女孩子不会错的,我相信您！ ^_^"阿琛憨厚地笑笑。

　　我真的很感谢阿琛的安慰,无论如何,我不应该再难过了,毕竟这个世界上还是有很多人是睁着眼睛的,不是吗?!

　　很快,车就到我家了,从外面看家里的灯都暗着,叔叔婶婶大概已经睡觉了,我向阿琛道过谢之后,轻手轻脚地打开门走了进去……

　　我一进门,打开客厅的灯,就被狠狠的吓了一跳。叔叔一个人坐在客厅里抽烟,桌子上放了很多酒瓶……

　　"叔叔,您怎么又喝酒了?"我微微皱起了眉头。

　　叔叔用手挡着眼睛,慢慢适应着突然亮起的光线,含含糊糊地对我说:"你婶婶和美嘉今天去外婆家住了……不回来……我要好好……好好地喝一杯……"

　　我一听,连忙脱下邱妈妈的貂皮披肩放在一边,因为这是邱妈妈借给我的东西,我怕沾到叔叔的酒味……

　　然后我走过去扶起叔叔,叔叔突然睁开了眼睛,直愣愣地盯着我的脸,他的眼睛里布满了血丝,那种眼神真的很奇怪,让我心里不自觉就开始发起毛来。

　　"怎么了,叔叔?"我想了一想,可能是因为我今天化过了妆,然后又哭过,现在的脸一定很像一只大花猫吧,我不好意思地笑了笑,说,"我今天去参加朋友的生日会了,所以化了一点妆!……叔叔,我先扶您回房间吧,等一下我去泡杯茶给您醒醒酒……"

　　我挽着叔叔的胳膊,想把他扶起来,好重哦,然后,他向我伸出了一只手,我连忙接住……

　　"叔叔,您别再趁婶婶不在家的时候偷喝酒了,对身体不好……"我的话还没说完,叔叔的另一只手直接放在了我裸露的肩膀上,我被他吓了一跳,连忙移开了他的手。

　　"叔叔,您……"我忽然发现,叔叔看着我的眼神越来越不对劲,这不像是一个叔叔对侄女应该有的眼神,我的心中闪过一丝恐惧,慢慢地放开了挽扶着他的手……

　　叔叔自己站了起来,向我一步步逼近,他大着舌头说:"夕儿……你比刚来我们家的时候漂亮多了……更……性感了!"叔叔搓着手掌,上下打量着我,一边还伸出舌头舔了舔嘴唇……

　　"叔叔,您喝醉了,我是夕儿,我是您的侄女啊!O_O"我一步一步向后退去,心里害怕极了。今晚家里只有我和喝醉酒的叔叔,叔叔的身形高大,若有什么事发生,我一定死定了!不行!我不能留在这里, 先逃出去再说……我突然大力地推了一把叔叔,往门口跑去……

　　可是, 我还没来得及把门打开,叔叔就从后面一把将我抱了起来……他潮湿的嘴巴不断地落在我的脸上和脖子里,浓浓的酒气,让我的胃里面翻腾起来……

　　我吓坏了,用尽全力挣扎着……

　　"放开我,叔叔,我是您的侄女啊! ……婶婶……救命啊! "我用力推着叔叔强有力的手臂。

　　"夕儿,你婶婶不满四十岁的时候……就开始不中用了……我养育了你这么多年……就满足叔叔一个晚上……就一个晚上! "叔叔粗糙的大手,在我的背后用力摩擦着,碰到了我刚刚烫伤的皮肤,我疼得眼泪都掉出来了……

　　"救命啊……星野……星野救我, 救救我……T_T"我哭喊着,被叔叔一把扔在了冰冷的餐桌上……我对着叔叔的手臂用力地咬了下去……

　　叔叔惨叫一声, 朝我的右脸上挥了一拳,我突然有些意识模糊起来了,我拼命地咬着自己的嘴唇,强迫自己绝对不能在这个时候昏倒……就在这时, 我摸到了手边的烟灰缸……那是我去年在叔叔生日的时候买来送给他的生日礼物, 很漂亮,叔叔一直说很喜欢,可是现在,我却毫不犹豫地用它砸向了叔叔的脑袋……

　　"臭丫头! >_<"叔叔捂住脑袋蹲了下来,血从他的指缝里流了出来……

趁这空隙,我连忙拉好衣服,跑出了我的家,这个 7 年来我唯一可以依靠的地方……我像个疯子一样冲进了大雨里,不停地哭着,跑着,我不知道自己要去哪里,只是向前跑着……

为什么会变成这样?为什么?……我唯一的亲人,我最后的寄托,全部都背叛了我,为什么?……一道闪电破空而起,将夜幕凄厉地撕裂……

我沿着马路拼命地跑,后面有很多魔鬼在追赶我,我不能停,只能跑,只能跑……

忽然,前方的车灯亮了起来,紧接着一阵刹车打滑的声音……我不能停,我不能停……

6

我是星野。

自从一个小时之前我回到房间,就一直像现在这样坐在床上跟自己生着闷气。

妈在外面敲了几下,推开门走进来,她走到我床前,用非常恶心的温柔声音说:"星野,气消了吧,一会儿别忘了下楼去,10:30 的时候,你要去切蛋糕呢!"

"我不去! >_<"我把头别向另一边。

"乖,听话,别再闹小孩子脾气了,刚刚错怪了夕儿,何太太已经道过歉了,GiGi 和 CiCi 两姐妹现在就在门外,她们也说希望能亲自向你道歉,我让她们进来好吗?"

"不好不好!我不想见到那两只蜘蛛精!"我大声说道,故意想让外面的人也听到。

"你这孩子,怎么这么说话呢,GiGi 和 CiCi 怎么说也是大家闺秀,受过高等教育的,而且姐妹俩长得也不错啊,好像都还心仪于你,你要不要先试着和她们做个朋友之类的?"我不敢相信

妈竟然问了我这么一个愚蠢的问题。

"妈,你什么意思?你该不会是在给我做媒吧!"我横了妈一眼。

"就算你看不上那两姐妹也没关系,那个呢? 沈家的大小姐怎么样? 她父亲可是银行的行长哦,我觉得她和你也挺配的!"

"妈!"我反感地叫道,"你干脆嘴边去点颗三八痣吧! 帮我做媒,你有没有想过,你儿子今年才只有 19 岁! >_<"

妈愣了一下, 好像才突然清醒过来一样, 她不好意思地笑笑,喃喃自语地说道:"对啊,你才只有 19 岁,我怎么把这事给忘了呢!"

"妈,我搬出去住以前,有一根棒球棍,你还记得放在哪里吗? 就是我以前和晨曦去打球时经常用的那一根!"我突然转变了话题。

"你看你,东西老是丢三落四,这不是在这里嘛!"妈说着拉开我的矮柜门,拿出一个袋子递给我。

我拆开袋子,取出里面的棒球棍,吹了吹上面的灰尘,开始放在肩上比划了起来……

"妈,叫两只蜘蛛精进来吧!"说完,我脸上露出了不怀好意的笑容。

妈一看到我这架势,立刻板起了脸:"你想干什么?"

我眯起眼睛,咬牙切齿地从嘴里吐出话来:"她们哪只脚敢踏进我房间,我就打断她们哪只脚……妈,快点叫她们进来,我好久都没有试过我的身手了……!"

我的话还没说完,脑门上就挨了妈妈一巴掌:"你是不是昏头啦!"

"妈,昏头的人是你吧!"我把棒球棍一丢,赌气地窝进沙发里,"你不是一直都很喜欢夕儿的吗? 而且你早就知道我们在交往,但是你今天这样又算什么?"

不提还好，一提我就一肚子火气没地方发泄，我实在是不明白,妈前后的变化为什么会这么快。

"我是很喜欢夕儿没错！现在也是很喜欢,可是如果夕儿要做我们家的媳妇,我觉得有欠妥当！"妈说。

"有欠妥当？你明明早就知道夕儿是我女朋友,你还说过你绝对不会反对我们的,可是你看你现在帮我介绍的那些千金大小姐,加上你多肤浅的一群人……你是不是嫌夕儿家穷？没关系,我会养她,不会花你们一分钱……"

"我是你的亲妈啊！难道你觉得我是那种看重别人家世背景的人吗？你竟然一点都不了解妈妈,你真是太令我心寒了！"妈的眼睛里又开始积聚起眼泪来了。

"那你了解我吗？你知道我喜欢什么？我心里在想什么吗？你又知不知道,其实我一直都是喜欢男人的,你不如介绍哪个凯子给我当男朋友吧,我会考虑接受看看……妈,如果你能撮合我跟晨曦那就更好了！"

我知道妈一定不会把我的这番话当真的,从她气得冒烟的样子就能看出来了,她最后放下狠话来:"你这孩子,越说越不像话了！我告诉你,你和谁谈恋爱,妈都没意见,只有夕儿,绝对不可以！>_<"妈被我气得够呛,连情绪也激动起来。

"妈！你是不是有什么苦衷？"我平静地给我妈甩了一句话过去。

"没有,我没有苦衷！总之,你听我的话就对了！"妈站起来向门口走去,楼下有一屋子的客人,她不能离开太久。

房门打开了又关上了, 我站在床边,将棒球棍帅气地扛在肩膀上,望着门的方向,气呼呼地嘀咕着:"没有苦衷,我为什么要听你的话！>_<"

忽然,我想到了什么,放下棒球棍,转身抓起电话机,扑向我的大床……

"伯父,夕儿回来了吗？麻烦请她听电话！"

"没回来,没回来……哦,回来过又走了,不知道去哪了!"说完他就挂了,伯父的声音听起来怪怪的,有些烦躁,不过关我屁事,我担心的是小肉包,都这么晚了,跑去哪里了呢?

"你到底要我担心到几时啊?到家也不知道打个电话给我,夕儿,你这个傻瓜!到底是想怎样啊?! >_<"我生气地把电话往床上一摔!

7

我是晨曦。

今天的天气很冷,我下了班在 Snow 喝了点酒,直到现在才回来。

可是快到家的时候,突然从马路边冲出来一个人,失魂落魄地往我的车子撞了过来,我连忙踩住刹车,打偏了方向盘,车子打滑了几米,终于停在那人面前……

我怒气冲冲地走下车,打起伞,打算好好质问那个不要命的人,我走近那个摔倒在地的女人,她打着赤脚,穿着一件已经不成样子的露肩小礼服,长发披散在面前,看不清楚脸……可奇怪的是,对于眼前这个人,我竟然会有一种熟悉的感觉……

"你……是谁?"我走上前去,想拨开她的头发看个究竟。

可是没想到,这个疯子突然抓起我的手狠狠地咬了下去,我的手用力一挥,她就像是一个断了线的残破木偶在风雨中倒了下去,一点挣扎也没有……

她在地上抱着自己的肩膀,缩成一团,不住地颤抖,嘴里喊着:"不要碰我……不要碰我……"

夕儿?这是夕儿的声音……可是,她现在不是应该在星野家参加宴会吗?

我连忙蹲了下去,把她扶起来,拨开她额前的头发一看,真的是夕儿!她的脸上很肿,显然是被人打过,眼神涣散,就像是我们天使失去了灵魂的样子……

我连忙丢开雨伞，用手拍着她的脸："夕儿，夕儿……你醒醒……"

"星野……救我……星野……"她毫无意识地念着星野的名字，我的心里忽然没来由地一阵不舒服。

"我是晨曦！"我试图唤醒她。

"晨曦？O_O"她突然抓住了我的手臂，一下子集中起了涣散的眼神，她盯着我的脸看了半天，突然傻笑了一声，说，"……我一定是在做梦……"然后就昏死了过去……

这真是一个巨大无比的麻烦！我对自己说着，然后只能把这不省人事的女人抱上我的车子，带回了家……

我想我一定是疯了，竟然花了一个小时帮这女人全身上下清理了一遍，包括洗澡换衣服，反正女人的身体我见多了，像她这种身材，把她当成是一个发育得还不错的小孩子就可以了……

只是她身上的伤口，的确让人有些吃惊……背后的一片应该是烫伤，脸上和手臂上的淤血比背上的要更严重一些……

此刻，夕儿躺在我的床上睡着了，也许是昏迷还没有醒来……我关了灯，坐在床前，从刚开始到现在，我一直在思考一件事情……我犹豫着自己到底要不要去管夕儿的闲事，说实话，我并不想惹麻烦，尤其是女人的麻烦……

最后，我终于获得了一个令自己满意的结论。明天早上等夕儿醒过来之后就把她送回家去，然后我直接去台中出差，今天的事，就当什么也没发生过……想到这里，我站了起来，打算去别的房间睡觉……

"救命……！救命……"我刚想跨出房门，就听到夕儿的呼救声，"星野，星野，救我……~~~>_<~~~"

我皱了皱眉头，心中又升起一阵不快，在我的家，睡我的床，梦里面却叫着星野的名字……这个女人未免也太无视我的

第 6 章 / 夕曦星

存在了吧！

"真是麻烦！"我低声咒了一句，又关好房门，折返到夕儿床前，她满头大汗的样子，看起来是在做噩梦。

我伸出右手，不情愿地贴上了她湿湿粘粘的额头，她竟然发烧了……该死，看来我今天晚上是别想睡觉了！

我将食指和拇指相握，双手往里转了一个圈，然后在半空中划出一道弧线，我的屋子四周便被我布下土之结界。这样，我在我的结界里动用我的力量，便不会引起其他天使的注意了……

然后，我念动咒语，将右手放在夕儿的额头上，进入到她的梦境里面……

随着梦境的深入，我的脸色越来越难看，我看到了她潜意识里的一切，在星野的生日宴会上发生的事，以及在她家，她叔叔的所作所为，我全部都一目了然了，真没想到短短的几个小时，她竟然经历了这么多事……

当我的手离开她的额头时，我脸上的表情已经十分严峻了……不得不说的是，她成功了，她过去几个小时的梦境，让我决定为她使用恢复系的咒文……

所谓恢复系的咒文，就是要用自身的能量去抵抗对方受的伤，我知道这是一件非常吃力的事……我从来没有在人类身上用过，换句话说，我还从来没有使用过这个咒文……

我站起来，念动咒语，将自己体内的能量聚集起来……然后，我缓缓地附下身子，嘴唇停在距离夕儿的嘴唇两公分的地方，我不能呼吸，因为我要让属于神的能量从我的体内流向她的体内……

片刻之后，我看着夕儿脸上的红肿慢慢消退了，恢复了婴儿般的平整光洁，她手臂上那些大大小小的伤，也自动愈合了……

我离开她的嘴唇，坐在床边大口地喘着气，素罗拉说的没错,人类的身体真的很孱弱,存在下来需要的天时地利以及各种复杂的条件太多了⋯⋯

我稍微调整了一下呼吸,把夕儿翻过来,看了看她的后背,果然也已经恢复了⋯⋯

我走到窗前,远方已经开始微微露出天光了,现在的我才开始仔细思索起来,连我自己都无法理解我今天的行为,到目前为止,做了多少反常的事情,为这女孩做的任何一件事,这都不像是我晨曦的性格,我甚至无法为自己的所作所为找到一个合理的解释⋯⋯

第 6 章

夕曦星

第七章

放开双手，你要往哪儿走？
你的脚印，在雪中淹没，
你已消失在路的尽头……

我突然听见耳边有翅膀扑棱的声音，
一抬头，天空疾疾地掠过一千只飞鸟，
无数透明的羽翼落下来，覆盖了我黑色的瞳仁，
闭上眼睛，我恍若看见了泛黄的小时候，
门前那棵婀娜的小树，
又被岁月无情地刻上了一道深深的年轮……

1

我是夕儿。

我不知道自己睡了多久，当我第二天醒过来的时候，我的脑子里有短暂的记忆空白。我发现自己躺在一张柔软而且陌生的大床上面，环顾四周，光线很暗，但依稀可以辨别出这个房间的豪华，我问我自己，我怎么会在这里？这里又是哪里呢？

我坐了起来，发现自己身上穿的衣服很陌生，好像是一件男式的 T-shirt，我自己的衣服呢？……我捧住脑袋仔细回想着，

突然，可怕的记忆如同潮水般地向我涌来了……

我害怕地抱紧了双臂，昨晚的片段在我脑中渐渐清晰起来……星野的生日宴会……喝醉酒的叔叔……我所有的记忆，停格在昨晚那一场大雨里……

我下了床，跌跌撞撞地冲进了洗手间，镜子里的我和昨天好像并没有什么不同，被叔叔打过的脸没有留下想象中的淤青，我拉下了 T-shirt 的领口，转过身去，背后被姐妹花烫伤的地方也没有像邱妈妈说的那样红肿起来，我开起水龙头冲了把脸，脑子里还在努力把从昨晚到现在所发生的一切串联起来……

我打开房间的门，走下楼梯，发现这个地方我好像很眼熟……

天哪，这不是晨曦的家吗？

当我惊讶地意识到这一点时，一脚踩空，从走到一半的楼梯上摔了下来……

我摸着摔疼的屁股，半天动弹不得……

"晨曦，晨曦……你在吗？"我颤巍巍地喊着，可是没有人回答我。

最后，我只能自己扶着墙壁站了起来，一步一步往客厅挪动……

　　我低下头，看了看自己身上这件刚好长到大腿的衣服，沮丧地垮着一张脸，我该怎么出去呢？

　　我正想着，突然听到了自己的肚子咕噜咕噜叫的声音，好饿哦！

　　我转身走进厨房，打开冰箱，发现里面的贮藏量真是太丰富了，牛奶、水果、土司，连一些零食都有，全部都合我的口味……我连忙一样一样拆起来，每个都尝了一点，很快厨房就被我搞得一团乱，不过没关系，一会儿我会记得好好整理的！^O^

　　就在这时，有人按响了门铃……

　　天哪，我这个样子……

　　我连忙随手抓起一块桌布围在腰上面，长度刚好到脚踝，还不错！^_^

　　"是谁啊？"我大声问道。

　　"快递公司送快递！"

　　我打开了门，迎面一阵冷风扑来，我这才意识到晨曦十分体贴地打开了家里所有的暖气……

　　快递员上三路下三路地打量了我一番，露出了奇怪的眼神："请问您就是林夕儿小姐吗？@_@"

　　"是啊！"我奇怪怎么会有人知道我在这里。

　　"您的快递，请签收！"他递给我一只大盒子。

　　我冷得颤抖着双手签完了名，说了声谢谢，刚想赶快关上门，突然那位快递又叫住了我，上帝，他难道没看见吗，我可是穿着短袖呢！

　　"什么事？"我转过身来问他，又一次感受到了迎面而来的刺骨寒风。

　　"我们的客户特别叮嘱过，说让您马上拆阅！"

　　"我知道了，谢谢！"我转身终于关上了门。

　　我抱着盒子回到客厅，到厨房找了把剪刀拆开来一看……

　　我突然两眼放起光来……盒子里装的竟然是我梦寐以求的

东西……衣服……我知道这是晨曦送给我的，因为只有他知道我在这里，我的心里一阵暖和起来……

我把里面的东西统统倒了出来，有毛衣，外套，牛仔裤，靴子，围巾……哎呀，数到最后，我居然脸红了起来，因为我看到了内衣和内裤，他竟然连这些都帮我买了……

我急忙手忙脚乱地穿戴起来……奇怪，怎么什么都刚刚好呢？从内衣到裤子到鞋子，尺寸完美得出乎我意料。

不管了，墙上的钟显示现在是 12 点 30 分，我还可以赶去学校上下午的课……

我一关上晨曦家的大门，站在了户外，我突然发现了事情有哪里不对劲……我脑子一转，坏了！ -_-^

我忘记整理厨房了，那一片像被狂风扫荡过的落叶残骸统统恣意地堆满了整洁的厨房，完蛋了！ >_<

我连忙转身去推门，看来真的已经被我锁上了……我绕着房子的四周转了一圈，发现竟然没有一扇窗户是可以打开的……我又走回到大门前，吃力地移开了门口的两只花瓶，电视上不都是这么演的吗？有钱人家会在花瓶底下藏钥匙的……可是，我望着空空如也的地面上直发呆……

算了，不管了，我就是想管也管不了了……

2

我啃着一只面包，吭哧吭哧赶到学校，在校门口碰到了隔壁班的同学理绘，她疑惑地看着我问："林夕儿，你该不会是现在才刚刚来吧！怪不得……"

"怪不得什么？"我这只是无意识地在接她的话，也没怎么想正儿八经地听她解释，所以我一面问着，一面又打算迈开步子往教室里去了。

"秋田星野大概在楼梯口等你，他今天好像疯了，每节课下

课都守在那儿，连午饭也没去吃……"理绘对我说道，口气里微微有些埋怨。

我赶紧加快脚步往教学楼跑去。

果然，我很远就看到星野像一尊门神那样靠在楼梯口的扶手上，脸色很臭，一看到我跑过去，他马上站了起来……

"你怎么到现在才来？手机也不带，家里也没人！"星野一看到我就劈头盖脸地抱怨个没完，"你昨天一整晚去了哪里？阿琛说把你平安送到了家门口，看着你走进去他才离开的，可是为什么我打电话去你家，你叔叔总是说你不在？"

"星野，你就别问那么多了！"我闪烁其词，不想再提已经过去的事情。

"林夕儿，我现在可是你的男朋友，可是我的女朋友昨天失踪了一夜，你知不知道我担心得一整晚都睡不着……你现在叫我别问那么多，这算什么？！ >_<"星野看起来很生气，可是眼睛里又无法掩饰住浓浓的担心，我有些内疚。

"我……我……昨天晚上后来去了月兔家……聊天晚了，所以就……住在她家了……"我吞吞吐吐地说着，不得已才向他说了一个谎。

听到我是住在月兔家的，星野的口气软了下来："你怎么不给我打个电话呢？……下次不准突然失踪了，知道吗？昨天你在我家那么不开心，我真的担心你会出什么意外呢！"

旁边有几个同学向这里走过来，我连忙把他拉到楼梯下面没有人的角落里，然后才开口："我向你保证一定不会有下次了，不过星野，你可不可以答应我一件事？"

"看我高兴，你先说来听听！"他把头撇向一边，看来气还没有完全消退。

"我想搬出来住，今天放学之后，你能不能陪我去看看附近的房子，只要房东愿意今天就租给我，什么样的房子都可以！"我认真地说。

"什么？"星野转过脸来看着我，"为什么在叔叔家住得好好的，突然要搬出来啊？"

"你不用问这么多啦，其实也没什么，我很早就想搬出来了，只是条件一直都不允许，现在我打工挣了一点钱，应该够付头三个月的房租了……"我拉住他的手撒娇，口气突然变得非常柔软，"你陪我去嘛，好吗？"——那是因为我敢肯定附近一定没有同学会注意到我们才这样的。

"不好！"星野一口就回绝了我。

"拉倒，那我自己去！"我扭头就走，对他撒娇也没有用，那我只好用最后一招了，假装生气。

果然，我还没来得及跨出一只脚，星野就把我拉了回来。

"你也不听我说完，我说我不想陪你去看房子，如果你要搬出来，就直接搬到我家来就行啦！"星野说。

"谢谢！-_-"我瞪了他一眼，转身真的打算离开。

"我是说真的！"他绕到我的前面来，"我现在每天都回妈妈家住，自己那套房子已经空着很久了！"

我眼前一亮，这主意可以考虑，可是紧接着，我的眼神又黯淡下来："你那套房子那么大，每个月要多少房租呢？我怕我钱不够。"

"放心，这房子不用钱，是我 18 岁生日的时候吵着要搬出来住，我妈买下来送给我的礼物，你现在住过去，我妈一定会非常开心的，因为他又可以天天见到他的儿子了！^_^"星野得意地说道。

"那谢谢你了，星野，你真是帮了我一个大忙，放学之后，你陪我回家一趟好吗？我要收拾一下东西，今天就要搬过去。"

"请我吃饭！"星野乘机说道。

"好，没问题！"我爽快地答应他。

话音刚落，我手上剩下的半个面包就被他一把抢过去，塞进了嘴里。

"哎！那是我的午餐哎！"我心疼地看着我的半个面包在他的口中越变越小。

"我也没吃午餐呢！你自己说要请我吃饭的！"星野吞着面包，含含糊糊地说道。

我有些哭笑不得地看着他，但更多的是充溢于心中的那股浓浓的感动……星野，我一定要努力努力地爱上你……我一定会的……

3

放学之后，星野向朋友借了一辆车，陪我回家收拾行李。

我突然说要搬走，婶婶和美嘉看起来都是很高兴的样子。可是，碍于外人在场，总还要多多少少伪装挽留我一下。

但是他们更感兴趣的恐怕要数星野的到来，母女俩变得特别特别殷勤，简直把星野当成了国家元首那般款待。我猜婶婶一定是看中了星野做他们家的女婿……反而是我，这个在她们家住了7年的侄女，成为了一道可有可无的点缀。

只是叔叔，从我一进家门，他就一直坐在旁边一言未发，我不敢看他，心里的恐惧虽然在今天中午醒来之后减轻了很多，可我还是害怕，我真的很害怕叔叔，如果不是有星野陪着我，我一定再也不敢踏进这个家门了。

我一个人在房间里默默收拾着东西，我在这里住了7年啊，如今真的要走了，我心里还是有说不出的难过……

我打开抽屉，拿出了我们的全家福。这一张和外面挂着的不一样，这是4个人的，是唯一一张有我的全家福，所以照片里的我笑得特别甜，不过，婶婶和美嘉的笑容就僵硬多了……

可是尽管如此，我还是最最珍爱这张照片，因为这里面，是我唯一的亲人……

"是不是有点舍不得这里了？"星野突然从背后搂住我的

腰,俯身在我耳边轻轻说话,我吓了一跳,连忙拿开他的手。

"你怎么进来了?"我迅速调整好自己的心情。

"外面那些人都不正常!"星野朝着我扁扁嘴,轻声说,"两个女的像花痴,那个男的像木头,我看我还是进来帮你收拾好了!"

我摇摇头,指着身后的两只箱子说:"不用了,我已经收拾好了!"

"你的东西就那么一点点啊?"星野好像不太相信的样子。

"星野,我妈已经准备好晚饭了,她说留你……你们……在这里吃晚饭!"美嘉兴奋地走过来,想要假装很自然地挽起星野的手臂一起走出去。

"不用了!我和夕儿一会儿出去吃!"星野一抬胳膊,美嘉拉了个空,手很尴尬地停在半空中,宣告计划落空了。

"怎么不用,我们还要为夕儿送别呢!"婶婶也走进来挽留星野,还用了一个很冠冕堂皇的理由。

"婶婶……"我突然开口,"请问您有没有看见我昨天晚上放在家里的那一件貂皮披肩呢?……就是在客厅里的凳子上的。"

"什么……什么貂皮披肩啊?我没看见!"婶婶连忙否认,神色很不自然,"美嘉,你看见了吗?夕儿说的披肩?"

"没有啊,我什么也没有看见!"美嘉双手一摊,很无辜地说。

"婶婶,美嘉,拜托你们再想一想,那件披肩是星野的妈妈借给我的,如果被我弄丢了,我是要赔的!"我有些着急,可我知道那件披肩一定就在家里。

"算了,没有就算了,我妈衣服多的是,她不会在意的!"星野拍拍我的肩膀安慰我说。

"老婆,去把你床头的披肩拿出来还给夕儿!"叔叔的声音突然很威严地响了起来,他阴沉着脸走进了我的房间。

夕曦星

我没来由的心里一阵害怕，往星野身后缩了缩，我低下头，发现自己还是不敢看叔叔的脸。

"哦！哦！……是那一件啊！"婶婶好像忽然恍然大悟的样子，"……那是貂皮吗？……我还以为是假的呢！……哈哈哈……"婶婶笑着拍起了大腿。

不一会儿，婶婶终于把那件披肩拿了出来，不情不愿地递到我手中。

我让星野帮我把行李搬到车上去，先在车上等我。

我走到客厅，突然看见装饰柜的正中间端端正正地摆放着那只烟灰缸，很干净，很漂亮，就像我去年刚刚从商店里买回来时那样，我扭过头去看了一眼叔叔额头上的伤口，突然哭了……T_T

"叔叔，婶婶，美嘉，我要走了，在这里打扰了你们7年，真的非常抱歉，你们的养育之恩，我会一辈子铭记于心……"说完，我深深地向他们鞠了一个躬。

然后，我擦擦干眼泪，从包包里面拿出一个信封，交给了婶婶："婶婶，这里面是我平时打工挣下的钱，本来是想用来付房租的，可是现在我可以暂时住在朋友家……所以我的房租省下来了，这笔钱虽然不多，但是等我以后有了正式的工作，挣了更多的钱，我会再给你们送过来的……"

婶婶的嘴唇动了动，没有推辞，可是我看到她的眼睛里湿润了，我好高兴，那才是比金钱更可贵的东西吧……

可是叔叔忽然冲了上来，从婶婶手里一把抢过了钱，想要塞进我怀里："这钱你自己拿着，我们家有钱，用不着你的钱……"

我知道自己不应该这样，可是看到叔叔突然冲过来，我还是本能地往后面退了一大步。

叔叔愣了一下，有些尴尬地停住了脚步。他看着我，轻声地说："……自己一个人住，要保重，也不要说等以后赚到钱就送过来之类的傻话……你的钱，你留着自己用……你朋友给我们的钱，已经足够我们还完债之后的生活了……"

"什么……O_O"我一下子没听明白叔叔的意思。

"老公！她朋友嘱咐我们不能说的！"婶婶有些气急败坏地说。

可是叔叔没有理睬她……

"夕儿，这件事我觉得应该要让你知道，你的朋友今天中午来过了，给我们送来了一张支票，面值是 5 百万！"叔叔很平静地说道。

"5 百万？……"美嘉惊呼起来，愤怒地转向婶婶，"妈，你不是说只有 5 万块吗？你为什么要骗我?！>_<"

"一个小孩子要知道家里有那么多钱干吗？！"婶婶不耐烦地说道。

"是谁？给你们送钱的人是谁？快告诉我！>_<"我急了起来。

"是一个看起来很斯文的男人，戴着一副金丝眼睛，大概 1 米 78 左右，他不肯说名字，只说是帮别人来跑腿的，不过他嘱咐我们无论如何不能让你知道！"叔叔说着，从口袋里拿出那张支票放到我手中。

我惊呆了……那墨水的颜色，那苍劲有力的笔迹……我都认得啊……因为我也曾经拿到过一张一模一样的支票……晨曦，你为什么要这么做？

婶婶突然伸手过来从我手中夺过了支票，只是淡淡地说了一句："替我们谢谢你的朋友啊！"

……

一路上，我坐在星野的车子里一直没怎么说话，我把头贴在玻璃窗上，努力想让自己一直紧绷的思绪放松下来。这样，我才能有足够的力量去思考另外一些事……

"怎么了？还在想着那个家啊？"星野关心地问我。

"我只是觉得很难过，也很遗憾，我住在叔叔婶婶家已经 7

年了……可是，我尽了自己最大的努力，还是没能和美嘉成为朋友，也从来没有得到过婶婶的认同，我是不是很失败？"我的脸上写满了深深的挫败感。

星野温柔地握住了我的一只手，说："有些人，一辈子无法成为朋友，有些人，一辈子无法成为恋人，所有的事都是要看缘分的……你和他们，也根本没有做亲人的缘分，就算是身体里流着相同的血液又如何……感情一旦冷漠起来，或者亲热起来，血缘关系就像是一个摆脱不了的魔鬼……"星野看着前方，一边对我说着，很难想象，他才只是 19 岁而已，就能说出这么透彻的话来，我不禁笑了……

"星野，晨曦呢？"我突然问他，"他现在在家吗？"

"你问这个干吗？"星野皱了皱眉头。

"不是……我随便问问！"我发现自己的失言连忙想挽救，我可不想打翻一只醋坛子。

过了一会儿，星野说："哥今天大清早去台中出差了，一个星期后回来。"

晨曦早上就去出差了吗？那么中午送钱到我家的又是谁呢？1 米 78，戴金丝眼睛，很斯文……难道是晨曦的助手郭新吗？常常会在电视上看到他代替晨曦发言，他就是长得这个样子的！

"哦……星野，我想问你一个假设性的问题！"我突然想到了另一件事。

"说！"

"你和晨曦从小一起长大，你觉得他是一个小气的人吗？"

"什么意思？"星野歪过头来看我。

"比如说……是假设性的哦……如果有人把他家的厨房弄得就像被打劫过一样，他会有些什么反应？"

"赔钱……是人都会想要赔钱的吧！"星野说。

"天下的财主果然都是一个样……-_-^"我低下头小声嘀咕

着，"保证打扫干净还不行嘛！"

"你说什么？……我是跟你开玩笑的，不会有人敢去打劫哥哥家的厨房，所以这个假设不成立……你问这干吗？"

"都说了是随便问问的嘛！"我随口说道。

4

我就这样搬进了星野的家，开始了一个人独立的生活。

可是我搬到星野家的第三天，就发生了一件怪事，让我惊恐地发现，已经有越来越多的人，开始介入到我和星野的生活中了……

那一天是礼拜天，我在西餐厅上全天的班，月兔的排班也正好和我一起，所以在午餐和晚餐之间，我们有三个小时的休息时间，我把我搬出来住的事情告诉了月兔……

"你丫行啊！早就可以离开那种鬼地方了。在他们家啊，养只狗都比你林夕儿的地位高……"月兔想了一想又说，"算了，换养猫吧，说狗太难听了！"

"虽然我心里很清楚，可是他们毕竟是我唯一的亲人，如果没有他们，我 13 岁的那年大概就要进孤儿院了。"我低着头有些沮丧地说。

"话是没错，难道你 7 年来为他们做牛做马还不够偿还他们的债啊！……听大姐的话，别再对他们一家子留恋了，要不然有你受的……夕儿，你太善良了，真的，就看你平时跟个小坦克一样横冲直撞，一副天不怕地不怕的样子，可是你的思想太单纯，太容易受骗……在你的心里，所有对你好的人就是好人，对你坏的人呢，也并不是真的对你坏……你傻呀你……这世界上爱装大尾巴狼的人多到你不相信，多到你一旦得知那庞大的数量，会立马找个没人的地儿抹脖子……"月兔一口气说了一大堆京片子，猛喝了几口咖啡。

"了不起啊,不容易！^_^"我点点头,很有诚意地表扬月兔满口的京片子,真是越来越溜了,"可是,我哪儿有你说的那么幼稚啊？我看人的本领也是很强的！"

"是吗？"月兔朝我翻了翻白眼。

"当然,只要你不小看我的话！"我高高地扬起了下巴。

"你看那儿……"月兔伸出手指了指窗外。

我顺着她手指的方向看到马路对面,一位打扮得很奇怪的中年妇女掩在一棵大树后面,探头探脑地往我们店里张望,又好像很怕被别人发现似的,大冬天还戴了一副黑漆漆的墨镜,遮住了大半个脸……

"那是谁啊？"我问。

"不知道,上午就来了,鬼鬼祟祟躲在那儿已经好几个小时了。我们赌一把,一顿晚饭,我说她是在捉他老公的奸,你猜她是在干吗？"月兔说。

"我猜……我猜她是个精神有点问题的可怜女人！"我想了一下说。

"切……我看你跟她是同类吧！-_-^"说完,月兔就不理我了,大概是已经对我彻底失望了。

我放下手中的杯子,走出西餐厅,穿过马路,朝那个女人走去……那个女人一看到我向她走去,立即背转身去,仿佛在欣赏着这一地早已凋零的草丛,说实话,样子十分滑稽,我几乎要认为我赢定了月兔。

"对不起,请问有什么可以帮您吗？^_^"我用我自认为最甜美的声音问道。

那女人显然是被我吓了一跳,脸往另一边扭过去,对我连连摆手:"没事,没事！"

那女人一开口,这声音怎么这么熟悉？

"邱妈妈？"我试探性地叫了一声。

只见那女人身子一颤,慢悠悠地转过身来,摘下了脸上的墨镜,不自然地冲我笑笑:"夕儿……这么巧啊!"

"真的是你啊,邱妈妈! 我在对面的西餐厅里打工,您这是……"我疑惑不解地问道。

"哦! ……是这样的,星野告诉我你在这里打工……我不相信……看来他真的没有骗我……"邱妈妈好像是很紧张的样子,我都能看到她额头上细汗的反光了。

"原来是这样啊,我真的是在这里打工,星野没骗您。邱妈妈,您要不要进去坐坐,我们现在还没开始上班呢,月兔也在里面!"我笑着问邱妈妈。

"不了,不了……夕儿,可不可以占用你一点时间,我们另外找个地方聊聊好吗?"邱妈妈问我。

"好啊,邱妈妈!"我虽然说感到有些不解,不过还是答应了邱妈妈,于是,我们就在隔壁的 Star Bucks 坐了下来。

我觉得邱妈妈今天就是有些怪怪的,一杯 Espresso 放在她的面前一口也不喝,任凭它凉掉,只是一直面含微笑地看着我,看得我心里直发毛,动也不是,不动也不是,我开始有点糊涂了,到底今天是她不太正常呢,还是我不太正常……

"夕儿……"半个小时之后,邱妈妈终于开了口。

"嗯?"我抬起头。

"你想你的妈妈吗?"我愣了一下,没想到邱妈妈会突然问我这个。

我点点头,说:"怎么可能不想呢,其实我也很想体会一下,有个妈妈疼爱到底是种什么样的感觉……不过这只是偶尔想想而已!"

"夕儿,做我的女儿吧……我的意思是说,邱妈妈认你做干女儿好吗?"邱妈妈微笑着说。

"您是在和我开玩笑吧?"我有些不敢相信自己的耳朵。

"真的,不是玩笑,自从我第一次见到你,我就十分喜欢你这个小姑娘,又乖巧又可爱……所以希望你不要拒绝邱妈妈好

吗？这也是我们俩的缘分……"

"我真的感觉自己像在做梦一样……"我惊喜地拍拍自己的脸蛋。

"不是在做梦，过几天我在饭店摆上几桌，就向大家宣布这件事，你把你所有的同学朋友都请来好吗？^_^"邱妈妈慈祥地看着我说。

我连忙摇摇头说："不用了，邱妈妈，您千万不用为我这么破费……您愿意认我做干女儿我已经心满意足了，这是我几辈子才修来的福气啊，我就快要有妈妈了！^O^"我开心得手舞足蹈起来。

"傻孩子……~_~"邱妈妈的手掌轻轻地覆盖在我的手背上，那是只有妈妈才会有的温暖感觉……

"没想到在我20岁的时候，我终于能有属于我自己的妈妈了……谢谢邱妈妈……"我的眼眶湿润了……

可是我没有想到的是，在这样一幕感人肺腑的场景之后，接下来的事，发生的让我有些措手不及……

我们两个人继续泪眼对泪眼的互相感动了一会儿，邱妈妈，也就是我刚刚才认的干妈妈突然放开了我的手，她语重心长地对我说："夕儿，现在你已经算是我的女儿了，有些事情，我也应该跟你直话直说，希望你不要怪妈妈好吗？"

"我当然不会怪您啦，邱妈妈，您直说好了，没关系！^_^"我对她露出一个会心的笑容。

"我想说的是关于星野的事……"

我的心一沉……

"你知道我一直是不反对你和星野交往的……可是，在那天星野的生日宴会上，我告诉星野的爸爸你们两人正在交往，他非常生气，后来他才告诉我，其实他早就已经帮星野物色好了将来要结婚的对象，对方是日本地产巨头的女儿，星野的爸爸想要把事业延伸到地产业，因此……"邱妈妈停了一停，接着说，"……出生在我们这种家庭的孩子，难免都会成为政治婚姻的牺牲品，我不忍心看到你难过，趁你和星野现在感情还不是很深，也许分开会比较好……总比以后更深的痛苦要来得好……"

原来是这样……原来星野的未来早就被安排好了，而我，只是他未来路途上的一个绊脚石，是他辉煌篇章中的一段小插曲……怪不得那天，我明明没有做错事，却被他爸爸从宴会上毫不留情地赶了出来……当然要赶走，一定要赶走的，对于我这个将会破坏他伟大计划的平凡女孩，在他高贵的眼中，怎么能够容忍呢？……

"星野知道吗？"我平静地问邱妈妈。

邱妈妈摇了摇头说："他还不知道！也请你先替我们保密好吗？"

"我明白了，邱妈妈，能不能让我考虑一下！"我黯然地低下头，我不知道除了这么说我还能怎么回答，他们可以自私地决定儿子的未来，那么我呢？难道我和星野的感情就微不足道到只要我在这里说一个好或者不好就可以随意改变的吗？

我有些心寒……

邱妈妈没再说什么，然后从包里拿出一只信封推到我面前，说："夕儿，这里面的东西等邱妈妈走了再看，好吗？"

说完，邱妈妈招呼 Waiter 买了单，拿起包包走出了咖啡店。

我总该给自己一点儿时间反应吧，不能一直傻乎乎地坐在这里啊，我一会儿还要上班呢……我一口喝干了早已冷掉多时的咖啡，让自己稍微清醒一下。

我瞄了一眼桌上的信封，嘴边勾起一抹嘲讽的笑容，我不用看也知道那里面装的是什么，有钱人家总免不了来这一套杀手锏。

我拿起了信封，果然不出我所料，里面是一张支票，只是 5 百万的面值着实让我吓了一跳！

　　我最近怎么了？连走路踩到大便，大概里面都会有两根金条……周围总是有人争相给我送钱，还都是大手笔，加上晨曦的5百万，我真没想到，穷了整整13年的我几天之内竟然成了千万富婆了，这到底算是戏如人生还是人生如戏啊?!

　　星野，我们身边最亲近的人，用一千万来买我离开你，我不知道究竟是你太值钱了呢，还是我们的感情太廉价了……

5

　　第二天是星期一。放学后，我在学校的图书馆里竟然破天荒地看到了星野的影子，他坐在一个角落里，正在认真地翻阅着厚厚的一叠书，我走过去，在他面前坐下……

　　"滚开，这儿已经有人了！=_="星野头也不抬，恶狠狠地吼道。

　　我没说话，伸出手指弹了一下他的额头，他把书本重重地往桌子上一丢，刚想发作，抬头一看是我，脸上马上就转变成了惊喜的表情。

　　"小肉包，你怎么来了?! ^O^"

　　"你看见我不稀奇啊，我本来就经常来，倒是你，怎么会出现在这里?! @_@"我奇怪地看着他和他面前的一叠书。

　　"我这次不想再当死了！^_^"星野冲我孩子气地一笑。

　　"你会在乎死当吗？"我故意取笑他。

　　"以前当然不在乎啊，不过现在不一样了，我要参加联考，然后考上和你一样的大学。这样，我们还能天天在一个学校读书，等到我大学毕业，我就可以找一份体面的工作，到时候我们就结婚，一起过幸福的生活……^_^"星野的眼睛里闪闪发光，自然地透露出对未来无限的憧憬。

　　我突然感觉到一阵心酸，我从来不怕别人给我的压力，我真的一点都不怕，我只怕自己真正的内心，骗不了别人也骗不了自己的痛苦。

"这是什么呀？"我扯开话题，拿起他桌子上的几封信问星野。我发现除了写上星野的名字之外，都没有署名。

"不知道，刚刚有人给我的！还没来得及扔！"星野漠不关心地说着。

"扔？看都不看就扔？我帮你拆喽！"说着，我拆开了一封粉红色的信封。

里面的信纸也是粉红色的，折成了两个很复杂的心形，我满头大汗地拆了半天，怎么也没找到窍门，我向星野投去求救的目光。

星野眼睛一瞪，说："别看我，我不会拆，所以我也从来不看！"

"好了！"我激动地拍了一下桌子，搞定了，虽然信纸撕破了，可是终于被我打开来了，我轻轻地念着信上的内容，"你是我夏天的冰激凌，冬天的热咖啡……噗……"我忍不住笑了起来。

"别看了别看了！*^_^*"星野害羞了，伸手过来抢我手里的信纸。

我一边躲着他的手，一边继续念着："不要问我是男是女，因为我相信真爱是不分性别的……"我趴在桌子上抽搐不止，因为这里是图书馆不能大声喧哗，所以我只好憋着笑憋到浑身抽筋。

星野很快就把剩下的几封信全部都揉烂了，我发现他脸红了，真正的脸红了……*^_^*

过了一会儿，我止住了笑意，从包包里拿出了一只信封，放到星野的面前，星野的眼睛一亮。

"这是你给我吗？我真的有点不敢相信哎！"星野用一种很虔诚的表情拿起信封。我知道他一定把它当成情书了。

"那你就最好不要相信，因为这是给你妈妈的！ –_–"我说。

"我妈？你看上我妈了吗？O_O 她已经结婚了！"星野多大个人了，怎么说话一点都不会先考虑一下可能性呢?!

"是给你妈妈的卡片，谢谢你妈妈一直以来对我的照顾，还有那天请我去参加宴会，我总是要谢谢她的嘛！^_^"

这次我说起谎来一点都没结巴，因为我刚刚已经练习了20遍才走到他面前坐下的。

"她哪里有照顾你啊，最近都跟中邪一样，好像巴不得我明天就能养个孙子给她抱似的。一天到晚介绍一堆乱七八糟的女人给我，也不想想才刚刚迈进中年妇女的门槛，就得有人叫她奶奶了，丢不丢人啊。你的卡片还不如给我呢，是我一直在辛苦地捍卫着我们的爱情！"

我愣了一下，邱妈妈不是说已经给星野安排好结婚对象了吗？为什么还要为她介绍别的女孩呢？

"不管啦，你帮我转交给你妈妈就是了，不准弄丢，一定要亲自交给她哦！就这样，我要去打工了！"我说着就站了起来。

"等一下，我跟你一起走，麻衣让我帮她借的书，我一会儿过去拿给她！"星野收拾起东西来。

"你跟麻衣和好了吗？她最近怎么样？"我关心地问。

"有什么和不和好的，小孩子一个，她能跟我生多久的气啊！"星野笑着回答我。

6

我是星野。

我犯了一个大错误，我把夕儿要我转交给我妈的卡片弄丢了，昨天回去想给妈的时候怎么也找不到了，今天找了一天也没有找到，这下我惨了，不过，只是一张卡片而已，小肉包应该还不至于要我偿命吧……

可是……当时的我，怎么也无法想到，这信封里装着的小小一张东西，竟让我狠狠地摔入了万劫不复的深渊，我自以为的幸福一夕之间完全颠覆……我终于在那一刹那看到了天堂与地狱之间的距离，近得让我还来不及思考就粉身碎骨……如果可以重来一遍，我宁愿选择伴随着这个秘密深埋地下，就算死在里面也不要醒来……

对于我的诅咒，从什么时候开始，已经毫不留情地拉开了它残忍的序幕……

这天下午放学之后，我远远就看到夕儿站在清德附中门口，一边喝着纯净水，一边在等人，我知道十有八九是在等我，我提起精神，假装什么事也没有地走过去……

"星野……"果然，夕儿一看到我就向我跑来，"昨天让你转交给你妈妈的东西呢？给了吗？"

"给了，我一回家就给了！~_~"我心虚地摸摸头发。

"真的给了？"小肉包好像有点不相信我，她又问，"那你妈妈说什么呢？"

"有……我妈说，卡片非常漂亮……她很喜欢……然后，谢谢你……^_^"我继续胡乱编造着。

话音刚落，我的头上就挨了一记，小肉包拿着未喝完的纯净水瓶子朝我脑门上砸了下来，一边很生气地说道："你胡说，你快说把那信封丢到哪里去了，被别人捡到可不是一件小事情！！！O(>_<)O"小肉包声音很大，看起来真的很生气。

"对不起，对不起！别打了！>_<"我一边躲着她，一边求饶，远远看到麻衣走了过来，我灵机一动，连忙大声说，"我想起来了，我全都想起来，在麻衣那儿……"

说完，我跑到麻衣身边，假装问麻衣："麻衣，我昨天借给你的书里面，是不是有一封信对吧，就在那本《西欧历史》里面！"我不停地对麻衣眨着眼睛，希望她能接受到我的讯号。

"对啊！"麻衣不动声色地回答道，我松了一口气。

"不过是夹在《国家地理学》里面，不是《西欧历史》！"说着，

麻衣从包包里拿出一只信封，果然是昨天小肉包给我的那封，原来真的是忘在她那里了，被我乱说也说中了，我乐了……^O^

我刚想接过信封，却被小肉包一把抢了过去，她对我说："我自己去，不用麻烦你了！……麻衣，谢谢你，我现在要赶着去上班了，不能和你们多聊了，改天请你吃饭！再见！"说完，她就真的走了。

我有些沮丧，我怕小肉包以后再也不信任我了……于是，我也把书包背好，往相反的方向走去，我心里在盘算着，也许我现在应该去打一会儿游戏，杀掉几个人，这样我就能重整旗鼓了，哈哈……^O^

"星野……"没想到麻衣追了上来。

"哦，对了，刚才谢了！我还有事，先走了！"我对麻衣说。

"星野！"麻衣又追了上来，还拉住了我的手臂。

"还有什么事啊？"我不耐烦地说道，"不要在学校门口和我拉拉扯扯的，影响多坏！"

"那你就可以和林夕儿在学校门口拉拉扯扯吗？"麻衣反问我。

"我们不一样，全世界都知道我们在谈恋爱好不好！"说完，我又迈开脚步往前走去，我知道一旦要跟麻衣解释起来真的很麻烦，我不想把我打游戏的时间浪费在这些无谓的事情上面。

"你难道不想知道那个信封里面装的是什么东西吗？你不想知道林夕儿为什么要那么着急吗？"麻衣在我身后大叫。

"不想！"我头也不回地挥挥手，因为我早就已经知道了，不过是一张卡片而已。

"那可是一张支票！"麻衣又追了上来，挡住了我的去路。

"机票？O_O……小肉包给我妈机票干吗？……没听说她最近在旅行社兼职啊！"我一脸的狐疑。

"是，支，票！"麻衣又一个字一个字地重复了一遍。说完，举起了手中的两张纸。她竟然没把它放在信封里。

"什么?!O_O"我一把夺过她手里的东西一看,惊呆了。果然是一张价值5百万的支票,是妈的签名,我连忙打开另一张纸,小肉包清秀的字迹跃然在我眼前浮动着:

邱妈妈:

夕儿从小就没有父母,其实在我心里,早已把您当成了我的亲妈妈,您和星野已经给了我太多的帮助和照顾,许多感激的话,我都无法在这里一一细说。

我知道我和星野的事让您很为难,可是,无论我们最后的结果是在一起还是分手……我都不能拿您的钱。

谢谢您对我的厚爱,我会永远铭记于心!

夕儿敬上

怎么会这样?我的脑子里一片空白……本来我以为,凭着妈妈对夕儿那份难以掩饰的喜爱之情,突然反对我们两个人交往,只是碍于爸爸的压力,是暂时的,时间一久,自然就会不再提起……所以,我也总是任由妈妈唠叨,烦过之后也从不放在心上……可是,我错了,妈妈这次拿出5百万来买夕儿离开我,到底是为了什么?

"妈这次是来真的!"我喃喃地说。

"看来你妈妈也并不喜欢林夕儿嫁入你们家啊!果然,全世界的人都讨厌她,星野,你不要再执迷不悟了,回到我身边,我们重新开始好不好?"麻衣慢慢地握住我的手,试探性地问道。

我反感地甩开麻衣,对她吼道:"你懂什么?夕儿是最好的女孩,说她坏的人,是你们自己的心态有问题! >_<"

说完,我头也不回地跑了,我要马上回去找我妈问个清楚,问问她为什么那么自私,要用5百万的一张薄纸,亲手毁掉他儿子的幸福……

......

"秋田邱琳,你给我出来! >_<"我一进家门,就把书包往地上一摔,对着空荡荡的屋子大吼了起来。

"星野少爷,太太在房间里敷面膜,您上楼找她吧!"婆婆一边帮我捡书包一边说道。

我一听说她在做面膜,转身走进厨房,从冰箱里拿出一瓶蕃茄沙司,直奔二楼。

我一脚踹开妈的房门,果然看见她敷着面膜,很悠闲地躺在沙发上闭目养神,听见我冲进房间的声音,她连眼皮都没抬一下,气定神闲地问了句:"今天这么早就回来了,没和同学出去玩啊!"

我二话不说,走到她面前,打开蕃茄沙司的瓶盖,红红的沙司细细地流下,覆盖在她那张面膜上……妈闻到了一股酸酸的味道,立刻从沙发上跳了起来……

"你疯啦!这么早回来捉弄你老妈! >_<"妈连忙丢掉那张沾满了蕃茄酱的面膜,心疼地对我说:"这面膜很贵的!"

"贵?你也知道什么是贵吗?反正你有的是钱,这世界上还有什么东西是你买不起的呢?"我冷冷地说,生硬的口气预示着我即将爆发的愤怒。

"你这是什么态度?谁教你这么没大没小的?!"妈皱紧了眉头。

"我有说错吗?一直以来在我心里雍容华贵的妈,原来也会做那些没有格调的庸俗事情!"

"你什么意思?"

"你自己看!"我从口袋里掏出那两张纸,摔到她的面前。

妈狐疑地捡起来一看,脸色刷的一下白了,过了好一会儿,她才开口,声音还有些颤抖,"夕儿都告诉你了?"

"夕儿才不会像你这么无聊,这东西是我无意中拿到的,如果我没有拿到,你是不是就打算瞒着我一辈子?!"

"是！"妈已经恢复了平静,斩钉截铁地回答我,"有些事情你知道了,对你没什么好处！"

"好,如果你不愿意说,我也不想问！这5百万你拿回去,随便你去买面膜拉皮换肤整容都与我无关,只是你别再试图用钱来买卖些什么！我对夕儿的感情是不会变的,我们不会分手,而且……"我看了一眼脸色铁青的妈,故意气她,"我会搬出去跟她一起住！"

"不行！你不能这么做！"妈果然急了起来。

"我想做的事,没有人可以拦住我！"说着,我转身就想走。

"等一等！"妈突然冲过来挡在我的前面,激动地说,"你们不能在一起,不可以……星野,我知道你很爱夕儿,可是,夕儿呢？你知道她也像你爱她那么爱你吗？"

"当然！"我大声地说道,为了弥补我自己的底气不足。

"星野,妈是过来人,妈看得透你们之间真正的感情……夕儿是一个善良的孩子,她和你在一起,却始终无法真正释放自己的内心……所以,她只能辛苦地配合着你的感情,只要你快乐,她便不想你回到过去那个冷漠孤单的星野……你爱她,可是你却不懂她的牺牲……"

"你胡说,你根本就不了解夕儿,你怎么知道她的想法？她当然像我爱她一样爱着我！"我无法接受妈的想法,甚至对她的话很反感。

"我不了解她,那么你了解她吗？"妈妈反问我。

"不管你怎么说,总之我们是不会分开的！妈,你不懂……夕儿是我第一个爱上的女孩,她走进我的心里,给我带来的不是别的,而是希望……为了她,我可以放弃一切,甚至是我的生命,只有她在我的身边,我才会爱上这个世界……

可是如今,你却要硬生生地把我们拆开,就等于毁掉了我所有的希望,你明白吗？……妈,请你千万别再做让我恨你的事好吗？……等再过几年,我有能力赚钱养家的时候,我就会娶夕

儿,你将来一定会有很多的孩子叫你奶奶,你会很幸福的……"

妈在一旁早已泪流满面,她的手撑住桌子,一副摇摇欲坠的样子,我也不忍心伤她的心,可是,除了我自己之外,没有人可以拯救我的爱情和希望!

妈慢慢地走到我的面前,伸出手掌,在我的脸上轻轻摩挲着:"星野,妈对不起你……眼看着你一点一点学会爱和宽容,妈真的好高兴,那个任性爱胡闹的儿子,一下子就长大了……可是,当我眼睁睁地看着你爱上了这个世界上最不该爱的人,你叫我这个做妈的如何是好呢? T_T"

"什么叫做最不该爱的人?你是说夕儿?"我无法理解妈的意思。

"是的,孩子,夕儿……她是你的姐姐!同母异父的亲生姐姐啊!……当我知道自己的儿子爱上了自己的女儿,我这个做妈的却一点办法也没有,妈的心有多痛有多慌你知道吗? T_T"

什么? O_O 妈说什么我一句也没听见……我的眼前,只有一道晴天霹雳从天而降,击中了我的大脑,震得我整个人都麻木了……

"你在说什么? O_O"我无法相信这一分钟发生的一切。

"夕儿就是我的亲生女儿,是比你大一岁的姐姐!"妈擦干了眼泪,镇定下来,一字一字地说出了这个荒谬的惊人事实。

"你胡说,你为了拆散我们而故意编造的谎言,是不是?你好卑鄙,我不会相信你的! >_<"说完,我再次转身往门口走去,走出这个门,我就会发现刚刚发生的事只是一场梦,一定是一场梦。

"我没有骗你,我说的都是事实,夕儿背上那只蝴蝶胎记就是最好的证据!你一定也看到过的!"妈说道。

我正准备伸向门把的手停在半空,缓缓地转过身来,对着妈笑了:"原来是这个?你凭这个胎记就认定她是你的女儿会不会太牵强了一点!"

"你听妈说完……"妈向我走来，把她那些埋藏在记忆深处的片段，从时间的洪流中拽出来，慢慢地拼凑，毫无保留地摊在了我的面前……

"……夕儿的爸爸叫林仲文，我和她爸爸在上海某一条很普通的弄堂里出生，从小一块儿长大，像所有青梅竹马的孩子一样，我们是彼此的初恋，从国中开始，一直到高中毕业，我们一直非常相爱……

后来，我们考上了不同的大学，他去了南京，而我依然在上海念书。就在这个时候，我遇见了你爸爸，他是我大学里的同班同学，你知道的，你爸爸是日法的混血儿，长得高大英俊，当时不知道迷死了我们学校多少的女孩子，可是，他却独独钟情于我一个人……

后来不知怎么的，就被夕儿的爸爸知道了，夕儿的爸爸是个相貌平平，不太爱说话，甚至还有些木讷的男孩子，他听说你爸爸在追求我之后，非常自卑，就写信给我要和我分手……

我当时真的非常难过，伤心得几天几夜都睡不着也吃不下，我想不通，我们这么多年的感情，他说放弃就放弃了。后来在我的整个大学生涯里，都没有再交过其他男朋友。

直到有一天，那个时候我们已经快要毕业了，夕儿的爸爸突然回来找我，说要重新追求我，我当时真是又惊又喜……

于是，大学毕业后的第二年，他回上海找了一份工作，我们就结婚了……而你爸爸，也娶了一个美丽的妻子，在上海定居下来，我们依然是好朋友……

刚结婚的那段日子，我和仲文一直过得很好，虽然家里没有什么钱，可是日子却很简单很快乐……可是后来，他的生意迅速做大，就越来越少时间陪我了。

那个时候，我几天甚至几个星期都见不到他一面，我意识到和仲文的感情出现了危机，我就让自己怀上了夕儿，想借此挽回这段婚姻……情况的确是渐渐向好的方面发展，可是，在我

第 7 章／夕曦星

生下夕儿的那天晚上,我却无法联系上他,最后,是你的爸爸整天整夜地陪在了我床头,所有的医生护士都以为他才是我的老公……从那时起,我的心凉透了……

可是真正让我死心的,是在生下夕儿快半年的时候,那一天,我家的信箱里突然收到一封神秘的信,没有署名,只写了:'我才是你老公林仲文的老婆,我们在一起已经有7年了!'信里还写上了时间地点,约我见面!

我仔细一想,7年前,正好是仲文跟我提出分手的时候,我慌了……于是,我找到那家餐厅,可是当见到这个人的时候,我差点当场就晕倒,因为那个自称是仲文真正老婆的人,竟然是一个男人,原来仲文是一个同性恋,而这么多年以来,他一直都瞒着我……那么,他是以怎样的心情和我结婚的呢?我痛苦不已,无法接受我爱了一辈子的人竟然最爱的是男人,回到家以后,我大病了一场……

那个时候,你爸爸才告诉我,原来大学毕业那一年,他专门去南京找仲文,告诉他我还是一直在等他,所以,仲文才会突然回来和我结婚……

看到我幸福地结婚,你爸爸才终于娶了一个他并不爱的女子,那就是 Elyn 的妈妈,没过多久,他们因为没有什么感情而离婚了……可是你爸爸看到我们当时的日子过得很清贫,就想尽办法在生意上面帮助仲文,让他越做越大,让我们的生活也越来越好,可是他万万没有想到的是,仲文竟然会这么对我,瞒着我他是同性恋和我结婚……你爸爸觉得这一切都是他的错,如果当初他没有去南京就好了。

那个时候,给我最大的安慰和鼓励的人,就是你爸爸……可是你爸爸非常憎恨仲文,认为他的欺瞒毁掉了我们三个人的幸福……所以后来,等我病好了以后,就跟着他一起来到了台湾,并把离婚协议寄回上海给仲文签字,再后来,我就跟你爸爸结婚了……"

"那么你的女儿呢？你就这么丢下夕儿了吗？丢给一个同性恋爸爸?！你们也太自私了吧！"我激动地说。

"当初是你爸爸坚持不肯要夕儿，他恨仲文，他牺牲了自己成全我们，却换来了我和他如此痛苦的人生，他说什么也不愿意接受夕儿，就因为她是仲文的女儿……本来，我也是很犹豫的，夕儿毕竟是我的亲生骨肉，但当时的我也被恨意蒙蔽了双眼，我一看到夕儿，就仿佛看到仲文和男人纠缠在一起的画面……然后我就想等事情平息一点再回来接夕儿……

后来，等我来到台湾一段日子再回上海找到仲文，想要回夕儿的时候，就听到了夕儿夭折的消息，他说夕儿在我走后不久就得了病毒性脑炎死了，你不知道我当时有多么伤心，后悔如果当时带着她一起离开，也许她就不会死了！可是后来没有办法，我只好又一个人回到了台湾。

那个时候，我的肚子里已经有了你，你爸爸一定要我把你打掉，因为他认为你肯定也是林仲文的孩子，其实那个时候，我自己也是那么认为的，可是我死活不同意把你打掉，因为我不想剥夺你来到这个世界的权利……

生下你不久之后，你的爷爷突然去世了，于是你爸爸就要回到日本接手他的家族企业，他坚持不肯把你带去日本，所以我也没有办法，只好把你放在婆婆家里，和晨曦一起，然后带着 Elyn 一起去了日本……

第二年我回来看过你一次，再后来回来，就发现婆婆的家搬了，无论我怎么努力找都找不到你们，我难过极了，我的孩子都这么离我而去了，我这个做妈妈的怎么会不心痛呢?！

再后来的某一天，我在日本，突然接到了一封从台湾寄过来的信，是婆婆写给我的，她说她即将辞世，希望我能把你接回自己的身边，随信附上了你的一张照片，我一看到照片惊呆了，你长得是那么像你爸爸，你是我和俊雄的孩子……

你爸爸看到照片后也很震惊，于是和我一起回到台湾来找

你。那个时候，晨曦已经是个大人了，可是你却还是一个任性的小孩，你的眼中只有晨曦一个人，几乎没有别的朋友，也不愿意认你的亲生父母。要不是晨曦的话，我想你到现在还不愿意回到我们身边吧！"

"那么夕儿呢？她就被你们遗忘了20年，然后突然有一天，你就指着一个女孩子对我说，星野，这是你的亲姐姐，这未免也太可笑了吧！说不定，夕儿是林仲文领养的孤儿呢？或者是和别的女人生的呢？总之，夕儿一定不会是你的女儿！"我痛苦地质问妈妈。

"她就是我的女儿！证据就是她背上那只蝴蝶型的胎记，你看到过的啊，星野，夕儿一出生便有了，绝对不会有错的，事实上，仲文后来一直没有再结婚……

而且，当我那天在你的生日宴会上认出夕儿的胎记之后，我也相当震惊，觉得很不可思议，于是我通过很多在上海的朋友辗转了解道，夕儿的的确确就是我的亲生女儿，她当年确实是得了病毒性脑炎，不过没有死，仲文不想让我带走夕儿，想让我彻底了断我们的过去，才向我说了谎……

夕儿是我的女儿，她就是你的姐姐，星野，你们是不可以在一起的明白吗？"妈再次哭了起来。

"那你就去认她啊！公开了我们的姐弟关系，我再怎么深爱着她又能如何？反正由你们的错误开始，早就决定了我们痛苦的命运不是吗？T_T"我也哭了，我是从来不会向命运妥协的，可是血缘这种东西，真的像是一只张开了血盆大口的魔鬼，从出生那天起就已经注定了，让我根本连摇摇头的机会都没有。

"我不能！我不能认夕儿！你爸爸若是知道夕儿还活着，一定会想办法对付她的！"妈说。

"对付她？什么意思？"我抹了抹眼泪。

"夕儿爸爸的死其实早就在俊雄的意料之中，也可以说，是俊雄一手促成的！"妈妈平静地说出了这个惊人的事实，我惊呆了！

"你爸爸是一个很极端很可怕的人，可是他非常爱我，他可以不爱自己的父母，不爱自己的孩子，但他就是执着地爱着我一个人！……当年我和仲文结婚的时候，你爸爸为了我们生活能过得好一点，帮助仲文发展生意，让仲文在当时成为名噪一时的企业界大亨。后来当他得知仲文背叛我之后，他一心想要报复。可是，凭仲文当时的地位，已经不是他可以说推倒就推倒的了！于是，他用了整整7年的时间，一步一步计划，弄垮了仲文一家又一家公司……最后，他又设计仲文的总公司跳票，银行宣布破产，从此仲文倾家荡产，更是背上了一身巨债，逼得他只能跳楼自尽……

我当时一点都不知道这些事情，因为我们一直都在日本，我根本没想到这么多年来，你爸爸一直在暗中指挥着他的复仇行动，他曾经发誓说要毁了仲文的一切，我以为他只是说说而已，没想到却全部成真了！

后来，我也是偶尔在他喝醉酒之后才知道，在仲文身上发生的所有不幸，都是他一手策划的，他还说可惜的是仲文的女儿死得早，不然也一定不会放过她的！

星野，你叫妈怎么去认夕儿呢？我怕夕儿有了妈妈之后，会连命都没有，她已经一个人孤苦伶仃了这么多年，我不能让她连生命都保不住啊，你明不明白？~~~>_<~~~

更何况，夕儿她能原谅我吗？她肯认我吗？她的亲生母亲嫁给了她的杀父仇人，她能接受这样的男人做他的继父吗？……尤其是你，星野，你的爸爸害死了她的爸爸，弄得她一夜之间家破人亡，你叫夕儿怎么接受你这个亲弟弟呢？"妈妈哭倒在沙发上，不停地在喃喃自语，"是妈不好……是妈的错……是妈害了你们啊……~~~>_<~~~"

"为什么？为什么？……为什么你们上一代的债要我们来偿还，为什么？……>_<"我失去理智地大叫起来，一把抓起桌子上的花瓶狠狠地砸在地上，转身跑了出去……

眼泪从我的眼眶汹涌而出，我感觉自己就像是一只被猎人挖去了心脏的野兽，快要死去之前，还在拼命地挣扎着，那痛苦的咆哮声，撕心裂肺……

我骑着摩托车一路往山顶狂飙而去，野风疯狂地迎面扑来，又凄厉地呼啸而去……我的眼泪还未滑落便已经风干，只化成一条一条血丝布满了涨红的眼睛，就像在心口上划下那一道又一道永远不会愈合伤痕……

＊　　＊　　＊

（今夜的山顶上，又多了一个绝望的背影，面对着远处繁华且腐烂的世界，仰天痛哭："为什么？为什么是我？！啊……啊……！"声声撕吼回荡在这凄迷的夜空，将所有的星辰全部碾碎……

一轮斜月悲凉地挂在夜空，如果她有生命，她一定会毫不犹豫地舍弃这个花花世界，用尽所有的光辉来抚慰这颗满目疮痍的心灵……

于是，今夜的月光下，一切的人间烟火都失了色，只有星野没有穷尽的悲伤，在这冰冷的空气里绵延回转，再也挥之不去了……）

第八章

每一天都有人爱情开始，
但每一天也有人爱情结束，
我爱上你，
一定会爱到底……

有一些道理，
一定要经过时间的冲洗才会愈发清晰，
比如生命的意义……
有一些事情，
却在一开始就有了永恒的信念，
比如爱一个人……

1

我是夕儿。

我和月兔在纳西吃晚餐。刚刚放学的时候差点就被星野气死了,那张支票丢了可不是一件小事啊,幸亏被麻衣找到了,不然可就麻烦了!……我把装着支票的信封推到月兔面前,拜托她帮我去还给邱妈妈,月兔什么都没问就一口答应了!

"夕儿,听说齐伯伯的儿子要回来了!"月兔吞了一口鳗鱼寿司对我说。

"真的吗? 从哪里回来啊?"

"瑞士,回台湾一定是前途一片光明啊……齐伯伯您说是不是? ^_^"现在已经过了晚餐时间,纳西的客人不是很多,齐伯伯在柜台里制作御手卷,听到月兔的话,咧开嘴呵呵笑了两声。

"为什么要大老远跑去瑞士啊?"我喝了一口果汁不解地问。

"他妈妈带他一起去了瑞士,当然是在和我离婚之后……这孩子有出息啊! 念什么都是优秀,这次说回台湾找工作,合适的话就不走了! ^_^"齐伯伯的眼底闪过一片欣慰的神采。

"那他妈妈呢? 和他一起回来吗?"我问。

"不回喽,他妈妈已经在瑞士结婚了,不会再愿意回来了。"齐伯伯轻轻地叹了一口气,有些伤感地说道。

"齐伯伯,您儿子长得怎么样啊? 帅不帅? ^_^"月兔的眼睛里浮动着不怀好意的光芒。

"喂,你可是有家室的人了哦,别整天想着祸国殃民!"我没好气地横了月兔一眼。

"说着玩呢犯法啊,这人生还真是无聊!"月兔撇撇嘴。

齐伯伯做好了御手卷, 洗了下手, 开始泡起他拿手的大麦茶。他一直都在仔细听我们的谈话,听到我和月兔的贫嘴,他不禁慈祥地笑了笑，说，"我们父子已经十多年没见了，他那会儿跟他妈妈走的时候，还是个只会对大人撒娇的小孩子，一转眼，大学毕业找工作喽！……我不认老行吗?! ~_~"

"齐伯伯，您别这么说，等您一看到您儿子，保准能年轻20年……^_^"我安慰齐伯伯。

齐伯伯微笑着没说话，突然，店里的外卖电话铃响了……

"是晨曦啊，这么晚还在加班啊……好的，一份鲍鱼寿司套餐，好的，一会儿就给你送过去……再见……"齐伯伯挂了电话，开始忙活开了。

晨曦出差回来了，好快哦，我搬出来已经一个星期了……

"看到没，富人的奢华生活！普通外卖就是鲍鱼！晨曦就是那种得天独厚的好命，从来不见他有多努力多上进，他只要随便卖弄一点点的脑细胞，就能换来花不完的钱，干脆我把旭晨蹬了投靠晨曦算了！"月兔明显喝茶喝醉了，又开始在那儿一个人胡说八道了。

我埋头喝着味噌汤，没打算搭理她……

忽然，月兔的手机响了，她接完电话，笑得嘴巴都歪了。

"我朋友那儿有派对，待会儿一起去玩吧！告诉你，今天有个拍广告的帅哥会来，他真的很不错，身强力壮，最喜欢野外生存和露营活动，而且从广告上看，他还有胸毛哦……^O^"

"那……那他会直立行走吗？"我打断月兔兴奋的话语。

"什么意思？当他是野人啊？"月兔没好气地横了我一眼，说，"你不去可别后悔！"

我兴趣缺缺地摇摇头："姐姐就请让我后悔吧，我明天还要考试呢！"

"你这人真没劲……"月兔给了我一句总结性的陈词，立马很没义气地穿戴起了衣服，"那我先走了哦，你也早点回家吧！"末了，她又凑到我耳边，小声地叮嘱了一句："千万不能告诉你旭晨哥知道吗？"

在看到我肯定的点头之后，她才和齐伯伯打了声招呼，匆忙推开门走了出去。

我一个人坐着，有些无聊地吃完我的下半顿晚餐，听着门口的风铃逐渐频繁地响了起来……

我突然发现一件很有趣的事，现在来的客人几乎都是一对一对的，那些甜蜜地依偎着走进来的情侣，只是尽可能找个角落的位置坐下来，点什么东西也并不在乎，仿佛只要看着恋人的眼睛，天长地久转眼就到了……

可是我的幸福呢？它骄傲地悬在晴朗的天空无私地挥洒着它的热情与光芒，我却只能可怜地躲进夜晚的阴影里，在遥远的天边摇摇欲坠……我不能也没有力量去追逐，去触碰……我不可以辜负星野，我更不允许自己让他不快乐……所以，幸福对于我来说，始终是一个遥不可及的梦想，随便看看还可以，走近一步便是灰飞湮灭的灭顶之灾……

"夕儿……"齐伯伯拎着一只篮子，突然叫我的名字，打断了我的思绪，"帮我一个忙，店里今天没人帮忙，我现在要去给晨曦送外卖，如果有人进来，请他们稍微在这里等一会儿，等我回来再给他们做东西吃好吗？"

"好是好……"我想了一想，又说，"可是……齐伯伯，要不我帮您去送吧，我回去的时候正好顺路，您又可以不耽误店里的生意，好吗？^_^"

我本来就是要去找晨曦的，如果能顺便帮齐伯伯送外卖那当然是最好了……

"这样啊，那太好了！^_^"齐伯伯笑着对我说，然后把篮子交给我，"这是保温壶，还有，我帮晨曦多盛了一碗羊肉汤，天气冷，给他暖暖身子！"

"好的，我保证新鲜送到！还有哦，齐伯伯，您煮的羊肉汤真的很好喝呢，我和月兔已经全部解决掉了！^_^"我伸出手搂着齐伯伯，齐伯伯开心得眼睛眯成了一条缝。

2

S.U.N 其实离纳西不算远，可是因为我是走路去的，所以还是多花了一点时间，那就让晨曦多饿一会儿肚子吧，我有些恶作剧地想着。

我挎着篮子走出电梯，推开 S.U.N 的大门走了进去，里面没有点灯，一片漆黑，难道晨曦等不及外卖已经自己出去吃了吗？怎么这么大意也不关门呢！

我又往里面走了走，发现有一处办公室里的灯还是亮着的，一定是晨曦的，我走过去，轻轻地敲了敲门，没人应答……

我正准备加重手上的力道，忽然，不知从什么地方传来一阵悠扬的钢琴声……好听是好听，可是在这黑漆漆的环境下，总会令人有点毛骨悚然的感觉……

我顺着琴声寻去，发现是从楼上传出来的，于是，我也不知道从哪里借来的胆子，就一步一步地往楼上走去了……

S.U.N 的楼梯设计得非常漂亮，不过这是我猜想的，现在这里一片乌漆抹黑，我什么都看不见……

走上楼梯，果然，琴声比刚才响了一些……我在其中一个房间的门口停住了，窗口的百叶窗被拉了起来，晨曦坐在钢琴面前，闭着眼睛，修长的手指在琴键上优雅地飞舞。钢琴上点着一支蜡烛，昏暗的烛光摇曳着晨曦俊美无瑕的容颜，好像是一位隐匿在黑暗里的神，为什么每次见到晨曦，总会有一种他并不属于这个世界的错觉呢……我站在窗前，看得入了神……

"谁？"晨曦警觉地睁开了眼睛，双手猛地拍向琴键，优美的音符戛然而止，仿佛被刀硬生生地切割开来……

我吓了一跳，慌忙答应道："我是你的外卖！"

能说出这句奇怪的话来，我自己都忍不住脸红了一下。

"夕儿？"晨曦皱紧的眉头放松了下来，走过来打开门……

第 8 章 ／ 夕曦星

"这是你的鲍鱼寿司套餐。齐伯伯特地给你加了羊肉汤，你快来趁热吃吧！"我一边说一边把篮子里的食物拿出来。

"我现在不想吃！你放在这里就可以了！"晨曦说着坐回到钢琴前面。

我停下手中的动作，没有回头，本想狠心质问的声音突然间变得苍白无力："你为什么要这么做？"

"什么？"他问。手指又轻轻地滑过几个琴键，悦耳，却带着破裂的征兆……

"你为什么帮我们家还债，还给叔叔那么一大笔钱？"我尽量让自己的声音听起来很平静。

琴声停止在 G 调的 ti 音，尖锐而华丽，衬托着晨曦阴沉的嗓音："我不知道你在说什么！"

我突然转过身去，有些激动地说："你怎么可能不知道，那上面的每一个字每一个笔画，我都曾经看到过一次，那种侮辱，你认为我能忘得了吗？……

我知道自己配不上星野，可是你到底要怎样才能明白，也请你别再用金钱来交易我的灵魂，伤害了我的同时，你是否真的得到了快乐呢？……

上次你让我回答你的问题，我今天可以说一万次给你听，我爱星野，我爱星野，我爱星野，我是不会离开星野的，尤其是不会在金钱面前离开他……"

"随便你！"我的话还没说完，就被晨曦粗暴地打断了，他大概从来没有碰到过一个敢对他大声嚷嚷的人！可是才一瞬间，他立刻恢复了刚刚的冷静，"……你和星野之间的事，我不再插手，你也要记住自己刚才所说的话，我不想看到他受到任何伤害！"

晨曦垂下眼去，烛光将他的倒影钉在墙壁上，他的睫毛变得特别长，遮住了他的眼睛，将他的内心很好地隐藏了起来……我不知道他在想什么，为什么会突然同意了我和星野的交往，我甚至竟然有些难以接受他的转变……

两个人沉默了很久……

"……谢谢……我先走了……你的钱，短时间内我可能无法偿还，可是等我工作了以后，我一定会尽快还给你的……"说完，我打开门，投进了一片黑暗中，我怕我再多留一秒钟，连烛光都隐藏不了我那无法解释的悲伤泪水……

"夕儿……"晨曦突然追了出来，他在后面叫住我，我有些震惊，可还是停下了脚步，"……前门的电梯已经关了，走后面的门，出门往右转……"。

"谢谢！"我也学着他的冷漠。

可是，当我准备再一次迈开脚步的时候，令人意想不到的事发生了，晨曦突然从背后拉住了我的手臂，将我一把拖回了刚才的琴房，然后迅速地吹灭蜡烛，世界进入一片漆黑之中……这一系列动作，等我反应过来，已经是在 5 秒钟之后了……

"你干什么……"我被晨曦牢牢地压在墙壁上，他的手紧紧地捂住了我的嘴，我开始感觉到害怕。

"不要说话！"晨曦在我耳边耳语。

我打定了主意，如果他敢再冒犯我的话，我一定会跟他拼命……可是过了很久，他一直保持着这个姿势没有动，我慢慢地睁开眼睛，看见晨曦的脸面对着窗外，虽然我看不清他的表情，可是我能感觉到他一脸的严肃凝重。

我缓缓地拉下他的手，转过头，顺着他的目光望去，发现楼下的黑暗中，有一个模模糊糊的黑影在移动着……

我差点惊叫出声，晨曦又一把捂住了我的嘴……于是，我屏住了呼吸，眼睛紧紧地盯着黑影……

那个黑影先到楼下那间透着亮光的办公室门口停了一下，我猜想那一定是晨曦的办公室，他大概以为晨曦在里面，所以他并没有惊动任何人的意思，停了一下就走了……

那黑影又移到与晨曦隔开一间的办公室门口，从口袋里掏出什么东西在门口弄了一会儿，办公室的门开了，他进去以后，就随手把门关上了，其实就算开着门，里面也是乌漆抹黑的……

过了大约几分钟，门又打开了，黑影走了出来，轻轻地关上了办公室的门，然后迅速离开了S.U.N……

又过了许久，确定那个黑影已经离开了这里，晨曦才渐渐地放开了捂在我嘴唇上的手，我大大地吸了一口气，现在才发现自己刚刚差点被闷死……

我刚想问晨曦知不知道那个人是谁，可是一抬头，却感觉一阵温热的气息迎面扑来……我这才发现，由于刚才的意外，我和晨曦之间的距离几乎是紧密地贴在一起的，想到这里，我的脸还是不由自主地红到了耳朵根，幸好现在伸手不见五指，否则被晨曦看到话，一定又会觉得我很不要脸吧！

那个黑影已经离开很久了，可是时间仿佛是静止了一般，晨曦的双臂撑住了透明的玻璃，把我围在了当中，这样的姿势，实在是有一些暧昧……晨曦的呼吸越来越粗重，我很害怕，害怕自己好不容易筑起的心理防线，在他面前一夕崩塌，我不要这样没有骨气的自己……

我终于按捺不住了，举起双手想推开他的胸膛，可是他却纹丝不动，我有些急了，想借由声音唤回晨曦的理智。

"晨曦，我……"我的话音未落，就被晨曦一口攫住了双唇，他的吻霸道而缠绵，永远带着不容反抗的侵略，我有再大的傲气又怎样？我永远战胜不了晨曦轻轻的一吻，施展着最强大的魔咒，诱惑着我向地狱里堕落……

晨曦的手终于放开了冰冷的玻璃窗，在我的后背缓慢而轻柔地摩挲着……就在这一刻，我终于看到了深藏在自己体内那只蠢蠢欲动的魔鬼……

＊　　＊　　＊

我是晨曦。

今晚的一切全乱了。

在那个黑影走了之后，我发现有些什么重要的东西突然间失控了……

我无法放开夕儿，或者说我只是需要一点时间让自己可以冷静地放开夕儿，可是没想到这个丫头并不简单，一双在我胸口游移的手，已经让我用尽了全部的自制力，而现在，她竟然还敢叫我的名字，她到底懂不懂这代表了什么？她是否已经准备好了承受玩火的后果……

说实话，她甜美的双唇的确很诱人，我稍微一使劲，很快就品尝到了她香甜小巧的舌头，我抚上她的后背，感觉到她开始有一些生涩的回应……

她的双臂慢慢地缠绕上我的脖子，仿佛是给了我某种鼓励，狭小的空间内，这一瞬间迸发的热情急速升温，转化为原始的激情……我的手伸进了夕儿的衣服里，微微有些湿润的汗，那光滑细致的触感却令我几乎失去理智……

我的吻离开了夕儿的嘴唇，流连在她的颈脖间，我惊讶地发现自己的心里滋长出了一种很奇怪的感觉，可是现在的我，根本没有办法仔细去思考……

我把夕儿的衣服拉至她的胸口，正想要进行下一步动作的时候，却突然感觉到我的脸上一阵湿湿凉凉，这将我的理智拉回了不少，我停下了手里的动作，尽力集中起涣散的神志，沙哑着声音问道："为什么哭了？"

"你成功了！"夕儿哽咽着说道："你终于证明了我是一个多么虚荣有心计，多么不要脸的女孩……以前我怎么跟你解释都没用，现在，连我自己都不相信自己了！明明已经有了男朋友，

第 8 章 ／ 夕曦星

刚才还信誓旦旦地说着爱他，现在竟然还这么恬不知耻，倒在另一个男人的怀抱里……

你知道吗晨曦？你吻我的时候，我不仅没有反抗，而且居然连一点点想要拒绝的念头都没有……是啊，你说的没错，女人都很下贱，我也一样，我也一样……"说到后来，夕儿停止了哭泣，口气变得异常平静……

她的话，轻轻牵扯着我的心，怎么会这样？我的内心真的对她有一种不一样的感觉，不，这不可能！

我什么也没说，直到现在，我才开始察觉到自己的错误，也许一开始就错了，我真的不能拿同样的标准衡量所有的女人，更不能代替星野来引诱她，审判她，这个本该由我一手主导的结局终于失控了……

我轻轻地拉好了夕儿的衣服，帮她穿戴整齐，忽然，夕儿握住了我放在她衣领上的手……

"很多话，我知道我不应该说，可是过了今晚，我怕我再也没机会说了，不管你怎么想我都好，就算从此成为陌生人，我也一定要告诉你……"夕儿抬着亮晶晶的眸子看着我。

"别说了，我都知道！"我轻轻地说。

"不，你不知道……你不会知道……"夕儿着急地想要辩解。

"好好地和星野在一起吧！他一定会给你幸福的！"说出这句话的时候，我心里竟然没来由的一阵酸楚。可是，我能给这些爱我的女人什么呢？除了钱和性之外，就只剩下无穷尽的期待……可是这些夕儿会要吗？就算她会要，我也不想给，夕儿是和其他女人不同的，我想多给她一些，又不知道该多哪一些，被封印了爱情的人，是没有资格承诺的，夕儿的幸福，只有星野能给得起……

"你真的是这么想的吗，晨曦？"夕儿的声音平静得有些陌生。

"我送你回家！"我拉着她的手，走出了琴房……

夕曦星／第⑧章

把夕儿送到以前星野住过的地方，感觉还真是有点奇怪，我没有任自己想下去，停好车子，陪她走到大门口……

现在已经是半夜了，月光下，路灯拉出一条长长的影子……夕儿睁着红肿的眼睛看着我，一副欲言又止的表情，最终只是道了声再见，便转身了……

"夕儿……"没想到，竟然是我叫住了她。

夕儿猛地回头，我看到她红红的眼睛里闪烁出期盼的光芒。

我走上前去，伸出手，拨开夕儿被风吹乱的刘海："夕儿，如果我不是我，而你也不是你，那就好了……可是这个世界上有些事情可以改变，有些事情却早已经注定……忘记今天晚上发生的一切吧！"我用尽可能冷漠的声音说道。

"你要我忘记，我一定会去努力尝试！"说完，夕儿倔强地转身，跑进了家门。

夕儿房间的灯亮了起来，我靠在车子上，点起了一支烟，狠狠地吸了一口，然后揉了揉太阳穴。今晚的一切发生得太突然，完全在自己的掌控之外，这对于我来说将会是个多大的危险……还有我至今仍未明白，心底的那一股热情到底是从何而来呢？陌生得可怕，却又带着一丝莫名的感动……

夕儿房间的灯暗了，想必她已经睡下了，我掐灭烟头，发动车子悄悄地离开了……

＊　　　＊　　　＊

（晨曦走了之后，从旁边的大树后面慢慢走出一个人影……月光下，星野的脸苍白而忧郁，雾气在他漂亮的眼睛里渐渐凝聚，顺着长长的睫毛滑落……为什么会是哥哥？是的，他隐约觉得夕儿的心里还住着另外一个人，但绝对没有想到竟然是晨曦……为什么上帝这么不公平，让他爱上了自己的亲姐姐，却又

被姐姐和哥哥双双背叛，这是他生命中最最珍贵的两个人……
而今，他要如何原谅，如何释怀呢？）

3

夕曦星／第 8 章

　　我是夕儿。

　　我只能说，晨曦果然是晨曦，那个说话绝没有任何余地的晨曦。自从那个让一切脱轨的诡异夜晚之后，我再也没有和晨曦说过话，就算是在幻城的聚会中，他也只是匆匆地看我几眼，不说话，不微笑，冷漠得仿佛是从来都没有认识过我……

　　这世上不知道有多少人渴望回到过去，让那些好的不好的记忆重新来过……可是，我并不想舍弃这一段迷惘的回忆，我和晨曦怎么就已经退回到原点了呢？有些事情晨曦可以当作什么事都没有发生过，我却不行。可是，既然答应过晨曦要忘记，我也会努力逼着自己演戏……

　　我不知不觉又叹了一口气，现在不止是晨曦，连星野也好几天不见踪影了，跷课，手机永远关机，怎么连他也变得怪怪的……不过，今天是星期五，高中篮球社下午训练，嗜篮球如命的他可是 100 年都不会缺席的。

　　我推开篮球馆的大门，果然，星野正蹦得老高，在和对方抢篮板，一身使不完的力气，我松了一口气，这家伙看起来精神还不错嘛，害我白担心他了！

＊　　　＊　　　＊

　　我是星野。

　　当我看到小肉包从门口走进来，我愣了一下，一个绝好的进攻机会，我竟然忘记投球了……队员们都用责备的眼神看着我，我随即甩开手中的篮球扭头就走……我还没有想好该怎么面对夕儿呢，到底是该敲扁她还是捏碎她，我都还没想好，总之，一口气堵得难受还没顺下来……

＊　　　＊　　　＊

　　我是夕儿。
　　星野竟然一看到我就想走，我第一个反应就是冲上去张开双手挡在他的面前："秋田星野，你吃错药啦，干吗看见我就走啊？你这几天怎么回事？不去上课也不接我电话，一个大活人玩什么失踪啊！"
　　我大声数落着星野，可是让我觉得奇怪的是，今天的他竟然一语未发，安安静静地听我骂他，而他只是用一种特别特别忧郁的眼神看着我，这不像平时的星野……
　　我还没来得及多想，星野突然伸出手臂一把抱住了我，紧紧地抱着，估计是想用拥抱勒死我，周围发出了一阵起哄的声音，紧接着不知道是谁带头鼓起了掌，简直乱套了……
　　"你放手啦，那么多人，你神经病啊，我要爆炸了啦！>_<"我有些痛苦地挣扎着，星野也太用力了吧，要谋杀也拜托等到月黑风高荒无人烟的时候再动手啊！
　　"非礼啊，非礼啊！……"我扯开嗓门大叫，星野吓了一跳，终于松开了手，我拍着胸口，大口大口地喘气埋怨他说："看你粘我身上一身汗！！！臭死了！>_<"

＊　　　＊　　　＊

　　我是星野。
　　一抹浅浅的笑容跃上了我的脸，我就是喜欢这样毫不做作，会跟我大声嚷嚷的小肉包，就算只能拥有她多一秒，我也要

努力地捍卫……我终于明白了，即使夕儿真的背叛了我，我也不会舍得责怪她的，这几天故意的失踪，我只是在和自己生气罢了！

"好啦，星期一开始认真上课！我就知道你想我了吧！今天晚上我们可要去大吃一顿！ˇOˆ"我有些得意地扬起下巴，所有的不开心，我全部都丢在了脑后。

亲爱的小肉包，就算你是我的姐姐又如何？我爱上了你，就一定会努力地爱到底……

夕曦星／第❽章

第九章

我不要你不快乐，
就算我完全不懂，
怎么会被爱得那么苦痛……

第／章

夕曦
星

有那么一些事情，一两年内是忘不掉的，
但是十年可以……
有那么一两件事情，十年是忘不掉的，
所以就永远也忘不掉了……

1

我是夕儿。

我和月兔在西餐厅打工。

"夕儿，看到没有？"月兔对着我暧昧地眨眨眼睛。

"什么？"我顺着月兔的眼神望过去，看到一对情侣手握着手，也不说话，只是很温柔地注视着对方，"他们点的 Pizza 一口都没动哎！"

"谁让你看 Pizza，看椅子上的那束花，绝对不会超过 1000块！"月兔撇撇嘴说。

"喂，人家的心意在好不好，物质根本不重要！–_–"我转过身去擦吧台，懒得理她。

"不通过物质，你怎么衡量自己在对方心中的地位呢？没钱的男人肯为你花钱，那就说明你对他来说，比金钱更重要，有钱的男人呢，你也不必去管他真不真心，尽管往死里花他的钱，到头来你才不会人财两空……"月兔一副看破红尘的市侩样子。

"那你和旭晨哥呢？你对他也是这么想的吗？"我问道。

"那可不一样，我们可是老夫老妻了，七年还没到就已经痒来痒去了，好在旭晨脾气够好，让着我，不然我们早就分了！"月兔说。

"那么你爱旭晨哥吗？"我有时候真的不太能理解月兔的爱情观。

"都说是老夫老妻，还谈什么爱不爱啊！"月兔满不在乎地撇撇嘴，然后一脸坏笑地看着我说，"别说我了，马上就要情人节了，你打算怎么过啊？"

"该怎么过就怎么过喽！"我无所谓地耸耸肩。

"哎呀，说得这么凄惨，星野呢？丫盼这一天应该已经盼很久了吧。"

"我也不知道！我们好几天都没见了！不知道是我变了还是他变了，我们之间的距离好像越来越远了，我很努力地想要做好他的女朋友，可是每一步都走得如履薄冰……我想星野也已经开始对我感到厌倦了吧！"我有些落寞地说道。

"夕儿……"月兔突然握住我的手，嘴巴动了半天，最后还是什么话都没说。

<h1 style="text-align:center">2</h1>

我是夕儿。

第二天中午，我走过学校操场的时候，星野突然叫住了我。

"小肉包，你最近是不是很忙啊，为什么不打电话给我？"星野挡在我面前，孩子气地质问我。

"你不是也没有打电话给我吗？你应该比我更忙吧！-_-"我小声地嘀咕着。

"我是故意的好不好！你看吧，你果然永远都不会主动来关心我！"星野将手臂交叉起放在胸前，假装很生气的样子。

"你很无聊哎！你喜欢的话我以后每天都打 100 个电话给你好不好，吵死你！"我说。

"这还差不多！"星野扬起嘴角，露出可爱的笑容。

我歪着脑袋看他，"扑哧"一声笑了，这家伙可真的是很简单啊，开心和不开心统统写在脸上，像个孩子一样，好像永远都没有烦恼，真好！

"唉……后天就是情人节喽！"星野忽然长叹一声，假装不经意地仰望天空，像极了一个失意的诗人在感叹自己的江郎才尽。

我忍住了笑意，轻轻地"哦"了一声。

"那……我可以勉强听听你的计划，你那天打算做什么？"

"去动物园看蟒蛇！"我故意乱说一通。

　　果然，星野皱着眉头大叫起来："看蟒蛇？你拿着我的放大镜去河边看蚯蚓不就得了吗？"

　　我哈哈大笑着扑倒在草地上，星野很快就明白自己被耍了，他横了我一眼，没好气地对我说："一定是没有哪个男生吃饱了撑着来约你，你才会想出这么另类的怪念头！"

　　"是啊！是没人约我，不过，我希望可千万不要有人吃饱了撑着来约我哦，因为我根本不打算过情人节！"我特地加重了最后一句话的力道，把星野堵得哑口无言，他默默地看着我，然后慢慢地板起脸来，看样子又在生气了。

　　这时，我的手机响了起来，我接起来一听，是月兔打来的……

　　"夕儿，有没有想好怎么过情人节呢？^_^"月兔问我。

　　"你怎么也问我这个问题？我还没想过呢！"我老实回答说。

　　"那就好，后天晚上，你和星野到我们家来吧，我们还有旭晨一起烛光晚餐，来一场四人晚宴好不好？^O^"月兔兴奋地说。

　　"四人晚宴？怎么听起来怪怪的！你等一下，我问问星野去不去！"我转过头，看着还在一旁独自生着闷气的星野，碰碰他的胳膊，"后天我们一起去月兔家吃晚饭好吗？"

　　"我为什么要去？她家的饭有什么好吃的！>_<"星野气呼呼地说。

　　我横了他一眼，转身对着电话里的月兔说："星野说他不去……"

　　我话还没说完，手机就被星野一把抢了过去，他冲着话筒那头大声吼道："谁说我不去的！>_<"

　　那震耳欲聋的声音估计月兔会立刻把手机甩开自己的耳朵一公尺。

　　果然，不一会儿，星野对着电话那头再度吼了起来："你耳朵聋掉关我什么事，总之，你后天准备好大餐等我们就是了！"

　　"喂，你给我对月兔客气点！"我出声警告星野。

"我们都那么熟了！……拜拜！"星野挂上了电话。

"你干吗挂电话?!"我问他。

"我要说的都已经说完了呀！"星野无辜地看着我。

"那我要说的还没说完啊！你去过月兔家吗？你知道她家在哪里吗？什么都不问清楚怎么去啊?"我瞪了他一眼。

"我以为……你认识的啊！"星野看着我说。

"我又没去过怎么会认识啊！……算了,下了课再打电话给她吧！……我一会儿还有课！"说完,我转身往教室的方向走去。

*　　*　　*

我是星野。

怎么会这样？小肉包的话让我完全愣住了！

在我生日宴会的那天晚上,她一个晚上没有回家,她不是告诉我是住到月兔家去了吗？难道她对我说了谎?！那么那天晚上,小肉包是去了哪里呢?

我不自觉地又想起生日宴会的第二天,我帮小肉包搬家,她坐在我旁边副驾的位置上,问我如果有人把哥哥家的厨房弄得跟打劫过的一样,哥会怎么办?

不,这两件事情一定不会有直接关系的,一定不会的！

"喂,你到底走不走啊?！"小肉包的声音从前面传来,她已经走得很远了……

原来,夕儿早已经在我不经意的时候走远了,可是我蒙着双眼,什么也看不见啊……只有我一个人还停留在原地,面朝着夕儿消失的方向,傻傻地呼唤着……我爱你……

3

我是夕儿。

情人节很快就到了。

在这敏感的一天里，空气里面到处都充满了玫瑰花和巧克力的香味，我淡淡地呼吸着，却闻到一阵寂寞的芬芳……我甩甩头发，让自己刻意忽略掉那份心痛的感觉……

"我靠，这就是你们号称的四人晚宴吗? O_O"星野面对着桌子上的一大盆面粉发出可怜的哀号。

"对啊，别忘了，我可是个北京迷，今天我们四个人一起包饺子吃，多浪漫啊，保证全台湾都没有第三对情侣想得到！ ^O^"月兔得意地宣布。

"早知道我还不如买20斤饺子来直接煮了算了！现在这个样子要等到什么时候开饭啊！ -_-^"星野愁眉苦脸地说道。

"放心吧，很快的，月兔可是高手！ ~_~"旭晨哥在一旁笑着安慰星野。

"哼……瞧你那小样就知道你一定不懂 Romantic 这个单词怎么拼写，别解释我知道你不会，丢不丢人哪你！"月兔轻蔑地对星野撇撇嘴。

"切，我和小肉包在一起天天都是情人节，不知道有多开心呢！哪像你们，你看看，你看看……"星野走到茶几前，捧起一束花，"当你收到旭晨的鲜花，一定会感动得热泪盈眶吧，可是心里却在盘算着，下次该怎么刺激旭晨换粒钻石送给你……哈哈哈哈，虚不虚伪啊你……"

星野得意地大笑，然后突然止住笑声，转过头冲着旭晨轻声说道："对不起，我不是在说你！"

"行啊，您尽管说！反正这世界上算虚伪的人也不止是我一个，有哪个女孩子不希望在情人节那天收到鲜花啊，夕儿嘴上不说，心里不知道有多期盼呢。你行啊，你不用送，真的不用，等一下我会让我老公另外给夕儿买一束，放心！"说着，月兔故意大声地和旭晨哥说话，"老公，就订我们楼下那家蓝林花店的鲜花吧，夕儿一定会喜欢的！ ^O^"

"好了，月兔，你们玩够了没有啊？再不快开始，我们都能赶上吃宵夜了！"我刚刚到阳台上为月兔最最宝贝的发财树系上一根粉红色的蝴蝶结缎带，回到客厅的时候，他们竟然还在讨论这个话题。

"唉，真无聊！你们慢慢和面吧，我可要上厕所了！"星野打了个大大的哈欠，顺手摘下了一朵花，大摇大摆地走进洗手间，"没什么事别来打扰我！"

"切，纯粹有病！把马桶当沙发呀，我看你不如当成餐桌算了 -_-^"月兔嘀咕了一声，开始跟我们一起揉面粉了。

很快就过了 7 点，我们四个人还是围着桌子在手忙脚乱地忙活。

星野举起一只怪兮兮的东西大声宣布："这是我的杰作！名字叫做'招财进宝'，一共四个，人人有份，一起发财，哈哈……^O^"

"拜托……"我横了他一眼，笑着说，"饺子若是也有生命，被你捏成这样，它一定也不想活了……"

"你说什么，小肉包，帮你的同类说起话来了啊！^_^"星野挤到我身边来，突然一手捏住了我的鼻子。

"你给我放手啦，白痴！"我手中拿着未包好的饺子动弹不得，只能奋力地甩着头，"好痛哦！>_<"

"哪有叫自己老公白痴的呀！"星野摇摇头，不甚满意地放开了手，往一边走去。

我没说话，快速将我手中的饺子完成，然后满世界地追着星野打了起来……

这时，门铃响了起来……

"应该是我们叫的 Pizza 吧！"旭晨哥擦了擦手，转身去拿钱包。我打开门，看到门外的景象，差点以为自己是在梦游……天哪，门口摆着用红色玫瑰和粉红色玫瑰，扎成的一颗超大无比的心型花篮，估计有好几千朵，是上门来推销的吗？……

　　一个 20 多岁的男生好不容易从花丛里移到我面前："你好,我是蓝林花店的,请问您是林夕儿小姐吗? 麻烦您签收一下! 谢谢! ^_^"

　　"谁那么有空啊,送这么大的花!"月兔说道,不知道什么时候,他们三个人已经都站在我的身后了。

　　"是我! 怎样? 嫉妒了吧,跟我比浪漫,你还不是找死!"星野得意地对着月兔扬了扬手中的那张花卡,一定是他在客厅里的那束鲜花上拿的,然后招呼旭晨一起帮忙把花抬进去。

　　"你有病啊,买这么大的花放哪里啊? >_<"月兔忍不住大叫起来。

　　"没事!" 旭晨哥拍拍月兔的肩膀说,"暂时先放在客厅里吧!"

　　"你为什么买这么多花啊?"我拉住星野,带着责怪的语气问他。

　　"送给你啊,这是我们俩在一起的第一个情人节,当然要好好纪念一下喽! ^_^"星野笑着对我说。

　　"在你们浪漫的纪念之前,请这位秋田星野先生先支付 3 万块钱的浪漫费!"月兔打断了星野的话,拿着花店的单子往星野手中一塞。

　　"3 万块! O_O"我吓了一大跳,连忙抢过单子一看,"这么贵,天哪! O_O"

　　"今天是情人节,又名抢钱节和宰人节!"月兔说。

　　星野在钱包里翻了半天, 只拿出了 2 万 5 千元,他朝那个送花的男生走过去, 不好意思地摸摸头发, 问:"你们刷不刷卡?"

　　"还有 5 千元,我自己来出好了!"我抢着说。

　　"不行,不行,怎么可以叫你自己付钱!"星野连忙拉住想去拿钱包的我。

　　"夕儿,你确定要把自己 1 个月的生活费都葬送在今天?!"

月兔也挡在我前面问我。

"还剩下多少,我来出好了!"旭晨哥从钱包里拿出几张钱来对我笑笑说,"你是我的妹妹嘛!"

"谢谢啦!"星野笑着付清了钱,另外还给了一些小费。

"算我老公借你的,以后三百倍偿还!>_<"月兔气呼呼地关上门,继续去和她的饺子奋战了。

在我们的吵吵闹闹下,终于熬到了晚餐时间……

月兔把煮好的饺子端了上来,桌子上已经准备好了几瓶红酒和Pizza。

"还真是中西合璧啊!快点开动吧,我饿死了!……咦,我的招财进宝呢?@_@"星野突然像哥伦布丢失了刚发现的新大陆一样,着急了起来……

"下锅时烂了,变成散财童子以后被我扔了!-_-"我不紧不慢地回答道。

"跟它主人一模一样,中看不中用,哈哈……^O^"月兔幸灾乐祸地笑着,把星野气得脸都绿了。

"好了,今天可是个好日子啊!"旭晨哥在一旁打圆场,他把开好的红酒给每人倒了一杯。

"没有可乐吗?不要给小肉包喝酒,她一喝就醉……"

星野还没说完,就被我挡住了:"我要喝,我要喝,难道就我一个人喝可乐,多扫兴!……"

"就是,再说我们家也没有可乐!"月兔帮着我说话。

"感谢今年的情人节我们身边都有人陪着,干杯!^O^"我举起了酒杯,率先说出了祝酒词,红红的液体顺着我的喉咙流进了我的胃里,竟然泛起一阵心酸的感觉……在我心底深处徘徊的那个影子,现在身在何处呢?是否也像我们一样快乐呢?

4

我是星野。

酒过三巡，已经快到半夜了，这一年的情人节马上就要过去了，真快啊……

旭晨在几分钟之前已经走了，赶着去打理 Snow 的生意。月兔很英勇地几乎扫光了所有的饺子，现在正抱着圆滚滚的肚子躺平在了沙发上。

只有我和小肉包还坐在餐桌前坚守着阵地，可是……我看着身边的小肉包，也早就已经醉得不省人事了，东倒西歪地靠在我肩膀上，还在不停地嚷嚷："再来一杯……再干……我一定赢你们……一定赢……"

"不会喝还喝那么多……"我夺过她手中的杯子，左手一伸将她揽入怀中。

"夕儿今天醉成这样怎么回去啊？"月兔忽然从沙发上一骨碌爬起来，摇摇晃晃地走过来，"今天就让夕儿睡我这里吧，快把她抱到我床上去……哎哟，撑死我了……>_<"

"睡你家？不太好吧！"我看了看月兔说。

"有什么不太好的？你把她送回家，她也是一个人，你放心我还不放心呢！……快把她抱去我房间，快啊！"月兔推了推我的肩膀，催促我说。

我看着怀里的小肉包，想想也是，留她在这里起码还有月兔可以照顾她。于是我也没有再坚持，抱起夕儿，走进他们家的卧室。

月兔也跟着走了进来，帮夕儿盖好了被子，然后对我说："饮水机里面冷热水都有，毛巾在椅子上是干净的，杯子在桌上，电灯坏了，将就着用床头灯吧！……对了，暖气的遥控在抽屉里……不过，可能用不到……"月兔对着我暧昧地眨了眨眼睛。

我点了点头，轻声"哦"了一下，心里有点纳闷，跟我说这些干吗呀？你自己知道不就好了嘛！……犹豫之间，月兔已经走出去关上了房门，我也正想跟着她走出去。突然，我听到外面有钥匙转动的声音，我的心里立刻升腾起一种不好的预感，连忙快步冲到门口，转了转门把手，我所担心的事发生了……房门果然已经被反锁起来了……

"喂，开什么玩笑啊，月兔，你给我把门打开！我饶你不死！>_<"我憋紧了嗓子喊道，生怕把小肉包吵醒。

"操你大爷的，猪！我这可是在帮你！难道你不想和夕儿在一起吗？别告诉我你对夕儿从来没有过非分之想……夕儿现在对你们之间的感情十分迷惘，可是身为旁观者的我却比她更清楚谁才是能给她真正幸福的人……

所以我才特地安排了这个情人节，你们给我快点生米煮成熟饭啦！这样夕儿就不会再犹豫不决了……我现在去 Snow 找我老公，今天不回来了。这里就交给你们，等我睡醒了再回来开门，你们以后可别忘记感谢我哦！"

"喂，拜托，你的点子很烂哎，我才不要乘人之危……"我的话还没说完，就听见床上的小肉包翻了个身，一脚蹬掉了被子，喊了句"热死了"！

我没空理会外面的那个神经病，连忙帮小肉包盖好被子……

"啊，对了，还有饭后的甜点忘了上！……你们要吃草莓、橘子还是葡萄呢？巧克力蛋糕现在应该不会想要了吧！"门外又响起了月兔的声音。

"随便啦！"我转念一想，轻手轻脚地溜到门口，准备等月兔进来送甜点的时候夺门而出，然后出去灭了那个人。

"草莓……我要吃……草莓……"小肉包在半梦半醒之间喃喃自语道。

"OK！"月兔在门外听见了小肉包的话。

我卷起了袖子,准备做好冲出去的姿势,可是等了好久,门外什么动静也没有。

"下面,下面……"月兔在外面提醒我说。

我借着微弱的灯光低下头看,看见门缝里塞进来一样什么东西怪怪的,我疑惑地捡起来一看……

"死月兔! O(>_<)O"我控制不住地大喊了一声,回答我的却只有她家的大门"砰"的一声被关上的声音,她真的走了。

我低下头,望着手中那两只草莓味的安全套哭笑不得……

"渴死了……给我一杯……一杯酒……"小肉包有气无力的声音把我从被人耍的愤怒当中暂时拉了出来……

我倒了一杯水,扶起了小肉包,小心翼翼地把水送到她的嘴边……

"这不是酒……我不要喝……给我酒……"夕儿把我的手一推,一杯水尽数倒在我的身上。

"酒酒酒,成醉猫了,还在找酒!"洒在我身上的水很快就凉了,现在可是大冬天啊……我连忙脱下了身上湿漉漉的衣服……

"冻死人了……"我打了一个寒战,摸了摸自己赤裸的身体,连忙从抽屉里拿出遥控,打开了暖气……然后,我走到夕儿的床前蹲下,借着一盏昏暗的床头灯,出神地凝望着夕儿因醉酒而泛红的脸颊……

鼻子这么低,脸又这么圆,长相普通得和路人甲乙丙丁没什么区别,这样的人,真的会和我有血缘关系吗?怎么可能?……

可是我怎么会那么爱你呢?……难道说,我的付出还不够多吗?为什么我感觉你总是想要逃呢?我总是抓不住你……一点也抓不住……不管是恋人还是弟弟,待在我的身边不好吗?我的怀抱可以任你遨游或者飞翔,难道这些都还不够吗?夕儿,我不会放你走的,绝对不会……因为这个世界上,没有人了解我对你的爱有多深,深得连我自己都感到害怕……

我慢慢地靠近夕儿的脸, 感觉到夕儿温热而均匀的呼吸,我情不自禁地吻上了夕儿的嘴唇……她的双唇真的很甜美啊,带着一些红酒的诱惑,几乎快让我失去理智了……

夕儿微微一颤,双手勾住了我的脖子,我顺势倒在她身上,她也开始笨拙地回应起我的吻来,就在那一刻,我的心动摇了……也许我应该听月兔的话,那么过了今晚,我就能真正地把你留在我身边了……一股因酒精而产生的欲望迅速在我们之间升温……

每一声粗重的呼吸, 每一寸肌肤的触摸,都点燃起我体内蕴藏的巨大能量, 一触即发……我不想再去考虑什么是非对错,什么道德礼数……此时此刻, 只有一个疯狂的念头, 充斥着我身体的每一个细胞……我想要夕儿……如果这是错, 就让我错下去吧……

我的吻自夕儿的唇边蔓延开来, 滑过她的脸颊, 颈脖, 蜿蜒至她的胸口……恍惚间,夕儿上衣的扣子已经全部打开,露出了她雪白的肌肤,我轻轻地把手放在夕儿平坦的小腹上面……忽然, 我听到耳边响起夕儿轻轻啜泣的声音,眼泪顺着她的眼角滑落枕边……

我拼命集中起自己的神智, 看着怀里哭得那么无助的她,沙哑着嗓子问道:"为什么要哭? 不要哭……你不喜欢,我可以停止……不要在我的怀里哭泣……"我有些疲惫地低下头,夕儿的眼泪,让我的心口莫名地涌起一阵疼痛……

"不要这样,晨曦……我们不可以……我喜欢你……可是我不能背叛星野……放了我吧,晨曦……求求你……"夕儿含含糊糊地说着,双手无力地推搡着我,她把我当成了晨曦! O_O 她在我的怀里,口中却喊着晨曦的名字! 还有什么能比这个更讽刺更令人心碎的呢? ……我爱上了自己的亲生姐姐,而姐姐却爱上了我的哥哥,我就像是跌进了一个深不见底的泥沼之中,越

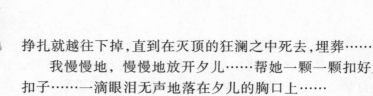

挣扎就越往下掉,直到在灭顶的狂澜之中死去,埋葬……

　　我慢慢地,慢慢地放开夕儿……帮她一颗一颗扣好上衣的扣子……一滴眼泪无声地落在夕儿的胸口上……

　　我静静地躺在夕儿的身边,呆呆地望着天花板,眼神空洞而绝望……我燃烧了生命全部的热情,不顾一切地爱上了一个美丽的幻觉,明知道往前一步是万劫不复的地狱,我仍然毫不犹豫地跳下了毁灭的悬崖,我该怎么办呢?……

　　我翻过身去,右手搂住了她的腰,如果一切都将结束,那么,请让我留在你身边这最后一夜……从明天开始,星野就往后退,一直退,退回到弟弟的位置……

　　我闭上眼睛,呼吸着夕儿头发里淡淡的香气,往事像是一出失了色的黑白电影,一幕幕,一幕幕地从我脑子里经过……

　　第一次相遇的时候,她笨笨的样子,明明没有钱,还硬要逞强,帮我买下那本对我来说没有任何用处的书……

　　第二次在小吃店见面,我故意没有付钱就溜掉,可是她却追了出来,还塞给了我 300 块钱……

　　无论我在学校里怎么欺负她,她总是抬起骄傲的下巴,轻蔑地对我说"你就这点本事啊!"……

　　我独自去挑战新工大学的前辈,她勇敢地冲上来保护我……那是我第一次为了心爱的女孩去打架……

　　我带着她跷课,在甜品店里,也是我第一次情不自禁地吻了一个女孩,我一直都没有告诉她,当时,她瞪大眼睛的样子真的很可爱……

　　她带着粉红色的头盔,坐在我的摩托车后面,紧紧地抱着我的腰,我突然觉得自己拥有了整个世界……

　　在咖啡店里,她说着无聊的笑话安慰我的坏心情,逗我开心,还有拼命吃着牛排的可爱模样……

　　那个美丽的圣诞节,漫天绚烂的礼花下面,我第一次那么紧张那么期待地向一个女孩子表白,我多么希望能肩负起照顾她爱她的责任啊……

　　一切又一切美好的回忆累积起来，变成超越一切的爱……可是，是什么时候的事呢？从什么时候开始，身边的人，把心放在了另一个人身上，这种背叛，叫我怎么能承受？可是面对着两个最亲爱的人，我又怎么忍心责怪呢？

　　是注定的吧，一切都是注定的……本以为自己可以抛开所有的血缘关系，为了爱情孤注一掷……可是当我自以为可以战胜命运，骄傲地站在命运之上时……残酷的命运却站在更高的苍穹，对我露出了讥讽的笑容……傻孩子，你所有的爱，从今天起……归零……

5

　　我是夕儿。

　　第二天清晨，我是被渴醒的，头又重又沉，回笼觉是肯定睡不成了，我吃力地睁开眼睛，借着窗帘的缝隙中那抹淡淡的晨光，照出我眼前一个模糊的轮廓……我眨了眨眼睛，努力使目光聚焦，却对上了一双布满血丝的眼睛……

　　一早起来，脑细胞本来就不怎么活跃，更何况我昨晚宿醉，此时此刻，我的脑子里一片真空，连呼吸心跳都停止了三秒钟……

　　"啊！！！"我大叫一声，从床上跳了起来，用手抚摸着一下停跳，一下又狂跳的心脏，突然口吃起来："星野……星野……你怎么会在这里？O_O"

　　"把我耳膜震破了你有什么好处啊！"星野舒展了一下手臂，坐了起来。

　　"你……你……"我继续口吃着，因为我一回头，就看见他赤裸的上身，那宽阔细致的胸膛，任何女孩见了都会口吃的吧！

　　"我什么？你想说什么？"星野突然贴近我，在我耳边轻轻地

呵气,他一定是故意的,他从来不会放过任何一个可以捉弄我的机会……可是等等,怎么弄了半天,我还是没有搞清楚现在的状况呢? 我这是在哪里啊?

我用手肘死命推开他,用力大喊:"我怎么会在这里? 你怎么会没穿衣服跟我睡在一起啊,星野,你给我解释清楚! >_<"

"解释? 我是你的男朋友哎,和女朋友一起睡太正常了吧!"星野翻身走下床,径直走到窗前拉开窗帘……顷刻间,淡金色的阳光充满了整间屋子,沐浴在金色阳光中的星野背对着我,像极了一个忧郁的精灵,为什么他总是那么忧郁呢……

我不知道该说什么才好,我们的确是在交往,男女朋友睡在一起,也真的是一件很正常的事,可是为什么呢? 我的心里堵得慌,两行眼泪顺着脸颊就这么滑下来了,其实,我并没有那么想哭的……

星野回过头来,好像早就预料到了我会哭,可是这一次,他并没有像往常一样,着急地到我身边来安慰我,帮我擦眼泪……他只是远远地看着我,用他那忧郁的眼神看着我……

"放心吧! 我们并没有怎么样! 昨晚你喝醉了,把水杯打翻在我衣服上了,我有点冷,所以脱了衣服……–_–"星野淡淡地说着,表情平静得让我害怕……

我没说话,心里隐隐预感会有一些不好的事情发生……

果然,星野突然对我说:"夕儿……我们分手吧!"

我惊恐地瞪大了眼睛,不敢相信这句话是从星野嘴里说出来的……我呆呆地看着他,仿佛才一夜之间,那个我所熟悉的星野已经离我好远好远了……

他咬了咬嘴唇,继续说道:"……这些日子以来,我们都累了……我想回到一个人的自由,你也可以不必勉强自己和我在一起……"

"我并没有勉强……"

"夕儿……"星野把我想辩解的话打断了,"我已经决定了……至于你，离开我以后，一定要得到幸福我才会真的放心，明白吗？……就算幸福离你还有一段距离也千万别灰心，答应我，永远也别放弃好吗？"

"星野……~~~>_<~~~"我光着脚跑到星野面前，扑进他的怀里大哭了起来……

"为什么又哭了呢？我们释放了彼此，应该高兴的不是吗？！"星野装着若无其事的样子安慰我，却把我搂得更紧了……

原来，我从来就不是王子的灰姑娘，只是为了能看到王子快乐的笑容，我忍着痛，拼命把自己的脚塞进水晶鞋里……直到童话的最后，王子并没有责怪我的隐瞒和欺骗，只是揉着我红肿的双脚，放我去寻找自己真正的幸福……

……

当客厅里传来欢快的歌声，在卧室的门口停止，月兔得意洋洋的声音伴随着打开的门一起冲了进来……

"Hey, sweetie. It's time to get up!^O^"话音未落，笑容便已经僵死在她的脸上，因为我和星野此时各占着沙发的两头发呆，表情凝重得仿佛刚刚参加完别人的葬礼回来……

在月兔看来，一对恋爱中的男女，在情人节后的第二天早晨，以这种方式醒过来是十分可笑的，尤其是在她的精心撮合下，我和星野一定让她感到了前所未有的挫败感……是的，星野把昨晚的事情全部都告诉我了……

"怎么了？一夜没睡啊？"月兔轻轻地试探着问。星野没有回答，眼睛始终聚焦在空气中的某一点上，一动不动，我也没有回答，因为我怕我一开口，便会忍不住汹涌的眼泪……

于是，月兔便觉得自己的猜测是对的，她忽然提高了嗓门，带着质问的语气："别告诉我你们两个昨晚真的一夜没睡啊！"我的眼眶迅速泛红，别再问了，月兔，我在心里求她……这时，一直沉默在沙发另一头的星野站了起来，一声不吭便往门外走

去，一夜未眠的他看起来十分憔悴，我突然怀念起以前那个任性、嚣张，却永远精力充沛的他……

星野就这样头也不回地走出了我的世界，可是我分明看到了他眼角的泪光，竟然也狠狠地揪痛了我的心……

星野一走，月兔立刻坐到了我的身边来："告诉我夕儿，发生了什么事？"她一定也发觉了事情的异样。

"月兔，我和星野分手了！"我尝试平静地告诉月兔这件事，可是终于还是没有忍住汹涌而出的眼泪，哭倒在月兔的怀里……~~~>_<~~~

这就是我 20 岁的情人节，糟糕至极的一天，我和星野都尽了最大的努力，可还是没有撑过三个月的交往期限……

夕曦星/第❾章

第十章

想把你紧紧抓牢，
却害怕你痛得想要逃，
想松开双手，
又往深渊里跳……

在我脑海里的你是什么样子的？
忧郁的眼睛里有蓝色的湖水，
在你脑海里的我是什么样子的？
安静的笑容里有透明的眼泪，
我们拥有的只剩下回忆，
再也回不去却一直忆着的那段时光……

1

我是夕儿。

情人节一过，台湾很快便进入了春季。

自从那天以后，我就没有见过星野了。他再也没有来过我们幻城的聚会，手机也停了机，学校的课一直没有来上，连以前那死活不肯落下的篮球训练也缺席了，我听说，他退学了……

我知道他在躲着我，大多数痛苦的分手，结局不外乎如此，一个尽可能地躲，一个又总是有意无意地追寻对方的影子……

我和星野在一起的这段日子，算是在恋爱吗？我想更多的只是被爱吧，幸福而愧疚的迷路在星野的爱里头。那种矛盾的痛苦，一直以来都让我感到深深的迷惘，以及那一望无际的忧伤，至今回想起来，仍旧令人心痛得无法自持……

我想我们是爱着彼此的，那种超然脱俗的感情从头至尾主宰着我们，不像爱情般缠绵却比爱情来的更为浓烈而深刻……一定是这样的……

我依然牵挂着他，想念他明媚而温暖的笑容，我想听到他亲口对我说一声"I'm ok！"……哪怕这一次，他又会捏痛我脸颊上的肥肉，我也不怪他，我只是不要他就这样消失不见了……星野，你到底在哪里呢？

2

时间一天一天的过去了，除了不见了一个星野，大家几乎都没什么改变，混蛋也还是混蛋，就像苍蝇的卑劣就在于，它们永远也不会同情裂了缝的鸡蛋，只会更加快乐地、无情地，甚至是呼朋引伴地践踏和吮吸着可怜的蛋！>_<

我就是那颗"蛋"！而学校里那些只会恃强凌弱的男男女女，不可避免地成为了雄蝇雌蝇，是的，他们又重新开始欺负我了……因为星野的消失，全世界都知道我被甩了，没有任何庇护的我，自然又成了大家攻击的对象，嘲笑、捉弄、幸灾乐祸还有那些恶意的恶作剧，历史又开始重演了……

可是这些我都不怕，生活加筑在我身上的种种磨难我都不怕，我怕只怕最在乎的人离我而去，而我最爱的人却又不让我靠近……我有忠诚的信仰，所以我不孤单，可是我心里的忧伤，谁来体谅……

3

我是夕儿。

很快三月份也要过去了。这一年的春天似乎显得格外冷清。

这天下午，我向学校请了假，和月兔他们一起去机场送星野的妈妈和 Elyn 姐回日本。据说她们这次会离开得比较久，感觉亲近的人都一个个离开了自己，我又忍不住心情低落了起来……

"星野……他来吗？"我犹豫了很久，还是轻轻地问了一声。

"星野？他现在在澳洲啊，怎么你不知道吗？"Elyn 姐很奇怪地看着我。

"在澳洲？O_O"

"是啊，这孩子太任性了，说走就走，也没跟家里人打声招呼，到了澳洲才打个电话回来，说什么要去环游世界，唉～～～ 真是拿他一点办法也没有……"邱妈妈叹了一口气，又说，"这孩子的眼睛里从来就没有我们这些做父母的，以前只肯听晨曦一个人的话，可是自从认识了你啊，他整个人都变了……"

我的心也跟着邱妈妈的语气无比沉重了起来……

送走了邱妈妈和 Elyn 姐以后，晨曦负责开车送我们……月兔吵着要和旭晨哥去看电影，一定要晨曦先送他们回去，我坐

第 10 章 / 夕曦星

在副驾的位置上，和晨曦一路沉默到底……

多讽刺的一副画面啊！星野说一定要看到我的幸福，可是此时此刻，我和我的幸福相距只有 50 公分，却似乎遥遥隔着 5 千万光年的时空……

我就像是一颗被遗忘在无尽夜空的小星星，再英勇再澎湃地渴望被太阳焚化，也没有力量移动小小的一步，只能在遥远的天边，眼睁睁地望着那辉煌的信仰，任由自己一点一点坠落……

一阵动听的音乐响了起来，晨曦把自己的手机搁在车载的位置上，接起了电话……

"Anson，你现在在哪里？"

"……"

"绝对不行！"

"……"

"半个小时之后等我电话！"

晨曦吼完了之后，冷着脸挂上了电话，我用眼角的余光偷偷瞄他，心里暗自思忖着……果然和星野是两兄弟，小时候婆婆一定是喂他们吃辣椒养大的……长成了一个桀骜狂妄，一个娇纵任性的奇怪个性，还真是难为婆婆了！=_=^

"晨曦啊……"我轻轻地开口，看他没有搭理我的意思，我又从包包里拿出了一个信封递到他面前。

"什么东西？"他随便看了一眼，问我。

我连忙把信封里的东西拿出来给他看……

"这里面是 1 万元，是我这段时间打工存下来的钱，我先还给你，还有剩下来的 499 万，我会尽快想办法的！"

"我没有说过要你还！"晨曦冷冷地对我说。

"我知道，可是我不想欠你的钱，我不想自己在你面前抬不起头来！"我很耐心地跟他解释说。

"那你去凑足 5 百万一起还给我吧！"晨曦说。

"O_O……你们这些财主的脾气还真奇怪,都说了分开还不行吗?我一下子上哪儿去弄那么多钱?"我瞪大了眼睛,不明白他为什么要这么为难我。

"财主?!O_O"晨曦回过头来瞪着我,看起来他对这个称呼十分感冒,"你什么时候见到过这么好脾气的财主?"

好脾气?他这样子也叫做好脾气?O_O……看来他和全人类对于脾气好坏的定义相差还不是一点点的远呢!=_=^

"我说了还给你就是还给你!"我也有些生气了,"那这样吧,我知道你那天出差回家看到厨房里的情景一定是非常震惊,没错,是我打劫了你的厨房……而且那天晚上我也不知道是什么原因在你家借住了一晚,这1万块就当是我补偿你的物质与精神损失费,拿去吧!"

说着,我也不管他同意不同意,硬是把信封塞进了他的手里……

晨曦手中拿着信封,回过头来恶狠狠地瞪了我一眼,然后以迅雷不及掩耳的速度把信封往打开的车顶外一丢,10张千元大钞就这样像天女散花般洒了出去……我惊呆了……O_O

"你给我停车!!!O(>_<)O"我大声吼了起来。

这句话正中晨曦的下怀,他马上在路边停下了车……我跳下车,狠狠地朝他的跑车车门上踹了一脚以示我的愤怒,然后飞快地往回跑,去捡我的钞票了……

我望着晨曦的跑车绝尘离去的背影,简直气到五脏六腑都要快爆炸了……那可是我省吃俭用节省下来的钱,不是花几块钱中来的乐透,我从来没见过那么不把钱当钱的人……什么叫做视钱财如粪土,他就能把粪土这么随地乱丢吗?!气死我了!O(>_<)O

还好这里是在大桥上,并没有什么行人,我的钱全部捡了回来,如果这是在闹市区的话,大概我连一只信封都找不回来了!

　　我把钱装好，放进自己的包包里，接着深深地吸了一口气，把自己的怒火暂时压了下去，然后站在路边等着晨曦回来接我……不要问我为什么，我就是知道晨曦一定会掉转车头回来找我的！^_^

　　大约10分钟过后，我果然看到远远的地方，晨曦的车子按原路开了回来……我的脸上露出了得意的微笑……~v

　　他把车子停在了我的面前，我就像什么事都没发生过一样，拉开车门，落落大方地坐了进去……

　　晨曦的一只手肘很帅气地搁在车窗上，冷着脸，用一种很复杂的表情看着我："林夕儿，你……"

　　"开车啊，快开车！这里不能长时间停车的！"我指着前面大声地提醒他。

　　晨曦狠狠地瞪了我一眼，然后踩住油门，发动起了车子……直到这时，我的脸上才真正露出了属于胜利者的微笑，笑得很得意很得意的那一种……^_^

　　我从自己的包包里拿出了一只手机，重新插在了他的车载上面……那是晨曦的手机，我刚刚下车的时候为了要给他一点教训，故意偷走的……~v

　　我回过头去，看到晨曦一脸咬牙切齿却又无可奈何的奇怪表情，我的五脏六腑都快要笑到爆炸了！^O^

　　一路上，晨曦再也没有跟我讲话，看起来还在生气……凡是生性高傲的人，偶尔被人小小地耍一下，都会看成是自己今生今世的奇耻大辱，这又何必呢！^_^

　　很快就到了我家……晨曦把车子熄了火，停在楼下……我正准备开车门下车……

　　"为什么要和星野分手？"晨曦忽然毫无预警地开口问我。

　　"嗯？O_O"我瞪大了眼睛，以为自己一定听错了。

　　"星野突然去澳洲，是因为你吧！因为和你分手，他才会一个人跑去澳洲！……我不是要你好好跟他在一起吗？为什么要分手？"晨曦没有回头看我,他的目光穿过车前的玻璃,落在不远处争先恐后冒着新芽的榕树枝桠上……

我跟随着他的目光,视线却落在树下的那一片太阳花上面,我和星野走到今天分手这一步,真正的原因,晨曦会不知道吗?

"我和星野根本就不应该开始,所以这样应该就是最好的结局!"我想了一想,终于鼓起了勇气说道,"因为从最初的最初,我喜欢的人就是你——晨曦!"

"住嘴,我不想听!"晨曦突然粗暴地打断了我。

我的眼眶迅速泛红,晨曦的侧脸冷漠而阴郁,眼神中透露出无情的光芒,他甚至连回头看我一眼都不愿意,我多么想掩面而哭,可是我却拼命地忍住了……

"等星野回来,回到他的身边去吧!"晨曦放柔了声音,接着说,"你的幸福,只有星野可以给你!"

"幸福?"我冷笑了一声,学着晨曦的样子,用尽量冷漠的声音说,"你也懂什么叫做幸福吗?你永远只会用自己的标准来衡量身边的一切……

你还记得吗?当你第一次露出轻蔑的表情,冷冷地对我说,星野根本不懂什么是爱情,你给我离他远一点,若是有任何人敢破坏星野的幸福,我决不轻饶……其实当时的我,真的很想问你一句,你真正了解星野的幸福是什么吗?

如今,你又告诉我,回到星野的身边去,星野可以给你所有的幸福……你又凭什么觉得我会幸福?凭什么替我决定方向,你真的已经了解我想要的幸福了吗?"

"女人的幸福还能有什么?不过就是金钱和男人,这两样星野都有,你还不满足吗?"晨曦冷漠地说道,微微上扬的嘴角毫不掩饰出他的轻蔑与不屑。

"你果然真是了解女人哪!……谢谢你送我回家!"我狠狠地瞪了他一眼,愤怒地推开车门跑进了大门。

　　晨曦到底是怎样一个可怕的人啊！女人在他眼中只不过是一个会动的玩偶，我又是为了什么，会爱上这么一个骄傲、自私又固执的灵魂呢?!

　　我回过头，望着晨曦的跑车绝尘而去消失在我的视线里，我的心涩得仿佛是最最劣质的红酒，浅尝一口，便化作眼泪，旋转而下……

4

　　"你点了一杯，和我一样的咖啡，有没有什么暧昧，失眠，眼圈太黑，*Tiramisu* 后睡一会儿，也没什么不对，偶尔让可乐，也来聊聊是非……

　　很像我的分析，有太多逻辑，讨厌去照顾谁的情绪……很像我的国语，学着说道理，全天下的问题都无敌……

　　很像我不会说话的表情，很像我无法解释她的心，永远没秘密，喜欢随心所欲，我爱我自己，请给我新鲜的空气……

　　我不能爱上你……"

　　我是晨曦。

　　我在 Snow，和我的 Band 一起，我喜欢在这个小小的舞台上表演，以这样的方式挥洒汗水，会让我感到无比痛快。看着台下那些渴望被主宰的人类追随着我的痴迷眼神，就算连灵魂也会微笑着双手奉上吧，只可惜我是天使不是魔鬼，我的使命，便是要遗忘自己的神祇身份……

　　"Benny，给我一杯 Long Island，烈一点！"我走到吧台前坐下，向 Benny 要了一杯酒。今晚，我的脑海里始终有什么在困扰着我，害我没来由的心神不宁了一整夜，借着些许酒意，我或许能够找到些头绪……

　　"想要帮助思考，Long Island 并不是最好的选择！^_^"一个男人的声音在我的身旁响起,不用回头,我就知道一定是旭晨。此刻的他,支着下巴,眼神迷离地看着我,那个样子未免也太娘娘腔一点吧!

"那么,你有什么更好的提议吗?"我的脸上有了些许笑意。

旭晨做了一个请稍等的手势,转身走进吧台,开始忙了起来,我知道我又有好口福了……

不一会儿,一杯颜色从下到上由淡蓝至深紫的鸡尾酒便推到了我的面前……

"这是什么?"我问他。

"先尝一下!^_^"旭晨说。

我拿起酒杯,放到鼻子底下闻了一闻,一股说不出是什么的甜美味道,立刻充斥了我的感官,很舒服~~~ 我浅尝了一口,味道远不是闻起来那么甜美,浓烈而奔放,果然没让我失望,我赞许地点点头,说:"还不错!"

"那你慢慢享用吧,我去忙了!"旭晨作势要走,又好像忽然想起了什么,"对了,这是我自创的,叫做 Last Happiness! 后劲很强,Be careful!"

"Last Happiness?"我望着杯中缤纷的透明液体轻轻念着,"终极幸福?"

幸福?这两个字突然在我脑海里剧烈震荡了起来,我抓到了罪魁祸首……原来,一整晚打乱我思绪的,竟然就是"幸福"这两个字……

傍晚在夕儿家门口,夕儿大声地指责我根本不懂什么是幸福,怪我不该为她决定幸福的方向,那抹受伤的眼神和我刻意忽略掉的一丝心疼,此刻竟然在我眼前清晰地浮现起来……

我全都是为了她好不是吗?!她不应该不听我的安排……我仰头,将杯中的酒一饮而尽……

夕儿,这一次是你错了,我操纵着太多女人的幸福,我怎么会不了解女人呢?……

第⑩章／夕曦星

"可以请我喝一杯吗？"我寻着声音望去，一个身穿一袭黑色连衣裙的女人坐在了我的身边，裙子贴身的剪裁，将她姣好的身材完美地呈现了出来，领口绸缎的蝴蝶结，又把她的酥胸衬托得若隐若现，我微微一笑，吩咐 Benny 给她一杯 Jin Tonic。

"让我猜猜看，你一定是个冷酷而霸道的男人！~_~"那女人轻柔浅笑地说。

我接过 Benny 递过来的酒，侧过头去打量了她一番。这女人很漂亮，尖而瘦削的下巴，挺直小巧的鼻子，她的眼睛虽然不是很大，但眼波流转处闪烁着慧黠灵动的光芒，像极了夕儿，我忽然提起了些许兴趣……

"你难道不问问我爱喝哪种酒吗？~_~"那女人靠近我，用极其暧昧的声音在我耳边低语。

"那么，你爱喝什么酒呢？"我顺着她的意问道。

"我最爱喝的，就是摆在你家酒柜里的那一瓶……"那女人的手，放在我大腿上来回地抚摩，唇齿间温热的气息拂过我的脸庞……

我本该对这种并不高明的诱惑嗤之以鼻的，但我一回头，对上了那女人的眼睛，她眯起了迷离的眼睛望着我，眼神中有一些乞求，有一些渴望，她让我又想起了夕儿，那一晚 S.U.N 的琴房，夕儿也是用这种眼神看着我，令我一度危险地迷失了自己……

我微微一笑，改变了主意，简洁明了地对她说明了条件："我可以给你想要的，但是结束之后，你不能睡在我身边，无论多晚，你都必须离开，这就是我的条件！"

"成交！"那女人跳下了椅子，堂而皇之地挽起了我的胳膊，露出一脸甜蜜的笑容，"还等什么呢？^_^"

瞧，女人的幸福不过如此而已。夕儿，我当然了解女人，你真的不应该怀疑我的……仿佛是为了想要证明什么，我与那女人结伴走出了 Snow，我甚至还不知道她的名字……

……

　　疲惫伴随着些许醉意，我小睡了片刻，在昏暗的灯光中，我睁开了双眼，恍惚中，我看到一个女人正坐在床边穿衣服……

　　"你要去哪儿？"我脱口而出。

　　那女人回头冲我一笑："你不是无法忍受和枕边的女人共同分享清晨的阳光吗？怎么连自己订的游戏规则都忘了呢？"

　　我哑然失笑，这么多年来我和无数个女人上过床，没有一个女人会自愿从我的床上爬起来，碰到这第一个自觉遵守游戏规则的人，我竟然还有些不习惯。

　　我翻身走下床，从衣服口袋里掏出钱包问她："你要多少？"

　　说实话，我有些欣赏这个女人，思索着只要她开口不是太离谱，我倒愿意多付一些钱。

　　那女人没说话，慢慢地走到我身边，按住了我正在拿钱的手："一夜情嘛，我让你满意，你也给了我快乐，平等条件下，如果我给你钱，你会要吗？"

　　我一时无语，在她渐渐靠近的乌黑瞳仁里，我似乎又看到了一个和夕儿一样骄傲的灵魂……

　　"你很特别！"我微微一笑，靠在写字台边上，这几个字，是我愿意给别人的最好的赞美。

　　"你知道吗？你真的能迷死所有的女人！"她的手由我的胸膛慢慢地抚上我的下巴，不住地摩挲着我新长出来的胡茬儿，我没有阻止她，"可不可以……吻我？"她带着极其诱惑的姿态靠近我的脸。

　　我不会在做爱之外的时候主动亲吻女人，这是我的原则，可是等等……我吻过夕儿……我在顷刻之间分了神，下一秒，一双柔软的唇便贴上了我的嘴唇，我没有抗拒，也没有回应……

　　片刻之后，她调整好自己凌乱的呼吸，对我莞尔一笑："你真是一个冷酷的男人，被你爱上的女孩一定很辛苦！"

"我不会爱上别人！"我想也不想便否定了她的假设。

"你一定会的！~_~"她似乎很有把握。

"我一定不会！"我有些恼怒于她这么肯定的态度。

于是她没有再坚持，径直走到床边，开始穿起她的丝袜来："难道没有一个女孩，会让你有意无意经常想起吗？你希望她快乐，希望她幸福，每次看到她的时候，心情没来由的就会变得很好，真的没有这样一个女孩吗？……如果现在没有，将来也一定会有！"她穿好袜子，站了起来。

"没有，永远也不会有！"我讨厌她那副笃定的样子，就凭她，也妄想把我看穿吗?！

"好吧！"那女人又走回我的身边，从皮包里拿出一张名片递给我，"这是我的名片，我会等你的电话，拜拜……"说完，她恋恋不舍地转身走了出去……

我目送她走出房间……

"严芝琳，职业:心理医师"我盯着手中的名片，不禁哑然失笑。

严芝琳走了之后，我了无睡意，打开冰箱倒了一杯酒，然后走到床前拧灭了床头灯，房间里顷刻间回归到一片黑暗，这是我最喜欢的颜色……

我点上了一支烟，走到落地窗前倚窗而立，快到凌晨4点了，今天应该能看见天堂的晨曦了！我记不清已经有多久没有看到过那片属于自己的光芒了……

曾经作为光之天使的我，掌管着天地间的万丈光芒，可是如今，却要像一个平凡的人类一样，只有守着这漫漫长夜，才能重见天光一秒……

我捏了捏鼻梁，把对天堂那永远也浇不息的恨意暂时抛开，思绪又被刚刚严芝琳的一番话拉扯了回来……我当然不可能会爱上女人，可是，我又是为了什么偏偏执着于夕儿的幸福呢？

不由地，我又想起了一个多月前的那天早晨，星野到 S.U.N 来找我，约我在顶楼天台见面。

那一天的阳光很温和，只有风吹上来有点冷，星野的脸色很差，眼睛一直看着远方的某一点动也不动，我从来没有见过这个样子的他……好像是在硬忍着什么巨大的悲伤……

"哥……"他终于开了口，"昨天是情人节哎，你和谁在一起啊？"

"Joyce，你问这干吗？"我回头看着他。

"我就知道是她，我一点都不喜欢她，哥，我真的搞不懂你哎，你怎么可以跟这么多你不爱的女人在一起呢，你这到底是种什么样的心理啊？我们从小一起长大，我居然仍旧无法了解你！"

"你怎么知道我不爱她们呢？"我淡淡地一笑，"你懂得什么是爱吗？"我总是在不知不觉中，就把星野当成是一个长不大的孩子。

"你说我不懂爱？！"星野有些急了，回过头来狠狠地瞪着我，"我至少还真正爱过，总好过你这个冷血的半兽人！"

"你还有没有更好的话题？"我微微显示出了不快。

"有！"星野突然对我眯起了眼睛，"我很喜欢吃肉包子！"

我转身想下楼，尽快结束这次无聊的谈话。

"可是我讨厌长得像肉包子的女人！"星野握紧了拳头，咬牙切齿地说道。

我微微一怔，没有再继续离去的动作，我知道星野说的人是夕儿，他们吵架了吗？

我回过头去，看到恶狠狠的表情在星野的脸上一闪而过，但是很快便铺上了一层浓浓的温柔，是我几乎从未见过的光彩……

"可是为什么呢？命运之神为什么要这样安排呢？她就像是从天堂里掉下来的一只小肉包，不打一声招呼便跌跌撞撞

地闯进我的世界里，真的让我又爱又恨又不知道该拿她怎么办才好……

你知道吗，哥？她是一个很倔强也很勇敢的小肉包，无论别人再怎么欺负她，恶整她，也无法伤到她一丝一毫，她总会抬起她骄傲的下巴，握紧了拳头，一副永远也不会服输的样子……

可是一旦看到好朋友被欺负，她又会二话不说地挡在前面，常常会不计后果地冲上去打抱不平，若是没有人做她的依靠替她摆平，她总有一天会吃大亏的……"星野的眼神又飘忽地飞向远方喧嚣的城市中。

我看着星野线条优美的侧脸，和被风吹起的悠扬长发，美得如同镶嵌在一幅泼墨画里面，是从什么时候开始的呢？那个整天只会跟在我身后哥哥长哥哥短的小男孩，已经悄悄地长大了……

"还有哦，哥！"星野突然抓着我的手臂，眼神中布满了跳跃的色彩，"你知道吗？小肉包肚子饿的时候真的会生气哦，要常常给她买好吃的，她最爱吃鱼和果冻，讨厌吃大白菜……她最喜欢大海，看到海豚会尖叫……她喜欢粉红色，绝对不可以说她太幼稚……她很善良，对每个人都很好……她讨厌离别，不要让她感觉到寂寞……她最害怕打雷的夜晚没有人陪，就算真的无法在她身边，也要打电话给她，让她知道自己并不是孤单一人……哥，我和夕儿分手了……"

我皱紧了眉头，掩饰着心里的那一丝震颤："分手？……你不是很爱她吗？为什么要分手?！"

"问得好！"星野偏过头来，以一种饱含着愤怒和饶恕的奇怪眼神看着我说，"昨天，我本来想和夕儿共度一个美妙的情人节之夜，我本来是想说，只要我们有过……有过亲密关系，我们一定会挺过这段感情的瓶颈期……"

星野沉默了片刻，忽然激动地对我咆哮起来："可是……真他妈的可是……夕儿喝醉了，在我吻着她的时候，她竟然把我当成了你……夕儿一整个晚上都在喊着哥哥你的名字啊！……啊……"

星野大叫一声向我扑来，他积聚了一个上午，也许更久的怒气终于爆发了，我毫无防备，被他狠狠地扑倒在地。

"你究竟给她下了什么蛊？为什么是夕儿？为什么？"星野失控地大叫，拳头高高地扬起许久，却始终迟迟没有落下来，他的胸脯剧烈起伏着，眼中凝结的泪几乎快要滴落下来，我从来没有看见过如此悲伤的星野……

过了很久，星野终于松开了拳头，他从我的身上翻下来，坐在我的身边："哥，从小到大，除了麻衣之外，几乎每一个向我表白的女孩，到最后都会爱上你，你以为我真的会不知道这里面的原因吗？……可是我不在乎，我一点都不在乎，真的！……我一直以为在我的世界里，只要有哥哥一个人就够了，只要有了你的疼爱，我真的可以什么都不在乎……可是这一次是夕儿不是别人，她是我第一次真正爱上的女孩，我该怎么办呢？T_T"

"对不起，星野！"我艰难地吐出这一句话来，除此之外我还能说什么呢？当初，只为了我一个错误可笑的决定，事情失去控制演变成这样，造成了那么荒唐的后果……

突然间被最亲近的人背叛，我一心一意只想保护星野，却让他因此受到了最深最痛的伤害，如果时间能够倒退那该多好，至少可以让我来纠正所有的错误！

"光说对不起有什么用！"星野转过头来看着我，"想补偿我的话，就请赶快离开你那些可笑的生活吧！只要你对夕儿好一点，我怎么样都没有关系！

夕儿是个傻丫头，只会考虑别人的感受，永远不懂得为自己打算！若不是我主动提出分手，她大概会为了我一直忍下去吧！……哥，你会给夕儿真正的幸福，是吗？！"

"对不起……我想……我不能！"我从地上站起来，匆匆往楼梯口走去，我尽可能让自己表现得冷漠一些，因为现在我心里

各种各样情绪交织在一起，复杂得让我很陌生，我一定要掩饰好自己的不安！

"你说什么？"星野追上来拽住我的胳膊，"你再说一遍，你知不知道我下了多大的决心才能说服自己成全你和夕儿，你现在是什么意思？你把我的牺牲当成什么了？"

"星野，很多事情不是你想象的那么简单，你若是真心爱着夕儿，就回去找她吧！夕儿跟着我是不会有幸福的！"我试图让星野冷静下来。

"回去找她？她爱的人是你，她的心里面只有你，你却叫我回去找她，你把你弟弟当成什么了？"星野激动地咆哮起来。

我用力甩开他的手，加快脚步往楼梯口走去，表情里夹杂些许恼怒地告诉他："总之，我是不会和夕儿在一起的！"

我的尾音还没说完，"啪"！星野的拳头结结实实地落到了我的左脸上，这小子下手还真狠，一股浓浓的血腥味渗入了我的味蕾……我擦了擦嘴角，未发一言，快步离开了天台……我还能说什么呢？这是我欠星野的！

……

窗外，天空已经微微泛白，如果是在海边，现在一定能见到最美丽的晨曦穿过地平线，冉冉升起在东方……可是这里是城市，穿梭在高楼之中，再美的晨曦，也只不过是一片死气沉沉的白光……

瓶中的酒，早已经见了底，我捏了捏鼻梁提醒自己，也许应该去小睡片刻了……

5

我是夕儿。

时间怎么会过得这么快，转眼间已经快到六月了，台北的六月已经有了夏天的味道，好快哦，又一个轮回来到了……

夕曦星／第⑩章

仔细算算，连邱妈妈和 Elyn 姐回到日本也已经两个多月了。可是,我们的联系却从来没有间断过,邱妈妈经常寄给我各式各样的衣服和小礼物,她在电子邮件里告诉我说,衣服都是她让 Elyn 姐帮我去挑的, 因为 Elyn 姐比较了解什么衣服适合我,礼物和明信片都是她自己亲自挑选的,所以我现在家里的一面墙壁上, 专门留出了一个地方贴邱妈妈寄给我的明信片,漂亮得不得了……

在六月底的时候, 邱妈妈给我寄过来一套 Tiffany 的首饰,有项链、耳环、戒指、手链之类的,看起来就十分贵重的样子,我不肯收这份厚礼,邱妈妈坚持说那就暂时存放在我这里。

月兔说我交了好运了,虽然邱妈妈少了我这个儿媳妇,可是却多了一个这么好的女儿,说完,还假装感叹一下自己的三生不幸……

对于邱妈妈, 我真的是怀有很多很多感激的, 也许是上帝听见了我的祈祷, 在我 20 岁的时候, 赐予我一位母亲般的长辈,我是说真的,在我的心底早就已经把邱妈妈当成了慈祥的亲妈妈……

6

我是夕儿。

今天,我和月兔一起上礼拜天的晚班,所以白天的时候,月兔约我去逛街,然后我们打算直接去西餐厅里上班。

虽然说是逛街, 其实我基本上都是在帮月兔拎东西啦。自从星野的妈妈回了日本以后, 我的衣服鞋子就多到穿不完了。现在月兔和旭晨哥一直说我越来越漂亮了,当然啦,人靠衣装嘛! ^O^

不过,还是有很多华丽的礼服、高跟鞋之类的,我根本就用不到,所以这倒便宜了月兔,常常跑来我家借衣服穿,因为她才

是一只 Party Animal，需要缤纷的羽毛才能华丽地盛开。

"月兔，买这么多你也太浪费了吧！你可以来我家看看有没有适合你的衣服嘛！"我望着自己两只不堪重负的手叫苦不迭。

"最近 Party 比较多，你那些哪儿够啊！"月兔扳着手指算着，"今天领薪水，那我还可以多刷一点！"

什么呀，就凭我们打工的工资，也能够在这条精品街上消费吗？大概付月兔一件衣服的钱都不够，看看刚刚的那些战利品，大概已经有好几万了吧，谁让旭晨哥爱她呢？每个月都会给月兔花不完的钱，既然她那么有钱，为什么还要去西餐厅打工呢，只拿这么一份给她塞牙缝都不够的薪水，费解……

我正在思考得起劲呢，月兔又转进了另一家精品店，这一次我没有跟着她走进去……

"发什么呆呢？快进来啊！"月兔冲我喊着。

我摇摇头，站在隔壁一家国际大品牌的门店前纹丝不动。

"干吗停下来啊？！"月兔不得不向我走来，"别告诉我你也喜欢这个牌子哦？"

我又摇摇头，只是出神地盯着店门口巨幅的广告牌发呆，脸上露出痴迷的表情。

"你真傻假傻呀，盯着一个女人照片看什么呀你！她可长得一点儿都不像帅哥！－_－"月兔走过来推着我就走。

"什么呀，她可是现在台湾最红的模特孙静妍呀！全岛男人心目中的性感女神！我要是有她一半漂亮的话，我这辈子也没什么遗憾了……"我带着一丝羡慕的口吻说。

"一半什么呀？长相？身材？还是大脑？前两样你这辈子看来是不可能超过她的二分之一了！－_－"月兔非常狠心地打击我，"……不过，最后那样，我敢肯定你是她的两倍！……So，别灰心，如果我是男人，我一定选你不会选孙静妍！^_^"

"嘿！你这个做男人的还真是奇怪！哪有选我不选她的？你该不会是残障吧？！"说完，我在心里默默忏悔，不该随口用残障人士来做比喻！

"拜托，一看她那样子就知道是脑容量还没达标的好不好?! 胸大的人通常无脑,这句真理你总该听过吧! "

"反正我就是喜欢她,我要把她当成我努力的目标! "我暗暗下定决心。

"随便你,反正我最讨厌演艺圈的人了! 特虚伪! 没一个好人! "月兔不屑地撇撇嘴。

"听说晨曦也是演艺圈的,哦?"我提醒她。

"晨曦那丫可不一样,他从来只按照自己的那套原则来做事,不会被演艺圈的潜规则同化……他不是虚伪,他这叫深不可测! 不管是谁啊,只能看到他很表面的那一层,至于里面的那个灵魂啊,永远都不会让别人涉足那么一点点……不过……"月兔停了一停又说,"……就他和演艺圈的女人交往这件事来看,我就特鄙视! "

我心里头一沉,尽量装着无所谓地掩饰道:"他不是一向都有很多女朋友的嘛! "

"小姐,那叫女伴好不好,暖床用的! ……可他跟演艺圈那个是玩真的,真正的女朋友,OK?! "月兔横了我一眼。

"什么? 晨曦有女朋友了?! "我惊呆了,紧跟而来的就是铺天盖地的心痛。

"No,不是晨曦有女朋友了! 而是,晨曦有女朋友的! 他们两人在一起都好几年了,你不知道吗? "月兔奇怪地看着我。

我艰难地摇摇头,我怎么会知道呢,从来都没有人告诉过我啊。

"她是谁? "我觉得自己有些呼吸困难。

"嘿嘿! 你问倒我了! 不瞒您说,我还真不知道! 只知道她叫Joyce,晨曦从来没有带她在我们的聚会上露过脸,我也没问过,就光知道他身边有这么一号人……不过星野一定见过,晨曦有女朋友的事,他这小变态一向比我们更要紧张多了……对

第⑩章 / 夕曦星

了,听旭晨说,Joyce好像几个月前去巴黎学习时装设计了,估计短期内是不会回台湾了。"月兔说着,拉我走进了一间精品鞋店,可是我已经连一丁点儿逛街的兴致也没有了。

15分钟不到,月兔已经换了一双高跟鞋走出来了,她说反正是时候直接去西餐厅上班了,就干脆拗个Shinning一点的造型让大家瞪眼珠子去吧!

"夕儿,大姐教你,以后找老公一定要找个像旭晨这样的,给他机会做你永远的提款机,多好啊!"月兔突然冒出来这么一句感叹,可是现在的我心乱如麻,一点也听不进去。

于是,月兔打开钱包,又在那儿一个人自言自语起来了:"今天领的薪水够花几天呢?"

"月兔,别这么招摇,大街上那么多人!"我有气无力地提醒她把钱包放起来。

"拜托,这里可是精品区,到这里来消费的人可都得是有点家底的,那些下三滥的人哪儿敢往这里跑啊!这儿富人区的阳光都会晒死他们……"月兔手舞足蹈地发表着她势利的高见,拿着钱包的右手刚刚挥舞出去,还没来得及收回来,就在那一秒之间,我听到她扯着尖利的嗓子大喊,"有人抢钱包,快抓住他,抢钱包啦……!!!"

我回过神来,看见一个身材魁梧的男人,沿着街道快速奔跑过去。

"找死,心情不好还敢惹我!O(>_<)O"我一边说一边把手中的购物袋往月兔怀里一塞,飕地追了上去……

"站住……别跑……"我奋力追过了两条街后,才发现自己与那混蛋之间的距离渐渐拉开了,等到再拐过一个弯,那混蛋居然不见了……

我喘着粗气,沮丧地站在路边环顾着四周他有可能藏身的地方,忽然手机响了起来,是月兔打来的,我告诉她我现在所处的位置,以及,她的钱包我没有找到……

刚挂上电话，突然一个人影从旁边的小巷子里面冲了出来，摔倒在我的眼前，我吓了一大跳，定睛一看，竟然就是刚刚那个害我追了两条街后又把我甩了的混蛋，此刻的他，趴在地上，鼻青脸肿的，一副刚刚虎口脱险的狼狈样子，我乐了……

"傻大个，你也栽了！快把钱包交出来！"我走上前去，一把揪住他的衣领，对着比我高出一个头的他挥舞起拳头来。

"钱包不在我这里，在……在……他那儿！"那混蛋抖抖嗦嗦地用手指着我的背后，眼中流露出害怕的光芒。

"感情你还有同党，好，我一起宰了！……"

话音未落，就听到我身后响起另一个男人浑厚的声音："这位小姐，您好！^_^"

我一回头，只见一位高大威猛，头发短短，看起来非常阳光爽朗的年轻男子站在我身后，他拿着月兔的钱包，另一只手从衣服口袋里掏出一个什么东西在我眼前晃了一晃，我正纳闷着，这动作怎么这么眼熟呢？

"我是警察，请问这个钱包是不是小姐丢的？"那人拿着钱包问我。

我一听眼前这人自我介绍说是警察，愣了一下，立刻收敛了许多，把拽着那混蛋的手松开，有些拘谨地说："是的……哦，不，这是我死党的钱包，我是帮她来追的！"

"夕儿，夕儿……"我又一回头，看到月兔提着大包小包，吃力地往这边跑来，我注意到她的脚上又换上她的跑鞋了！

"就是她，警察先生，钱包是她的！"我指着月兔说。

"哎哟，累死我了……夕儿，钱包找不到就算了，你在这里跟他们瞎耗什么呢？"月兔终于跑到了我面前，把手里的东西往地上一丢，盯着那两个男人，喘着粗气没好气地质问道，"喂，你们俩谁啊？是搭讪的快滚！"

那位警察微微一笑，也没说什么，走到混蛋面前，为他戴上手铐，然后把钱包丢给月兔："看看里面少了什么东西没有？"

夕曦星

　　"我的钱包……"月兔看看自己的钱包又看看那副明晃晃的手铐,脑子立刻转了过来,换上了一副谄媚的笑脸讨好道,"还是警察叔叔好!谢啦!^O^"

　　说着,她走到那个鼻青脸肿的混蛋面前,举起钱包,当着他的面打开,然后慢吞吞地把钱包倒了过来……我看到那个混蛋脸色都变了……

　　"傻了吧你!为了抢一只空的钱包,要去警局喝咖啡,你大爷的至于吗?!……我看你猪眼睛连着猪脑袋一块儿长的是吧,看到我今天战利品这么丰富,荷包能鼓得了吗?!……滚吧,好好跟警察叔叔回警局解释清楚去!"月兔戳了戳那混蛋的肩膀,把那人好好地羞辱了一番,按照月兔的话来说就是,都已经出来偷鸡摸狗了,还想要别人给自尊心啊!

　　"齐飞,齐飞……!"忽然,我听到一个熟悉的声音在不远处响了起来,我抬头看月兔,她也跟我一样充满了困惑。

　　我们正在思考之中,一个小小的人影已经蹭到了那个警察面前,开始委屈地抱怨起来:"你怎么回事嘛,我只是去买个冰淇淋而已,一回头你又不见了……"

　　"麻衣?O_O"我捂住了嘴巴,但还是惊叫了起来。

　　那女孩一回头,果然是麻衣,她看到我们俩,也表示出了同样的惊讶,随后她对着我们甜甜地一笑:"林姐姐,月兔,好久不见了,你们好吗?^_^"

　　天哪,她又开始叫我林姐姐了!相比几个月之前她对我那么恶声恶气、恶形恶状,我们之间的误会好像不翼而飞了,当我意识到这一点时,我激动得眼泪都要掉下来了!

　　"好的,麻衣,我们都很好!T_T"我发现我的声音有些颤抖。

　　"小丫头,日子过得挺滋润的嘛!小姐脾气发够了啊,看你那时候多厉害,说翻脸就翻脸啊!^_^"月兔走过去,笑着捏了捏麻衣红扑扑的脸蛋。

　　"都说是那时候了,早就过了好不好!……我给你们介绍一下吧！"说着,麻衣拉过了早已被我们冷落在一旁的警察,甜甜地笑着说,"这是我的男朋友齐飞,是刑警哦,很酷吧！……齐飞,这两位是我幻城的死党,林夕儿和月兔！"

"啊！麻衣经常提起你们还有幻城,久仰了！"齐飞冲着我们傻傻地笑着。

"林姐姐,月兔,明天晚上 Snow 幻城聚会,好不好？"麻衣提议。

"没问题,包在我身上！……对了,齐飞,你也一起来,你帮我追回了钱包,你又是麻衣的男朋友,从今儿个起,你正式成为幻城的一员！"月兔作为幻城的发起人,立刻表了态。

"真的吗,谢谢！^_^"齐飞还是憨憨地笑着。

"警官……请问我们什么时候能去警局啊？……我这个样子站在这里很难看啊！"那个混蛋眼看着我们在他面前上演亲友重逢记,就怕自己不被重视,有点着急了,突然间开了口。

"月兔小姐,麻烦您也跟我们回警局做一下简单的笔录！"齐飞很有礼貌地说。

"拜托去掉小姐这两个字好吗？叫我月兔,叫她夕儿就行了！"月兔又把头转向我说,"帮我跟 Grace 请会儿假,我去了警局马上就来！"

之后,齐飞押着那个混蛋,麻衣陪着月兔,他们四个人先去了警局,我看看时间来不及了,赶紧往西餐厅跑去……

繁华的城市,再多的喧嚣,也冲不散我此刻心头的喜悦……

真好,麻衣又回来了……

晨曦,星野,你们也会像我一样高兴的是吗？^_^

第十一章

那些没有你的日子里，
有多难你知不知道？
那些没有我的日子里，
你究竟过得好不好？

夕曦星／第⑪章

原来真的就是这样，
越是成长，就离快乐的从前越来越遥远了……
我们都被现实吞噬，丢失了单纯，
被复杂掩埋，远离了简单，
并且拉住所有的欢声笑语和青春岁月一起陪葬了……

1

我是夕儿。

天气开始渐渐热了起来，不知不觉，夏天真的来到了……

我仍旧在学校、西餐厅和家之间过着三点一线的生活。自从那次月兔告诉我晨曦有女朋友的事，说实话其实对我的打击非常大。我开始有意无意地躲着晨曦，我拼命想把自己对他的感情隐藏起来，甚至扼杀掉……

能被晨曦爱上的一定是世间最完美的女子……我不想争也知道自己争不过，如果我喜欢的人都能够过得幸福，对于我来说，那就是上天赐给我最好的礼物……

只是我开始在那些高贵美丽的女子身上，找寻着 Joyce 的影子，偷偷猜测着晨曦会喜欢的类型，在这忙碌枯燥的生活中，几乎成为我唯一的乐趣。

……

这一天，和无数个无聊的往常一样，我跟月兔在西餐厅里打工，重复着为客人点餐以及买单的单一动作。

"小姐，买单！"

我走到 28 号桌前，从客人手中接过信用卡去 Cashier 那里买单……

忽然，我吸了吸鼻子，精神为之一振，一股扑鼻的芳香纷涌而来，我的周围亮起一道明晃晃的白光，我回头一看，半天合不拢嘴来……

那个红得发紫的台湾第一名模孙静妍，正和另一位同样也是光彩夺目的女孩子向我们走来……她比电视上更漂亮，宛如天仙下凡一般，美得教人不敢直视。

"不好意思，借光一下……^_^"孙静妍走过我的身旁，对我微微一笑，吐气如兰，我立刻感到浑身一阵酥麻，赶紧说了声

"抱歉",往旁边让去……我再也没有舍得移开过自己追随她的羡慕眼光,直到她走进了 VIP 包房。

"是孙静妍哎! ^O^"我对 Cashier 的两位女孩子说。

"是啊是啊! 好漂亮哦,太有气质了! 不愧是大明星啊! ^O^"她们两个同样也是一脸崇拜的样子。

"林夕儿,去帮着月兔一起做 VIP! "Grace 吩咐道。

"好的! ^_^"正中下怀,我求之不得呢,我迅速帮手头上的客人买完单,走进了 VIP 包房。我暗暗下决心,一定要用最好的服务让她们有宾至如归的感觉。

最后, 她们点了一份龙虾沙拉和两份鳕鱼套餐, 还有一瓶红酒,我兴奋地对月兔说:"你看,果然是大明星哎,吃东西都挑低脂低卡的,好有品位哦! "

"你疯了是吧! "月兔横了我一眼,"别吃不到葡萄,就把所有的葡萄都想成是甜的! "

"嗯? 什么意思啊? "我有点没听明白。

"什么什么意思啊,快点帮忙一起拿进去! "月兔说着,推开门走了进去。

我一手拿着一大盘龙虾沙拉,一手拿着一瓶红酒,跟在月兔的后面。

孙静妍和她的朋友大概正在聊着什么有趣的话题,笑得花枝乱颤……我很紧张地走过去,忽然,她一个转身站了起来,撞到了我的右手,我没有拿稳,本来想要放在她餐桌上的沙拉呼啦一下,全部翻在她纯白色的小礼服上面,我们 4 个人全都傻眼了。

我简直无法原谅自己的过错,连声道歉:"对不起,对不起,我帮您擦……"

"拿开你的脏手,不许碰我! >_<"孙静妍突然尖叫起来,我愣住了。

和她同来的那个女子拿起纸巾不停地帮她擦拭着, 一点都不让我们帮忙,我和月兔两个人就只能在一边傻站着。

"对不起,我不是故意的!"我小声说着,内疚得快要死掉了,"我想我可以帮您送去清洗!"

"清洗？"孙静妍提高了音量,"我这套衣服值五万块,能随随便便清洗吗？你必须要赔偿我全部的损失!"

五万块？我真的快哭了,我去哪里找那么多钱啊。不过我还是艰难地点了点头,毕竟这是我应该负起的责任。

"对不起,孙小姐!"这时,一直在旁边默不作声的月兔忍不住说话了,"您看您是大明星,收入也比较高,她只不过是一个学生,经济能力有限……而且您的裙子看起来也并不是全新的,请问打个折可以吗？"

"什么不是全新的! 今天就是我第一次穿,你们别想翻脸不认账啊!"孙静妍激动地站了起来,然后冷笑一声挖苦道,"一看就知道你们没钱,我最讨厌穷人了,五万块,一分钱也不能少,没钱的话就叫你们经理来,从你们每月的工资当中扣!"

怎么会这样？这么美丽的孙静妍怎么会是这个样子的?! 她此时此刻破口大骂的样子真像是一个泼妇,枉我之前还把她当成我努力的目标……

"我是穷,可是五万块我一分钱也不会少你的,可以了吧!"我倔强地昂起头,再穷也不能让人家看不起。

"这还像句人话,以后走路别不长眼睛,搞不好哪天让别人撞死了也不知道!"尖酸刻薄的话从她那张漂亮红润的嘴唇里源源不断地涌出来,想到她刚刚在外面那么彬彬有礼的样子,怎么会有人内外相差这么多啊!

"你够了吧! 她都已经说赔给你了,你还想怎么样？何必这么诅咒人家?!"月兔的火气也蹿上来了,她咬紧了牙关,狠狠地吐出三个字,"孙——大——妈!"

一声"孙大妈"更是激怒了孙静妍,她完全失去了仪态,站起来破口大骂:"我咒她关你什么事,我还打她呢!"说完,她趁

我不注意，一扬手甩了我一巴掌，"凭你一个小小的侍应生也敢跟我顶嘴？不想要这份工作了是吧……"

她那个语气助词"吧"字还没有说出口，月兔二话不说，也走上前一步，迅速反手甩了她一个耳光，这下子全乱套了。

"你……敢打我……O_O！"孙静妍用手捂着脸，一只手指着月兔，气得连话也说不完整。

"打你怎样！要不要叫经理来啊？"月兔气定神闲地说道，我连阻止她都来不及，经理一来我们铁定惨了，月兔怎么胆子这么大呀！

"你……别以为我不敢！"孙静妍瞪圆着眼睛说。

"快，快，快去叫啊……要不要我帮你去叫啊，顺便把记者一起找来，让大家好好认清名模的这副嘴脸，头版头条，你不是最喜欢吗?！"

我们和孙静妍对峙的这段时候，竟然谁也没有注意到，和孙静妍一起来的那个女孩子，已经在一旁差不多吃完了她的整份鳕鱼套餐，好像这场激烈的争吵根本与她无关一样。

不过处于现在一发不可收拾的局面之中，她终于站出来发话了："姐，算了，跟她们这种人有什么好吵的，别忘了我们跟她们是不一样的……姐，你走出这里勾勾手指头，全台湾有多少男人争先恐后地抢着来送你金银珠宝啊，一件衣服算什么，算了算了！……这儿的鳕鱼还不错哦，先吃饱了再生气嘛！~_~"这是一个什么妹妹啊!!! =_=^

"你们给我等着！"月兔几乎是咬牙切齿地挤出这么几个字，随即风一般地吹出了包房，一分钟不到，她又风一般地吹了回来。

月兔走了过来，竟然从口袋里掏出了一叠钞票，直接甩到了傲慢的孙静妍面前："钱，钱，钱哪，你还不快抢！"

孙静妍一把接过了钱，略微估算了一下数目，嚣张的气焰立刻焉了一半，她大概没想到在她眼中不上档次的穷人可以说拿就拿出这么一大笔钱来吧!

"该不会有假的吧!"孙静妍不放心地问。

"哈!铁母鸡果然精明啊!"月兔对着孙静妍挤出一个早已料到的笑容,然后拿过一张餐巾纸,在上面写了一串数字,递给她:"欢迎拨打警局专线报案,免费的,不花钱!"

孙静妍的脸色一下子变得非常难看,我想她绝对没有想到只是一家西餐厅里的两个侍应生也敢跟她叫板:"你们俩叫什么名字?"

"月兔!""林夕儿!"我们两个毫无畏惧地报出了自己的姓名,月兔悄悄地握住了我的手,仿佛是在鼓励我千万别向恶势力低头!

"姐,我吃饱了,我们走吧!你先回去换件衣服,我们再一起出去玩!~_~"孙静妍的妹妹再次开了口。

我们发现,桌子上的两份鳕鱼套餐都已经尸骨无存了!

"哼,我们走!"孙静妍拉着她的妹妹站了起来,恨恨地往门口走去,当打开包房门的时候,她还特意整了整衣服,硬是挤出一个倾国倾城的笑容。

"我说过的吧,这女人的脑袋里肯定被塞了破布条,臭得要死,丫整个儿就是一疯婆子!看你还要不要把她当成你的目标!你也有病~~~!"月兔气愤地说。

"怎么会有这么虚伪的人?!"在这之前,我真的无法想象,今天算是上了一堂无比生动的社会实践课。

"跟你说明星里面没有几个是好人,你还不信,她们都是钱多到花不完,却最喜欢刁难和欺负弱者,摆谱给谁看啊,我操!>_<"月兔狠狠地说着,我看她几乎想放一把火烧掉孙静妍坐过的椅子。

"她就不怕我们去媒体曝光吗?"我一边收拾桌子一边问。

"曝个屁啊!她到时候眼泪一缸,鼻涕一桶,说我们设计她,陷害她,你说公众会相信谁呢?我告诉你,女明星里面多产狐狸

第〇章

夕曦星

精！ >_<"

不知道为什么，我总是感觉月兔好像特别敌视明星。好像跟人家怀着深仇大恨的样子。我不清楚她有着什么样的过往，是否在心里留下过什么伤痕，如果能够帮到她就好了，我不禁在心里默默想着。

"月兔，谢谢你的钱，我把我每个月的薪水分开还给你好吗？"

"还什么还，算了！"月兔潇洒地一挥手说，"光看她刚刚那憋了一肚子火的鸟样我就解气！……更何况，这是你旭晨哥给我的零花钱，没了就少买几件衣服喽，花在你身上，值！"

我不知道该说什么才好，对于月兔，我永远都是充满着感激之情的。虽然她平时真的有那么一点粗鲁，还有那么一点势利，可是只要朋友需要，她永远会二话不说卷起袖子帮忙到底。这么好的朋友，得到是我的幸福，失去以后，我要去哪里找呢？！

2

我是夕儿。

学校里很快就放暑假了，台湾也进入了一年里最炎热的时候，天地万物都浸泡在一个巨大的蒸笼里面，人也好，树也好，连迎面吹过来的风，大概也有 38℃。

可是在这种情况下，月兔竟然还硬要拉着我去她朋友家参加一个 Home Party，说我不去就是看不起她。虽然我实在是看不出这两件事有什么直接关系，但我还是拗不过她，只能硬着头皮走进这火辣辣的阳光里。

更令人费解的是，这次派对的主题竟然是"English Oral"。天哪，月兔自己的英文烂得跟个什么似的，怎么可能会去参加这个主题的派对呢。我猜一定是派对里面的某个人让她产生了浓厚的兴趣，估计还是个雄性动物！

可是亲爱的月兔一定是高估了我对台北道路的熟悉程度。所以，我在这该死的东区已经瞎兜了近一个小时，还是没有摸着路。

我站在街边叹了第 17 口气，手里拿着地址，连着问了四个路人，竟然没有两个人给我指的路线是相同的。我也知道条条大路通罗马的道理，可是凭我现在脑子里这一团雾水，我一定会通到危地马拉去……

是，我打过电话给月兔求救，她估计正在那儿忙得正欢，对我说了一句："打辆 Taxi 很快就到了，每个司机都认识，快点啊，等你！"说完就挂了，Taxi，Taxi，她大概忘记了现在是月底，我若是今天奢侈一下打辆 Taxi，那我接下来的三天，一定得去路边挖树根吃，人类都进入 21 世纪了竟然还会发生这种不幸，真是罪过……–_-^

没多久，我的嗓子就冒起了烟，不得不走进一家"7-11"，我站在饮料柜前面，比较着哪一个品牌的水最便宜最划算……忽然，我头一歪，旁边进口食品柜那儿站了一个男人。这么大的热天还穿着一件皱巴巴的旧西装，而此刻，他正在鬼鬼祟祟地往衣服里面塞东西……

天哪！我倒抽了一口凉气，他在偷东西……这个男人很快就发现了我正在看他，他回过头来恶狠狠地瞪着我！……我眯起了眼睛，心想他一定是不想活了，出来偷东西还敢瞪我！

我吸了一口气，突然扯着嗓子大声喊了起来："小偷！有人偷东西，抓小偷！ >_<"

那个男人大概没有料到我的胆子会这么大，又恶狠狠地瞪了我一眼，拔腿就跑，紧接着两个保安叔叔也飞快地追了出去，这我就放心了……于是我拿起了一瓶矿泉水去 Cashier 买单，收钱的阿姨不停地谢我，还夸我勇敢，弄得我怪不好意思的。

好了，我决定按照这位和善的阿姨所指的路走去，因为我坚信她会代替店长报答我的！

我照着那位阿姨告诉我的最近的路，悠哉悠哉地走进了一条小弄堂。哇～～～我的心情没来由的大好，台北竟然也有这样的弄堂呢！在我的家乡上海，如今都很难找到这么怀旧的弄堂了，好赞哦！

我把喝光的矿泉水瓶子飞进弄堂边的垃圾桶内，得意地"耶"了一声！忽然，我眼角的余光瞟到身后一个模糊的身影，我立马"噌"的一身冷汗冒了出来，是那个在"7-11"偷东西的人，他竟然一直跟我的身后。天哪，这一次，换成是我活不下去了……

"该死！"我发誓我咒骂的是身后的那个男人，不是"7-11"里面那两位尊敬的身穿威武制服，腰挂一根粗棍，身壮如牛，大吼一声去追小偷但屁也没追到的保安叔叔！

我一眼望去，大白天的，小弄堂里半个人影也没有，这里本来就是人家的后门，就算是平时也应该不太会有人走动吧！我告诉自己千万别慌，前面不远处就快走到头了，只要穿出这条该死的弄堂，就会有一万个人等在那边救我，我努力使自己镇定下来！

我加快脚步往前面走去，突然……血液开始在我的血管里倒流，然后流不动，最后凝固住了……My dear god！弄堂的另一出口，被一扇铁门无情地拦了起来，铁门的那边，估计是在修路什么的，仔细一听，那种工地上的机器轰鸣声还挺响亮的，我怎么现在才注意到呢？！

我看看铁门，自己是绝对无法翻过去的，因为我今天穿的是裙子，就算是我现在大喊救命，工地上的外劳朋友也无法过来救我！一个"惨"字印章被大大地盖在了我的脑门上！怪不得那个男人一点也不担心我会逃跑，好啊，那位和善的，为我指了一条好路的，如此报答我见义勇为的"阿婆"！

别慌别慌！我一定能想到脱身的办法！我的背上冷汗直流，心里却还在一个劲地催眠自己，怎么办？求救吧！

夕曦星／第⑩章

我从包包里拿出手机，拨通了月兔的电话……然后深深地吸了一口气，把心一横，开始往回走……

"月兔，我走错路了，这儿修路怎么也不告诉我一声呢？"我对着电话那头大声喊着，用了足以让那个男人听见的声音，"是啊，我看到你说的那一幢楼了，对啊，你不就是在阳台上吗？我看到你了，我在这儿呢！"我对着弄堂后面的那一层高楼挥了挥手，顺便观察一下敌情。

我一步一步靠近那个男人，我看到他正在以一种奇怪的眼神看着我，估计被我唬住了……

"你们快下来接我啊！对，叫上大胖，他这么能打架怎么还是那么胖啊，让他多运动运动……！"

还差两步，还差两步就要走到他面前了，只要一经过他，我就有希望逃跑了，镇定，千万别看他！镇定，镇定，我的心非常镇定地跳到了嗓子眼，因为我眼角的余光瞄到他已经把烟头掷到了地上，这是不是代表了杀戮的开始……

"什么？你们要带刀下来，哪有啊，弄堂里没有看到有磨刀的人啊，好吧，你们先带下来吧，我再找找看……"我继续对着电话那头大喊。

我看到那个人踏出的脚犹豫了一下，又缩了回去，我成功了！我已经安全地离开那个男人5步之外了，电话里还是传来那该死的"嘟嘟"声，我真怀疑月兔的手机是不是掉进马桶了，但是我唬住了那个男人，我真是太聪明了！

是啊，我聪明机灵是个公认的事实，但是我犯了一个致命的错误，太沉不住气了！当我离开他差不多7步远的时候，我突然开始没命地狂奔起来，之所以会选择7步起跑，人人不是都说7是幸运数字嘛，但是该死的，我为什么不选择77呢？！……那个男人一见我没命地跑了起来，也撒开腿疯狂地死追了过来，他一定是发现了刚刚的大胖和磨刀都是我在耍他的伎俩，我惨了……

　　怎么办？我穿的是裙子哎，而且该死的我还是扁平足，眼看就要被追上了，我学起了电影里的镜头，把边上的瓶瓶罐罐、竹竹竿竿全部都推倒，好拖延一点时间，完蛋了，我还是被追上了……

　　那个男人拽住了我的包包，我用力踹开了他，顺势拽倒了一个旧货柜子……忽然，我看到了前面有一家门虚掩着，我心中一阵狂喜，用尽全力奔了过去，那个男人也真不示弱，在我大力撞开门的时候，我的袖子被他扯住了，我狼狈地摔了进去，领口都撕破了……

　　"救命啊，救命啊！>O<"我大声地喊了起来，这里看起来好像是一个饭店的后门，一定有人在的。

　　"你还敢叫！"那个男人向我扑过来。

　　"滚开！你给我滚开！你这个人渣！>_<"我用力地踹开他，然后抓起旁边的一只铁锅狠狠地往他头上敲过去，趁着他眩晕的空当，我抓着被撕破的领口爬了起来，拼命往里面跑。

　　"妈的，臭婊子，看我今天不宰了你！"那个男人捂着流血的额头，动起真格来了。

　　慌乱之中，我跑进了一个房间，为什么这里都没有人呢？完蛋了！什么叫做慌不择路，没有人比我有更深切的体会了，那个畜牲一看到我无路可逃了，堵在门口露出了狰狞的笑容……

　　"臭丫头，脾气挺硬啊！再跑啊，我看你往哪里跑！"那男人捂着额头，我刚刚把他打得不轻，这种人报复心特别重。

　　"你别过来，你再敢过来，我要叫了……"这个屋子的光线特别暗，我害怕极了，我不能让自己毁在这个男人的手里啊……

　　"你叫啊，你再敢叫……"他从口袋里掏出一把水果刀，"我就把你的舌头割下来，你叫啊！"

　　那男人看了一眼房间的四周，露出了邪恶的笑容："小妞，你胆子倒不小嘛，敢在'7-11'里面坏我的好事。那么现在，你就让老子爽一下，老子就放过你！"

摸到了,关键时刻,我的手真的很争气,又摸到了一个类似于罐头的东西……

"你做梦！>_<"我操起罐头朝他的头上掷去,不偏不倚,又敲在他额头的伤口上……只听见他怪叫一声,然后朝我扑来……

我边挣扎着边往后面墙壁上倒去,忽然奇怪的事情发生了,我并没有被坚硬的墙壁挡住,而是……

墙壁上竟然还有一扇门,我重重地摔了进去……此刻的我,狼狈地趴在地上,环顾了一下四周,很多双脚,太好了,我得救了,尽管我出了这么大的洋相……

"是谁这么吵？=_="一个慵懒而有些熟悉的声音响了起来……

我惊讶地停止了所有的动作……这时,两个高大的男人走过来架起了我,越过人群,我努力望向中间那个声音的来源……我简直不敢相信自己的眼睛……

怎么会是他?!O_O 站在我眼前的人竟然是星野……他的头发剪短了,整个人看起来也更成熟了。可是,他不是应该在环游世界吗?! ……星野瞪大了眼睛看着我,他一定也和我感到同样的震惊！

"星野……T_T"我虚弱地轻唤了一声,委屈的眼泪就这样源源不断地涌出来……

"小肉包！"他几乎是冲到我的面前,"你没事吧！怎么会这样?！"

我想我衣冠不整的样子一定是把星野吓坏了,他看起来紧张得快要发疯了,一阵暖意忽然流进了我的心底,太好了,让我在这里遇见星野……

我使劲甩开架着我的那两个男人的手,几乎是扑进星野的怀里。这一刻,我拼命撑着的勇敢和坚强突然瓦解了,取而代之的前尘往事悄悄蔓延开来,化成汹涌的眼泪,一滴一滴落

在星野的胸膛上，我发现自己依然任性地想要霸占星野最深的心疼……

"秋田先生今天大概有些私事要处理，我看，关于黑风堂口的事……不如我们以后约时间再详谈！"一个浑厚而且沧桑的男人声音响了起来。

什么黑风？什么堂口？我擦了擦眼泪，在星野的怀里抬起了头，越过星野的肩膀，我看到一位一身肥肉的中年男人站了起来，他那巨大的肚子如果在上面轻轻划开一道口子，那将会是袋鼠宝宝最最温暖的窝，接着，差不多一半左右的"客人"也都跟着他站了起来……

"非常抱歉，豹哥，今天有些突发状况，过几天，我一定会亲自前去贵府拜访！"星野扬起头，不紧不慢地对"袋鼠奶爸"说道，双臂却把我搂得更紧了一些……

星野的侧脸，依旧美得如同最亮眼的星辰，却多了一丝我不了解的冷漠，一定有些什么改变，在不经意间悄悄地发芽了……

一群人跟着被称之为豹哥的"袋鼠奶爸"扬长而去……

大厅里约莫还剩下十几号人，个个正襟危坐，以一种很奇怪的眼神看着我们，我眨了眨眼睛，突然明白了过来……

我用力地推开了星野，冲着他大声吼道："秋田星野，你加入黑社会了对吗？你……"我的话还没有说完，就被星野凶狠的眼神吓到了，可是……他加入了黑社会，难道这不该骂吗？我低下头，心里却又伤心又难过，更多的是不服气……

"你是谁？"星野的声音很内敛，但却蕴涵着能量爆发前的冷峻。

我忽然抬起头，顺着星野的目光望去。天哪！我差点昏倒，那个跟了我几条街，刚刚差点把我毁掉的狂男，此刻正被另外两个男人架着，浑身颤抖，一脸恐惧的样子……

我怎么会……怎么会竟然忘记了这件事？当我看见星野的

那一刻,我知道自己安全了,于是脑子里忽然全部都是星野的影子,我只想享受他的温柔,只想质问他的不告而别,只想责备他加入黑社会,想着关于他的一切,我居然忘记了自己的危险,忘记了那个几乎毁了我的男人!

"这个该死的混蛋! >_<"我恨不得立刻冲上去甩他几个耳光解恨,可是才刚一转身,就被星野一把拉了回来。

"干吗拉我?!"我冲着星野大声吼道,盛怒之下的我的脸,一定扭曲得非常奇怪。

星野皱了皱眉头没说话,脱下了自己的外衣为我披上,我低头一看,才发觉自己被扯开的领口里隐约露出了内衣的肩带,我的脸微微一红,赶紧穿上星野的衣服……

然后,我又转身,继续着我刚才的愤怒:"这个该死的混蛋,在 7-11 里面偷东西,被我发现以后没有得逞,他竟然跟了我几条街,而且他还想、他还想……T_T"说着说着,我的眼眶又红了……

"Shit!"星野低低地咒骂了一声,一个箭步冲过来提起了那男人的衣领,双眼反射出的杀气如同凛冽的寒冰……

"对……对……对不起……T_T"那男人早已经吓得屁滚尿流,仿佛一阵风就能把他扫进阴沟里去。

"对不起有用的话,那要警察干吗啊?"我故意学着道明寺恶声恶气地讲话。

"你必须要为你的所作所为付出代价!"星野一字一句地说道,慢慢地松开了他的衣领。

"没错!竟然敢欺负我!星野会把你的血全部都放光,然后剖开你的肚子,把内脏和眼角膜捐给医学院,然后把你做成木乃伊! >_<"我自己的鸡皮疙瘩都已经掉了一地,可是仗着有星野为我撑腰,我就是敢这么耀武扬威!

"如果杀人不犯法的话……我倒是不介意这么做! -_-"星野眼中的愤怒渐渐退去,长长的睫毛优雅地垂下,一丝残忍的

冷漠一闪而过,我的心里微微一沉……

"我只是说说而已的……"我轻轻地补充道。

"那么,就请留下两根手指作为代价吧!"星野缓缓地转过身去,漫不经心地命令道。

O_O 我惊讶地说不出话来,星野柔软的头发,俊美的脸庞,温暖而坚定的怀抱,和半年前他消失的那天完全无异。可是,一定有什么不同了……

"一根是惩罚你对夕儿的冒犯,另一根是警告你以后不准再偷窃!"星野又忽然回转身来,捏住了那男人颤抖的下巴,"任何胆敢侮辱夕儿的人,我绝不轻饶!"星野的声音轻轻柔柔,却带着不容抗拒的威严。原来,他的愤怒一直就没有平息过,只是被他的冷酷很好地隐藏起来了……

星野甩开他的下巴,对另外一个男人使了个眼色,那个男人立刻点点头,走了过来,从腰里抽出一把 7 寸长的刀来。

那个狂男被这阵势吓坏了,不知是站不稳还是什么的,竟然"扑通"一声跪了下来,一把眼泪一把鼻涕地哀求了起来:"不要,求求大爷,放过我吧!我再也不敢了……我家里还有一个 80 多岁的老母亲要养活,我不能变成残废啊!T_T"

星野阴沉着脸没说话,只是轻轻地拉起了我的手,欲将我带离开这个充满血腥的场面,很好,他还知道我怕血,可是他知不知道,我更怕的是那个操纵着别人的血腥连眉头也不皱一下的秋田星野啊!

那男人痛苦的求饶声起伏着涌入我的耳朵,居然化成尖锐的针,刺痛了我的耳膜,我甩开星野的手,飞快地奔回那可笑的"刑场",只见那男人的左手被使劲按在桌子上,另一个人正高高地扬起了刀子……

"住手! >_<"我大声喊道,"你们都给我住手! >_<"

那个人哭着喊着叫我救他,而行刑的人却举着刀不知该如何是好,星野走过来对他们使了个眼色,他们退到了一边。

"夕儿,你怎么了?"星野不解地问我。

"不要这样,不要断他的手指,他家里还有长辈要奉养呢!"我看着星野说。

星野微微一笑,说:"不可能……他刚刚几乎伤了你,光凭这一点,我绝对不会轻饶他……再说,你相信凭他30岁不到的年纪,家里会有一个80多岁的母亲吗?……夕儿,你过来……"星野向我伸出手来,俊美的脸上,笼罩了一层薄薄的阴影。

"不!"我把手缩向背后。

星野两道英挺的眉毛拧了起来……

"他刚刚的确是差点伤了我,可是我现在不是好好的吗?我知道我不该为他求情!可是他还年轻,人生也可以重头再来,为了这一念之差而断送了两根手指太不值得了!"

"别让我为难,夕儿,这是他必须付出的代价!"星野再次向我伸出手来,柔声命令道,"到我这儿来!"

不,他已经不是我所认识的星野了!短短的半年,到底能让人改变多少呢?此时此刻站在我眼前的人,有着和星野一样明朗的神情,可是温柔的眼神里却隐藏着刀锋般锐利的寒意。那个最爱大笑,大叫,有着孩子气的任性,漂亮得让人心疼的星野,已经在半年前的那个早晨,随着第一道阳光一起蒸发掉了,而站在这里的星野,他又是谁呢?

我站在离他几步之外的地方,一点也没有要靠近的意思。终于,我看到了他眼中渐渐积聚起的怒意……于是,他细长的手指在空中扬起一道优美的弧线,我知道他冰冷的眼神又在下达着他的指令了。可是在我看来,这一切,却如同残柳一般破败……

那个男人又开始呼天抢地起来了,我也不知道是哪里来的勇气,突然伸出了一只手,挡在了锋利的刀锋前面,头一扬:"要断的话,请先断我的吧!"

全场死一般地沉寂下来了,那男人感激的脸我看不到,所

章一十第／夕曦星

有人震惊的脸也看不到,我的眼里只倒映出星野寒风般凛冽的愤怒,我也害怕,可是我别无选择……

我们在停止的时间里僵持了很久,终于,星野让了步:"放开他!"

一声简短的命令,令那个男人重获了自由,他几乎是连滚带爬地跑过去跪在星野的脚边,不住地磕头感谢他,然后又跑到我的身边来……

"谢谢姑娘的大恩大德,今生今世,在下没齿难忘!"他居然很可笑地念着古代的台词,然后磕了一个很响亮的头。

我慢慢地蹲了下来,本来还想说些要他好好做人的大道理,可是看着他怯懦的眼神,我又忽然觉得很好笑:"去把我的包包找回来还给我!"

"是,是,是……"他一边磕着头,一边退了出去,当然还有星野的两个手下跟着一起。

3

夜晚的大街,凌乱的美,在我看来,却是纷纷扬扬的一片残破,满街的霓虹将月光阻隔在半空中,不管站在哪里,都看不见自己的影子……

从那家茶餐厅里走出来以后,我便没有开口说过话,星野带着我去吃日本料理,我也只是坐在回转台上,尽拿那些看起来很贵的寿司一口接一口往嘴里塞,化悲愤为食欲一向是我的爱好之一,反正我根本不在乎自己有多胖,可是,我到底在愤怒些什么呢?

星野几乎什么都没吃,只是侧着脸,静静地看着我一个人在狼吞虎咽,有好几次,他都借故和我说话,问我,鱼子酱好吃吗? 或者,还要不要其他饮料?

而每一次,我都只当没有听到,不愿搭理他,眼角的余光却悄悄地瞥到他有些懊恼地低下头，默默地喝着面前的一壶清酒。

后来，他也没有再说话了，只是一直陪我走在颓败得令人生厌的大街上，我是因为吃撑了要消化，他便成为我散落在月夜的一抹影子……

我忽地踢飞了垃圾捅旁边的一只可乐罐，一团什么东西迂回在我的胸口，堵得我好难受……怎么办呢？星野有权利选择他自己的人生，我只是难过自己没有立场能左右他的决定，原来，我一直在狠狠地生着自己的气！

我停在公车站牌前，愤怒地看着手表，离末班车开走才过了 5 分钟，怎么今天发生的每一件事情都让我这么生气呢？

我的心一横，坐 Taxi 回家算了，反正这也不是我第一次破产了，今天吃大餐，明天吃树根，多么真实可笑的生活！

我将手伸出马路，想看看今天是哪个好心的司机载到我这颗倒霉蛋，忽然，我扬在半空中的手被星野一把拉下："这么晚了，你要去哪儿？"

"当然是回家啊！ –_–"我没好气地撇撇嘴。

他"哦"了一声，于是用很慢很慢的速度放开了我的手，然后又用很轻很轻的声音问我："可不可以陪我再走一会儿？我送你回家！"

我望着星野失去神采的眼睛里透露出哀求的目光，我虽然还是在生气，可是却再也硬不起心肠拒绝，于是，我们又开始往前走去……

"你还好吗？"星野问我，这算是半年以来的第一声问候，我心里忽然有些难过。

"还好，你呢？……你应该很潇洒吧，骗了大家说你在旅行，却偷偷地加入黑社会做起大哥来了，真有你的啊！"我其实并不想这么说的，可是话到了嘴边，还是毫不留情地变成了尖锐的刀子。

"你是不是很讨厌黑社会？"星野有些期盼又有些犹豫地看着我说。

　　我站上了街边的花坛，盛气凌人地低头看着他说："也不是很讨厌……是非常讨厌，一帮子人成天纠结在一起，不务正业，打打杀杀，奸淫辱掠，十恶不赦，自以为身边带把刀，手底下有一群人可以号令，就有多了不起，我最讨厌这种人了！>_<"

　　星野忧郁地看着我，深深地叹了一口气："没想到最后，我还是选择了你最讨厌的人生！"

　　"没错，我就是讨厌，讨厌到厌恶！你为什么不学好，要加入黑社会呢？"我依旧不依不饶。

　　"不加入黑社会，我怎么可以保护你呢？"星野轻轻柔柔地说着，眼神却异常坚定地看着我，我的心里猛地一颤。

　　"……你……不要拿我当借口……-_-"我心里很清楚星野是不会这样的。

　　"哥哥曾经说过，你认识了我们，你的命运将会出现非常大的波折……可是我不想你被痛苦纠缠，本来说把你揽入我的羽翼底下，我可以保护你，也可以给你美满的生活……

　　可是你是却偏偏爱上晨曦，我只能放开你，退后再退后，退到一个你看不见的角落里，我要让自己强大起来，强大到就算不在你身边，也能够远远地撑起你的一片天空，让你自由地飞翔，没有任何伤害可以接近你……可是没有想到，我还是做了一个最糟糕的决定！"星野懊恼地垂下头，长长的睫毛一闪一闪的，怎么也掩不住他那颗失落的心，我忽然觉得自己好残忍。

　　"星野……我……"我不知道该说什么话才好。

　　"什么都别说了……"他轻轻地摇摇手，打断了我的话，"当我决定加入黑社会的时候，我早已经做好被你讨厌的准备了……"

　　"不！星野，你应该有更美好的人生，不要为了我这样委屈自己，牺牲自己……我真的很怀念以前那个任性嚣张，喜欢对我大吼大叫，可是内心却很善良的星野，而不是现在这个冷漠无情，说切断别人的手指连眼睛都不会眨一下的你……我不要这样的星野……T_T"一阵风吹起，将我的长发拂过他俊美的脸庞，也吹痛了我的双眼。

星野抬起手，捋了捋我有些凌乱的刘海，熟悉的感觉又回到了我心里，我闭上眼睛，让第一滴眼泪滑入他的掌心。

"夕儿，我没有变……我一直是你心里的那个星野，从来不曾离开过……就算今生不能与你在一起，我也要做守护你的星辰，在来世的某一天，等待着与你的重逢……"

我哭得泪流满面，用力地抽着鼻子，星野的双臂一使劲，将我从花坛上面抱下来，搂进了怀里……我哭得更凶了，哽咽着说道："我只是不想你加入黑社会，我可以保护我自己！"

"还说可以保护自己呢，你看你今天，如果没有遇到我的话，后果简直不堪设想。哥也真是的，你们在那么远的地方开Home Party，明知道你路不熟也不送你来，真不知道他这个男朋友是怎么当的！"星野有些生气地埋怨着。

"你说什么？"我从星野的怀里抬起了头，"什么男朋友？@_@"

"晨曦啊！"星野一脸的惊讶，"别告诉我你们还没有开始交往哦！"

我一把推开他："当然没有啊，怎么可能！"

"不会吧！"星野夸张地伸出手指，"6个月了哎！你怎么6个月还没有搞定啊，你不会真的这么逊吧！"

"6个月又怎么了？我喜欢他又没说非要和他在一起！"我不服气地吼道。

"说你逊还不承认！你看你看，最近又肥了是不是？^_^"星野笑起来很好看，两排雪白整齐的牙齿明晃晃地闪着。可是每次只要当他取笑我的时候，我就恨不得敲两颗下来解恨，最好是扔进柏油水泥里，铺在马路上，一辈子让我踩……

夕曦星
第一章

"你再敢说！"我扬起了拳头，看来这世界上有些事情，不用暴力解决是不行的！

星野一边躲避着我的拳头一边说："一定是你不够努力……"

"我哪有不努力，我有跟他表白过，是他不接受我，我能怎么办嘛?！"

"你跟哥表白过了？"星野突然停下来回头看我，我一下子没收住拳头，硬生生地砸在了他的鼻梁上面，星野痛得嗷嗷大叫起来……

我抱着双臂站在一旁，幸灾乐祸地看着他痛苦的样子……

"还不过来安慰我一下，我的鼻子本来很挺哎！>_<"星野捂着鼻子大声嚷嚷。

我走到他面前，认真地说："那你答应我脱离黑社会，回学校来上课，好吗？"

星野突然收起了笑容，隔了半晌，他才慢慢地放下了放在鼻子的手，他缓慢而郑重地对我说："夕儿……我跟你不一样，这个丑陋的黑社会，是不允许人自由出入的，我已经别无选择了！"

从此以后，这句话深深地嵌入了我的脑中，时常激荡着我，提醒着我，这个曾经如阳光般明媚的男孩，为了成全我的幸福而走上了一条不归路……

4

我是夕儿。

第二天下午，我赶到西餐厅去打工，才一进门，月兔就像疯了一样地向我扑来，嘴里还不停地碎碎念着："夕儿，你没事吧，没事吧你，你真的没事吧？"

"拜托，你的绕口令还念得挺溜的嘛！"我朝她露出了一个大大的微笑："你看我这不是好好的！^_^"

"昨天你后来打电话给我的时候，我半个魂都吓飞了！娘的，哪个不要命的畜生敢打你的主意啊！你有没有刻不容缓报老娘的名号？"月兔跟着我走进了休息室，还撸起了袖子，一副想打架的样子。

"这只是个意外而已嘛，都已经过去了，别担心！"我拍拍她的肩膀，开始换衣服。

"很多人都是因为意外而死的！"说完之后，大概月兔也觉得她自己说的话不太吉利，赶紧跟着"呸"了一下，"还好你遇到了星野，不然后果真的是不堪设想啊！不过星野那小子怎么会出现在那里呢？他不是应该在国外旅行的吗？"

一提到星野，我的心又沉下来，昨天我并没有告诉月兔他加入黑社会的事情。我以最快的速度把衣服挂进衣柜，也以最快的速度扯开了话题。

> 我站在河的左岸，
> 静静地凝望着你沉默的背影，
> 风里传来你深深的叹息，
> 叹息着这一世孤独的轮回，
> 那些缠绕了多年的寂寞啊，
> 仍然无法让你回头看我一眼，
> 看我在你身后默默流淌过的一千年。

那些曾经历过漫长的等待才换来幸福的人们都会知道，在那深邃无垠的浩瀚星海中，有一颗小小的守护星存在着。它隐没在亿万道璀璨的星光中，在一个你看不见却能感觉到的地方。它只有淡淡的光辉，却能给你最坚定最温暖的信仰，它守护着我和你……它的名字就叫做——夕曦星。

我们的故事还将继续……

（未完待续）

图书在版编目(CIP)数据

夕曦星 / 公主 Snow 著 ; 一上海 : 上海三联书店 , 2005.9

ISBN 7-5426-2182-3

Ⅰ.夕… Ⅱ.公… Ⅲ.长篇小说一中国一当代 Ⅳ.I247.5

中国版本图书馆 CIP 数椐核字(2005)第 104511 号

夕曦星

著　　者 / 公主 Snow

策　　划 / 兴　安　李西闽

责任编辑 / 姚望星

监　　制 / 沈　鹰

封面设计 / 马　楠

校　　对 / 张　倩

出版发行 / 上海三联书店 (200031)

　　　　　中国上海市乌鲁木齐南路 396 弄 10 号

　　　　　http://www.sanlianc.com

　　　　　E-mail:shsanlian@yahoo.com.cn

印　　刷 / 北京高领印刷有限公司

版　　次 / 2005 年 10 月第 1 版

印　　次 / 2005 年 10 月第 1 次印刷

开　　本 / 880×1230　1/32

字　　数 / 220 千字

印　　张 / 10

印　　数 / 1-10000

ISBN 7-5426-2182-3/I.267

定价:22.80 元